行走的歷史

新時期以來「文革」題材小說研究

張景蘭◎著

序

　　半個月前，張景蘭來看我，說她的書要出版了，要我寫篇序，我很高興地答應了。

　　時間真的很快，回想兩年前這本博士學位論文開題時的情形，仿佛還如昨天一樣歷歷在目。當時她自擬這個「文革」題材小說研究的題目來跟我商量，我思忖一番後，把這個題目可能會面臨的挑戰、包括意識形態比較敏感的問題都提了出來，要求她想好以後再決定要不要做這篇論文。過了兩天，她來了，她說她決定了，她還是要寫這個題目。她的理由是，正因為這個題目有一定的敏感性、寫的人少，才更能出新。她的回答其實並未出我意料，在年餘的教學相處中，我時常能感覺到這個外表纖弱的女子身上有一種內在的剛強。我同意了她的選題，並要求她全力以赴地去做好這篇文章。而要做好這篇文章，不能把目光僅盯在「文革」題材小說和小說評論資料上，研究者首先對「文革」運動本身要有一個基本的瞭解和認識。因此，我要她做的第一步工作，是研讀有關「文革」的一些重要著作和論文。

　　張景蘭這一代人並沒有經歷過「文革」，到他們上學的年齡，「文革」只留給他們一個跟原本截然不同的尾聲。所以他們對「文革」的印象，實際上只限于大人的模糊言談和文件的政策定性，除此之外就來自文藝作品的描述了。而由於「文革」是個

佈滿禁忌的雷區，動輒獲咎的後果使涉足者日少，就算膽大包天者進入了也舌捲入喉不能放開了說。如果不擺脫此類模糊印象和政策定性，跳出文藝描寫的刻板記憶，要想作出自有見解的論文是不可能的。當然，閱讀關於「文革」的書籍文章也不是沒有問題的。近年來隨著「文革」歷史的慘痛記憶漸漸遠逝，樣板戲、東方紅等作為那個特定時代標誌的「紅色經典」，以及「文革」中風頭一時的浩然小說等，在沉寂了二十年後重又赫然回到了生活的前臺。名為反思「文革」而實際為「文革」遮遮掩掩的回憶錄，不時露臉於各種報章雜誌。相應的是，悍然為「文革」合法性張目的新 X 派論著，也以為弱勢群體代言的資格招搖過市。而與此相反，那種毫無避諱又不為任何特定利益集團所左右的獨立研究，在我們這裏是少之又少。在龍蟲相雜、泥沙俱下的文林書海中，年輕一代學人要去研究「文革」已經遠不是我們想像的那麼容易了。所以在張景蘭的開題報告通過以後的一段日子裏，我們交流的話題主要不是「文革」題材小說及其研究，而是「文革」運動本身。我們探討「文革」的社會定性和歷史影響，我們討論「文革」災難的集體心理機制和個人內在情欲，我們思索「文革」發生的民眾責任和和領袖個人責任，等等。

　　想想真是令人不寒而慄，「文革」結束距今不過區區三十年還不到，「文革」親歷者大部分還活在世上，而作為過去了的歷史的「文革」真相就已然模糊迷離得恍如異世了。「文革」的發動者明明出於其個人的權欲而將一個大國拖進了一場大動亂，導致了十億中國人虛耗了十年生命，使社會的發展停頓了整整十年。而在這十年裏，日本、韓國、新加坡和臺灣等周邊國家與地區，走上了高速發展的現代化道路。噩夢結束，看著人家的現代

化發達景象，回首國內的滿目瘡痍，造成這一切的責任卻被推給了傳統和集體。傳統和社會當然是有責任的，但責任只讓傳統和集體來負，那就等於解脫了所有個人的責任，誰也沒有責任。倒是如剛剛去世的巴金這樣的老知識份子，忙不迭地檢討自己的責任，這樣的真誠理應受到一切有良知的人們的崇敬，但由此也可能使那些本來應負責的人反而心安理得地得到了開脫。一個刑案的罪犯沒有得到最終的法律審判，這個案子就不能算了結。同理，一場社會災難的責任者的罪責未得以清算，那麼這場災難就不能說真正過去了，總有一天欠的債是要清償的，只是償付的代價可能要大得多。

對「文革」思考的缺席，這一切是因為什麼原因造成的呢？因為忌諱，就像生了癌症的人忌諱說癌。這樣的忌諱也迴盪在文學創作界，所以這麼大的一場社會異動發生後，表現它的文學作品卻猶如鳳毛麟角一樣稀少。或許有些人老謀深算地籌畫：「文革」如同世界上的許多事一樣，你不說我不說，只要一直不說，終有一天它就像根本沒有發生過一樣連點痕跡都不留。但歷史是不會因為你不說就不發生影響的，歷史不發生這樣的影響，就必發生那樣的影響。德國對自己曾經發動戰爭的歷史從不迴避，相反是一再反省懺悔，今天恢復了一個健康民族的應有尊嚴。而日本在戰後對侵略別國的事實始終諱莫如深，甚至還為戰爭屠戮塗脂抹粉，結果為何世人有目共睹。日本不接受戰爭的教訓，可能會再啟軍國主義禍端。我們如果不接受文革的教訓，中國會不會重陷「文革」的地獄烈焰呢？

對「文革」的瞭解和認識，是張景蘭寫這篇論文的思想基礎，但這篇論文並不是要討論「文革」。討論文革是歷史學、政

治學、社會學或其他相關學科的任務，借文學研究而討論「文革」，如果不是搶人飯碗，至少也是越俎代庖。歷史上確曾有很多文章借文學研究來進行政治批判，但那是政治強權高壓下的不得不然，一種權宜，並不是正常的現象。張景蘭的論文題目原是《小說中的「文革」》，要探討的是小說如何言說「文革」，這是一個文學研究領域中的學術性話題，學位論文要突出的是這種學術性，思想性必須建築在這種學術性上才有可信度。這是要靠她自己去完成的工作，在這方面我只是起一點提醒和把關的作用，在寫作過程中我並未去干預她的思考。相反，有時我還有意識地避免以我的觀點影響她，使其能夠獨立思考。張景蘭來讀博時，年幼的女兒是由丈夫帶的。張景蘭做學位論文時丈夫由外地來上海發展，女兒也一起過來住在租借的房子裏。她為了做論文方便，還是每天到博士生宿舍來工作。到女兒放學的時候，趕回去領孩子做晚飯，吃好飯再匆匆回宿舍。在近兩年時間裏，她的忙，她的操勞，於此可以想見。但她還是努力地寫，努力地改，執著地按照自己定下的目標前行。現在擺在我面前的這本著作，確實是她自己思考的結果，也是她兩年辛勞的報償。

　　如果說到這本著作的特色或創新點，我以為是歷時性的主題演變史考索和共時性的敘事模式研究的結合。歷時和共時，雖不一定勢如冰炭，但以前的研究很少有將兩者冶為一爐的。張景蘭的做法，是一種嘗試，也是想力圖將兩種研究方法的優點集中起來。主題史研究是張景蘭原來專攻現代文學專業的優勢所在，敘事研究可說是讀博期間研修文學理論的成果吧。她是從現代文學轉投到文藝學門下的，我從一開始就告知她不要放棄自己知識結構的優勢特色，在學位論文選題時我同樣叫她記住這一點。當

然，從整體上看，兩者在全文中的分量還是有點不太平衡，前者使用得較為嫻熟，而後者就不免給人有點生疏的感覺了。站在文藝學專業立場上來看，後者確實還有改進提高的餘地，但站在現代文學專業立場看，這似乎算不了缺點，卻給研究帶來了嶄新的角度。所以在論文送外校專家評審時，現代文學教授打分要比文藝學教授高，評語則對論文做了全面的肯定。

現在書馬上就要面世，關於「文革」的言說，又多了一個聲音。因為這樣的聲音委實太少了，同這樣大規模的社會事變實在不相稱，多一個聲音對我們的民族來說總是一件好事，對張景蘭來說也是一個值得慶賀的成果。一本書不足以囊括她對這個課題的全部思考，後續的研究還將繼續開發我們對「文革」文學的思考，從而深化對「文革」這段繞不過去的歷史的認識，張景蘭大可以在這一領域持續耕耘，成為這一方面的「家」，這是我對她的一份期望。

楊文虎

2005 年 10 月 25 日晚

目 次

序 i

引 言 1

第一章 災難與新生
　　　——撥亂反正語境下的「文革」敘事（1977-1984）.............. 9

　　第一節 「報春花」與「日食」 10

　　第二節 「苦戀」與超越：知識份子視角 21

　　第三節 政治合法性與農民視角 46

　　第四節 辯護與自省：紅衛兵視角 59

　　第五節 悲壯的青春與精神的家園：知青視角 78

　　小 結 94

第二章 文化反思與人性自省
　　　——主體性與現代化語境下的「文革」敘事（1984-1992）.... 103

　　第一節 「文革」隱喻——烏托邦的建構與破滅 107

　　第二節 底層「文革」和文化尋根 123

　　第三節 啓蒙批判與荒誕敘事 136

　　第四節 苦難意識與人性自省 151

　　第五節 紅衛兵視角的敘事變調 166

　　小 結 185

第三章　解構與懺悔
　　　　──世俗化和「告別 20 世紀」語境下的「文革」敘事（1992-2002）
　　　　.. 189

　　　第一節　權力鬥爭：破譯「文革」的新密碼.............................191
　　　第二節　「告別革命」和性話語狂歡...211
　　　第三節　「躲避崇高」與知識份子精英形象解構....................227
　　　第四節　民間視野下的「文革」形態...241
　　　第五節　「無神時代」的靈魂自審與救贖.................................256
　　　小　結...267

結　語...271

參考文獻...275

附錄一：主要涉及作品..283

附錄二：「文革」題材小說研究學術綜述 287

後記...293

引　言

　　在古希臘神話中，天地之女、記憶女神摩涅莫緒涅，與眾神之王宙斯結合而生下了掌管文藝的九位繆斯女神，於是，戲與舞、歌與詩，就都歸於摩涅莫緒涅的懷抱了，記憶因而成為人類歷史的母親和源泉。不論英雄業績，還是浩劫災難，在記憶中都可以豐富人類的智慧和精神寶庫，使之用於建立美好的家園。那麼，對我們中國人而言，剛剛過去不久的「文革」這一中華民族的苦難，是否以及如何成為我們民族的歷史記憶？是否已經化作我們真正的精神營養，從而使我們更為警覺產生這種災難的社會和文化土壤？

　　顯然，很少有人能對此輕易作出肯定的回答。雖然「文革」作為一個歷史事件已經離我們而去了，但它留給國人的記憶與影響卻是痛切而深遠的，「文革」也是當代中國文化研究抹不去、繞不開的歷史與心理情結。對「文革」的記憶、闡釋與評價，至今仍是當代中國的政治、歷史、文化研究的重要課題。然而，隨著社會經濟與文化的快速變化，人們自然更多地把目光與興奮點投注到新的現象與話題上了，思想文化研究領域對時代的追新逐異也遠遠勝過對歷史的反觀深思，這看起來似乎是時代發展的必然趨勢。但正如「二戰」是西方思想與文化研究的豐富資源，產生了現代意義上的哲學、藝術和宗教，「文革」作為一面鏡子對

現代中國的政治、文化、人性、心理等的映照，同樣值得深入地思索與反覆地追問，在某種意義上說，它也應該成為當代中國文化的一個出發點。而一個相當重要的現象是，除了國內外歷史學、政治學對「文革」的研究成果之外（其中的禁忌和空白也顯而易見），「文革」十年結束以後，對「文革」的文學表達（主要是小說），已經構成了當代政治文化、思想史和文學藝術大觀中極其重要的組成部分。其中的得與失、敞開與遮蔽也是非常耐人尋味的。相對而言，對「文革」題材小說的批評與研究卻顯得比較冷落和薄弱。

　　對「文革」題材小說的單篇或多篇研究開始於 20 世紀 70 年代末，與當時的創作同步，但對「文革」題材小說進行綜合性專門研究，以「文革」敘事文本為材料來進行思想史、政治史包括文學史的研究還是 90 年代以後的事。其中最為重要的專著是許子東先生的《為了忘卻的集體記憶──解讀 50 篇文革小說》。該著作借鑒普洛普分析俄國民間故事的結構主義研究方法，以 70 年代末到 90 年代初有代表性的 50 篇（部）「文革」題材小說為對象，從它們對「文革」敘述的災難起因、災難降臨方式、拯救主題、反思──懺悔、敘事模式等五個方面進行了分類、歸納和闡釋，總結出這些作品敘述「文革」的基本結構單位和不同組合方式及其背後的深層文化心理，提出了許多真知灼見，在研究方法、角度和意義闡釋等方面都有著開拓性的意義。但由於採用的是敘事學研究方法，缺乏對「文革」敘事變化的縱向研究；而且，由於寫作時間的原因，對 90 年代以後的「文革」敘事現象，其中的結構功能和敘事模式的歸納，就無法涵蓋和解釋了。同時，由於方法和角度的限制，對單個作家作品的差異性、獨特性

也未能顧及。其他涉及「文革」題材小說總體性研究的著作和論文，或主要針對傷痕、反思文學時期的作品，或對某一特殊類別題材如知青題材、知識份子題材的研究，或對某一階段中一組作品的研究等。縱觀既往的「文革」敘事研究，可以看到還存在著以下幾個薄弱環節：對「文革」敘事作縱向的貫穿性研究較少；明確地梳理和揭示「文革」敘事形態與政治文化語境的內在關聯的研究似未出現；對「文革」敘事作品的總體性評析和個別性差異相結合的研究較弱。這些也正是本書的研究重點和學術旨歸。

　　本書的理論前提是新歷史主義的基本設定：「我們所認為的歷史不是可以重新獲得的事實的領域，而是一種由歷史家／闡釋者以各種方式將文本化的痕跡聚合起來而形成的構造物」[1]，「它只能以文本的形式接近我們，我們對歷史和現實本身的接觸必然要通過它的事先文本化，即它在政治無意識中的敘事化」[2]，所以，歷史被看作是一種敘事和文本，歷史是產生的，而不是發現的。因而，對歷史的敘事就必然帶上作者的闡釋觀念和價值取向，而這種觀念和取向又往往是時代政治文化、意識形態語境的產物，植根於社會意識與權力關係之中。歷史敘事是如此，以虛構與想像為主要手段的文學敘事更是如此。可以說，對「文革」進行敘事的小說作品就是把那段不同尋常的歷史記憶置於一個想像性的解釋模式下，通過不斷的講述試圖理解那段歷史情境中的政治、社會與人生、人性，以對抗「文革」在生活之流中被遺忘的趨勢。同時，這種闡釋歷史、認識人自身的敘事行為也參與了

<hr>

[1] 《文藝學和新歷史主義》第 99 頁，北京：社會科學文獻出版社，1993 年。
[2] 弗・詹姆遜：《政治無意識》第 26 頁，北京：中國社會科學出版社，1999 年。

新的歷史進程，構成了新的現實文化語境和當下政治話語。正如詹姆遜所說：「一切文學，不管多麼虛弱，都必定滲透著我們稱之為的政治無意識，一切文學都可以解作對群體命運的象徵性沉思。」[3]

　　從這一理論基點出發，我們可以看到，「文革」十年結束以來到本世紀初（從 1977 年至 2002 年），隨著政治文化和文學語境的變化，作為對「文革」歷史的記憶、闡釋與虛構，以「文革」為題材的或為主要背景的小說創作大體上經歷了三個階段：「撥亂反正」話語下知識份子與國家意識形態同步「共振」時代的「文革」敘事；現代化和主體性話語時代的「文革」敘事；世俗化和「告別 20 世紀」歷史語境下的「文革」敘事。在不同的歷史語境下，基於同樣的歷史經驗卻產生了不同的形態和價值判斷，其間的變異是如此之大，以至於並置起來看竟會令人感到不可思議。可以說，作為「文革」記憶的獨特形式，小說以其豐富、真切的感性經驗和複雜、多樣的理性思考構成了「文革」的一種敘事大觀。日本政治思想史學家丸山真男說過：在現代人文、社會科學諸學科裏，最能夠有效地處理思想史所難以企及的材料的，正是文學研究領域[4]。我們也可以說，對「文革」歷史的不同階段的不同敘事（包括同一階段的不同敘事），其間顯現的思想史和文化史的含量恐怕是其他文化領域所難以替代的。

---

[3]　弗・詹姆遜：《政治無意識》第 59 頁，北京：中國社會科學出版社，1999 年。

[4]　孫歌：《文學的位置——丸山真男的兩難之境》，《學術思想評論》第 3 輯，遼寧人民出版社，1998 年。

　　「文革」敘事在本課題中是指以「文革」為題材或背景的敘事作品（主要指小說），包括以反思「文革」為出發點而上溯到1957 年以後的「反右」、「大躍進」、「四清」、「社教」等政治運動的小說作品，而如此界定的邏輯前提是：「文革」在政治理念上並非只是這十年的特有產物，而是由戰爭年代延續下來的高度組織紀律化和權力集中化的政治結構，和把社會矛盾的解決訴諸暴力和群眾運動的革命形式，在建國後特別是 50 年代中期以後不斷升級、強化、激化後的極端發展。

　　「文革」的主導理念──「無產階級專政下繼續革命」──就是依靠「大民主」即群眾運動打倒「黨內走資本主義道路的當權派」，消除一切社會私有形式和個人私有觀念及其政治支持者，建立高度純潔的社會主義國家，防止社會主義「紅色江山」「變修」、「變色」，這實際上是 20 世紀 50 年代就開始描述的共產主義或「純粹」的社會主義意識形態在中國大地上從理論到實踐的過程，也體現著從 50 年代的民族工商業國有化、農村人民公社化再到文化、意識形態領域的「革命」化的一貫邏輯。所以說，「文革」並非突然發生的政治怪胎，它是戰爭經驗延續到和平建設年代的革命理念推向極致的形態。簡言之，「文革」實際上是發動者試圖排除一切政治異見，通過對人的改造和體制改造，建立「純粹」社會主義烏托邦的政治實驗，具體體現為政治上全面組織生活（以所謂大民主和高度集權既控制官僚階層又鉗制民眾）、經濟上全面計畫生活（消滅體制上的一切私有形式及其萌芽狀態）、文化上全面統一生活（改造私有觀念、排除思想異端），而這種政治理念事實上的結果「是把人的全部生命（甚至包括人的肉體需要及其經濟的滿足）都服從於嚴格的、抽象

的、統一的道德公正原則的理想。……它不是豐富生活，而是破壞生活和使生活貧乏化。」[5]

同時，在實踐層面上，「文革」又不可避免地伴隨著複雜的權力和利益爭奪，是「比賽革命的革命」，「革革過命的人的命」；而且不只是一群人革另一群人的命，還是一場全民族的「革命」與「被革命」的循環混戰，帶來權力鬥爭的循環與普遍的傷害。它的產生既是領袖個人意志在強制性政治體制下的極端實踐，也是 1949 年後社會主義經濟和社會矛盾的產物，幾千年封建文化培養出的國民精神是它的滋生土壤，所謂階級鬥爭哲學和「以階級鬥爭為綱」，則為之提供了意識形態合法性和正當性依據。

對這段歷史的深入研究在當今中國仍然有這樣那樣的客觀困難，而敘述「文革」的小說（以下簡稱「文革」敘事）則以其特有的方式與角度從政治、文化、人性、心理等多方面對之進行了反省、深思、記憶與想像，構成了一個極其重要而獨特的當代文學乃至當代思想文化景觀。對這一文學發展脈絡的疏理、辨析，發掘這些文本背後的深層意識結構和政治無意識內涵，並揭示它們與相應的政治文化、文學語境的內在聯繫與制約關係，正是本書寫作的學術要旨。本書以新歷史主義和文化研究理論為基礎，著重採用詮釋學、敘事學理論與方法，把對文本的意識形態分析和形式研究結合起來，通過對文本的深層詮釋、對敘事縫隙的尋找以及對文本和語境之內在關聯的把握，揭示諸多「文革」敘事

---

[5]　（俄）弗蘭克：《俄國知識人與精神偶像》第 125 頁，徐鳳林譯，學林出版社，1999 年。

文本的共性與差異、延續與變化，挖掘其內部邏輯發放的意識形態資訊，並通過對「文革」敘事史的研究而達到對當代知識份子精神史和社會思想文化史的輪廓勾勒。

第一章　災難與新生

——撥亂反正語境下的「文革」敘事（1977-1984）

　　「新時期」文學最初是以對「文革」的批判和反思為起點的，其直接契機來自於政治決策層發動的「撥亂反正」。「新時期」之「新」還在於人們的政治期待和情感願望，對於漫長的歷史過程來說，這只是一個「間隙」。但不管是舊與新，是歌頌還是控訴，人們所普遍依託的思想資源依然是由建國初到「文革」延續下來的國家意識形態，只不過這種意識形態本身正在內部發生裂變。人們在歷史中的壓抑感和正在裂變中的國家意識形態在這一刻保持了高度的一致，這種高度的一致催生了以「文革」敘事為主的最初的「新時期」文學。

　　本文的「文革」敘事是以對「文革」的反思和批判為基本界定的，這樣，「文革」期間體現當時意識形態的有關「文革」的文學敘事便不在考察之列。而在「文革」中就開始秘密寫作的批判和反思「文革」的作品，如《公開的情書》、《晚霞消失的時候》和《波動》等，也只能按照它們發表的時間納入「文革」敘事的歷史脈絡中[1]。它們之所以沒有在「文革」結束後的第一時間

---

[1]　《公開的情書》（靳凡）、《晚霞消失的時候》（禮平）和《波動》（趙振開）分別發表於 1979、1981 和 1983 年。

得以發表，發表後也不如「傷痕文學」和「反思文學」影響大，
則顯示了其與體現國家意識形態和國民意識程度的主流「文革」
敘事的不同和異質性因素。

第一節　「報春花」與「日食」

一、政治轉向與文學堅冰

　　1977 年冬天，復刊不久的《人民文學》[2]第 11 期上刊登了一
篇名為《兩個鄰居》的短篇小說，作者署名為江劉、班瀾。作品
寫的是「文革」期間，某煤礦採煤隊長霍金娃率領一幫人堅持技
術攻關，而鄰居、技術員銀鑼則因鑽研技術而被扣上「白專道
路」的帽子，並失去了入黨的機會，因而消沉苦悶。可到了 1976
年 10 月，一切都煥然一新，歷史發生了巨大變化，他們的革新也
獲得了成功，銀鑼為自己的過去感到愧悔，霍金娃則指出「不讓
咱幹社會主義」的是「四人幫」這幫「吃人飯拉狗屎的傢夥」，
並表示「大顯身手的時候到了啦！咱要給華主席爭氣，打個漂亮
仗，迎接新躍進。」

　　小說中寫的「1976 年 10 月」，是一個標誌性時間，我們可
以在當時的文學表達中找到這一時間的不同尋常的意義：「中國

2　《人民文學》創刊於 1949 年 9 月，1966 年 6 月停刊，1976 年 1 月復刊，
　　詳細見靳大成主編的《新時期著名人文期刊素描》第 3-4 頁，中國文聯出
　　版社，2003 年。

的十月」（賀敬之）、「紅色的十月」（劉白羽）」、「十月長
安街」（袁鷹）、「十月雷鳴」（叢維熙）等等。正是在這個月
份裏，被稱為「四人幫」的原中共中央副主席、中央軍委副主席
王洪文、中共中央政治局常委、解放軍總政治部主任張春橋、中
共中央政治局委員江青、姚文元被逮捕入獄。這四個人都是在
「文革」中崛起的，也是與「文革」歷史息息相關的。隨著他們
在政治上的慘敗，這場歷時十年、造成社會極大震盪的運動在人
們的意識中似乎也結束了。果然，在 1977 年 8 月份召開的黨的十
一次代表大會上，當時的黨和國家領導人正式宣佈：「歷時十一
年的我國第一次無產階級文化大革命，就以粉碎『四人幫』為標
誌，宣告勝利結束了。」[3]這種提法是很有意味的，仿佛「文革」
的發動就是為了粉碎參與甚至主導「文革」的那幾個人。但當時
大多數中國人是不加細想的，他們還沒有從恢復社會平靜的喜悅
中走出來，自然也不會細細推敲大會的報告對「文革」的定性。
報告認為「文革」是正確的、必要的，而且以後還要進行多次——
——這顯然是在重複毛澤東生前的話，恐怕說者和聽者都不太認為
真的還要「進行多次」。為配合黨的十一大而發表的《人民日
報》社論《學好文件抓好綱》，也沿用這個說法，對「文革」的
基本評價也是「七分成績、三分錯誤」[4]。這當然代表了那個短暫
的政治時期中央高層領導中的主導態度與傾向，也規定著那個時期
整個思想界和文學界對「文革」的認識基調。然而，人們對「文
革」動盪的結束、國家開始步入正常軌道的喜悅情緒卻是真切的：

---

[3] 溫樂群、黃偉：《巨人對巨人的評說》第 44 頁，遼寧人民出版社，1997 年。
[4] 同上，第 90 頁。

　　　　一隊隊大雁歡叫著，橫過藍瑩瑩的天空，向著太陽
　　飛。它們越過雄偉的山嶺，穿過廣袤的草原和田野，驚奇
　　地發現，每座城市和鄉村都在歡騰。到處是招展的紅旗，
　　到處是萬頭攢動的人流，到處響徹震天的口號和歡笑，到
　　處彌漫著爆竹煙花的火藥味。

　　這是上面提到的那篇小說《兩個鄰居》中的抒情文字。「每
座城市和鄉村」，「都在」、「到處是」、「到處是」、「到處
響徹」、「到處彌漫」⋯⋯，這種頗像中世紀的抽象描述，它的
句法以及特有的修辭：大雁、藍天、太陽、紅旗等等，都讓人感
到，這個充滿喜悅的短暫時期，與那個已經「告別」了的「文
革」十年，在精神上仍然是連貫著的。而小說中的人流、歡騰、
口號，也依然是那個已經告別了的歷史時期中常見的政治狂歡節
式的場景。這種場景和其中洋溢著的濃烈情緒，是「文革」十
年、甚至「文革」前十七年期間，國人反覆體驗進而演練稔熟的
政治儀式。

　　《兩個鄰居》事實上只是那同一期《人民文學》中首次開闢
的「短篇小說專輯」中的一篇。從《人民文學》1977 年全年刊登
的作品數量分佈看，詩歌 119 人次，散文 56 篇次，短篇小說 44
篇次。顯然，作為雜誌的主編和編輯，對當前的文學創作現狀是
不滿意的。他們想讓小說，尤其是短篇小說，在那個轉折的時代
裏發揮更大的作用，也用以調節體裁之間的不平衡，所以由編輯
部出面，專門召開了短篇小說創作座談會，於 11 期登載了座談會
上茅盾、馬烽、李准、王朝聞等文學界重要人物的發言和文章，
總題為「促進短篇小說的百花齊放」，並開闢了短篇小說專輯，

登載了十篇短篇新作。除了《兩個鄰居》之外，還有葉文玲的《年飯》、賈平凹的《春女》、陸星兒的《北大荒人物速寫》、賈大山的《取經》等，這些作者後來大多成為當代著名作家。通讀這十篇小說，不難概括它們的共同內容和風貌：反映「四人幫」對社會生產的干擾和破壞以及人民的抗拒和鬥爭，展望粉碎「四人幫」以後的美好前景，闡發工業學大慶、農業學大寨以及憶苦思甜、學雷鋒等「文革」時期的主要政策和意識形態話語。形式上大多用對比、回憶、比喻、漫畫的手法凸現正面人物的高大和反面人物的醜陋。它們可以說代表了當時小說創作的一般水準和普遍風貌。

可以看出，由於「文革」中正常文學活動的中斷，剛剛恢復的小說創作從思想主題到藝術構思、文字表達都非常明顯地繼續沿用了「文革」中的套路和模式，以階級、矛盾、鬥爭為主要構思框架的模式極為普遍，文學以政治檔和決策為自己的母題，自覺成為政治的工具和注腳。人物關係、語言、場景的戲劇化，漫畫兼謾罵的表達方式，對「四人幫」的批判清楚地沿用了被批判者慣用的邏輯和方法。雖然「文革」的歷史結束了一年多，但人們的思維方式和文學表達幾乎看不出什麼大變化。僅就對「文革」的認識而言，把剛剛過去的「文革」完全歸罪於「四人幫」及其幫派黨羽，把歷史的悲劇和生活的脫節繼續壓縮在人們習慣了的「兩條路線鬥爭」的敘事模式裏，連對政治新時期所抱有的極大的樂觀態度，也幾乎是十年來國家意識形態媒介樂觀態度一如既往的複製。這種普遍的認識構成了這一階段小說表達的共同的思想基調。文學作為藝術的特性因多年的荒蕪和廢棄而尚未甦醒，作者的知識份子身份、作為思想的先覺者、歷史的思考者的

社會角色因長久的壓抑、扭曲而難以很快確立。這讓已經經受長期摧殘的不少文學界人士感到：嚴冬剛剛過去，堅冰尚未解凍。

二、文學「報春花」與「日食」意象

　　然而，就在《人民文學》同期的十篇新作中，一篇題為《班主任》的作品卻被赫然放在篇首，顯示了編者的刻意推薦。作者劉心武當時還是北京的一位中學教師，名不見經傳，篇名似也不十分醒目，此前投遞的一篇反映工人生活的小說《光榮》還因寫得不理想而被該刊退稿。但《班主任》則被編輯打破常規地快速登出，發表後獲得被編輯崔道怡稱為「空前絕後」的反響和好評[5]，並在日後被文學史確認為新時期文學的起點。

　　與同期刊登的其他作品不同的是，《班主任》既沒有反映十年期間造成的有形的政治動亂和經濟損失，也沒有講述與「四人幫」的衝突與鬥爭，而是把思考的目光聚焦一個具體而又不易被發現的問題上：「文革」時期成長起來的青少年精神和靈魂世界的殘缺與畸形。其中宋寶琦的愚昧無知、流氓品性固然是十年期間反知識反文化、讀書無用、造反有理的畸形政治文化的產物，而那位本質純正、積極進步的「好學生」謝惠敏表現出的眼界狹窄、思想僵化、輕信盲從等，同樣是「文革」中的文化專制、愚民政策的結果。面對兩個學生的不同形態而同樣病態的靈魂和精神世界，敘事人張老師（作者的代言人）在內心深處發出了「救

5　靳大成主編：《新時期著名人文期刊素描》第 7 頁，中國文聯出版社，
　　2003 年。

救被「四人幫」坑害了的孩子！」的強烈呼聲。不管是當時還是現在，人們都會由此聯想起當年魯迅先生在《狂人日記》中「救救孩子」的吶喊。事實上，據當時編輯發表這篇小說的崔道怡先生的回憶，作品初稿用的語詞正是「救救孩子」，只是主編張光年出於政治穩妥性的考慮（把批判的對象嚴格限制在「四人幫」身上），也唯恐與魯迅混同而作了改動，變成了現在的樣子。可以說，這一改動大大縮小了作品的批判範圍和力度，也呼應了尚未解凍的「凡是派」政治話語──繼續堅持「文革」路線與理念，肯定毛澤東發動的「文革」，把「四人幫」視為「文革」的破壞者。

　　儘管如此，《班主任》作為「文革」後最早的社會問題小說，並被視為文學復甦的第一朵「報春花」，它所反映的社會問題比那些外部的、有形的問題更具深遠性，也更具隱蔽性，顯示了作者對社會生活的敏銳洞察力。而且較早地把知識份子作為有熱情、有責任感、善於思考、勇於實踐的時代先鋒形象，打破了十年當中猥瑣、低下、無用的「臭老九」形象的慣例（兩個月後《人民文學》1978 年第一期刊登的正面塑造知識份子形象的報告文學《歌德巴赫猜想》也產生了極大反響和好評）。特別是對「好學生」謝惠敏靈魂的畸形與殘缺這一現象的獨到發現，對思想僵化、意識奴化的有力揭示，對清理靈魂損害的長期性的清醒認識等，都是發人之未發。從文本釋放的思想能量上看，它所反映的思想僵化問題雖只是針對教育界、青少年，實際上，它的效果已突破這一領域，而直通當時整個政治和社會領域，儘管作者不一定直接意識到，當時的讀者也未必都能體會到。因而發表後引起廣泛而強烈的呼應和肯定，收到多達 2000 多封的讀者來信。

在後來《人民文學》發起的「1978 年全國優秀短篇小說評選」活動中，《班主任》不僅名列第一，而且票數遙遙領先，比名列第二的多出了一倍。這裏有對最早出現的作品的強烈印象（其實作者後來還有一篇反映教師當中存在的僵化問題，名為《沒有講完的課》，《人民文學》1978 年第 4 期，但沒什麼影響），更多的應該還是作品反映問題的深刻與獨到，表達了整個社會對「文革」精神遺患的共同體驗，因而也成為後來政治轉折和思想解放的先聲。

時隔半年多，《文匯報》於 1978 年 8 月 11 日刊登了短篇小說《傷痕》，也引起了極大反響，作者盧新華當時還是復旦大學中文系一年級的學生。這篇小說較早地以「文革」中被打倒的老幹部及其家庭的遭遇為題材，控訴「文革」帶來的人生悲劇，涉及了「文革」歷史特有的許多社會現象如知識青年的命運、老幹部的冤案、政治帶來的兩代人的隔閡、封建的血統論與株連法等等；也較早地揭示了「文革」政治對廣大青年的精神欺騙和一代信奉「文革」理念的青年在情感與靈魂上的「傷痕」，因而引起廣泛的共鳴，成為「傷痕文學」命名的標誌性作品。雖然《傷痕》發表後曾受到一部分人的批評，認為它反映了生活的陰暗面，陷入了「暴露文學」的泥潭，但更多的是支持和讚揚，認為寫悲劇和「傷痕」使得對「四人幫」的揭露和控訴更有力。

從「文革」敘事的角度看，《班主任》和《傷痕》都因開啟了對「文革」造成的精神創傷的思考而成為「文革敘事」最初的優秀作品。儘管它們在藝術表現上還是粗糙和淺陋的，如前者過多直白的議論、思想大於形象，後者敘述大於描寫，情感的轉變

缺乏充分的細節展開等，但強大的政治與社會效應和對當時而言較為出色的情感與形象表達則是不言而喻的。

然而，受制於特定時代政治語境，作為同時期優秀作品並成為階段性標誌的《班主任》和《傷痕》，也顯示了那個政治轉折階段對「文革」歷史共同的認識假設和思維模式：即把「文革」與「四人幫」對立起來，把對歷史的控訴與對現實的歌頌結合起來。在作品的表層話語和邏輯中，明確地把「文革」的一切悲劇都歸罪於「四人幫」及其黨羽；相應地，隨著「四人幫」的倒臺，政治上迎來了一個光明燦爛的新時期，一切災難與遺患都將隨著新時期的到來而結束。正如前文引用的那段文字所表達的：惡夢成為過去，歡樂降臨大地。這種單純樂觀的進步史觀體現了當時社會的普遍情緒，也貫穿在被稱為「傷痕文學」的大量作品中，並以不同故事、不同人物的敘述被一再複製與延續著。除前面所提到的作品之外，其他主要作品有《將軍吟》（莫應豐）、《神聖的使命》（王亞平）、《大牆下的紅玉蘭》（叢維熙）、《願你聽到這支歌》（李陀）、《弦上的夢》（宗璞）、《獻身》（陸文夫）、《我應該怎麼辦》（陳國凱）、《閣樓上》（方之）等等，它們分別反映了正直的軍人、公安人員、青年工人、知識份子等在「文革」期間遭受的迫害以及與之所作的搏鬥，其中藝術技巧顯得相對成熟、獲得更多好評的《大牆下的紅玉蘭》把主人公葛翎（省公安局獄政處處長）的堅強人格、鬥爭精神和悲壯命運與 1976 年的「四五」政治背景聯繫起來，不僅把罪惡全部歸結為「四人幫」爪牙（章龍喜、秦局長）所為，而且把他們與國民黨（馬玉麟）、刑事犯（俞大龍）歸為同類，都是反動力量；以老幹部葛翎為核心，包括勞改農場場長路威、因擲

鐵餅意外傷人而被捕入獄的體院大學生高欣、他的戀人周莉以及其他犯人組成的是人數眾多的正義營壘。顯然，作品的情節結構非常明顯地延續了「文革」乃至「十七年」的文學模式：高、大、全的英雄主題，妖魔化的反面人物，正義與邪惡、人民與敵人營壘分明，你死我活。雖然以主人公的死亡為結局，但這是英雄的死，悲壯而崇高，而且結尾是路威帶著紅玉蘭登上進京的列車，也預示著黑暗即將過去，「天快亮了」這個革命歷史題材中常見的意象再次被使用。另外，作品還借用了一個傳統意象「日蝕」，濃縮地表達了那個時期對「文革」的理解與特有的修辭表達：「四人幫」只是暫時遮蔽光明的黑暗勢力。應該說，這樣的理解與表達真實表達了當時社會人們的樸素情感，也是幾十年文學表達模式的自然生成，不過，今天看來，其中存在的弊端也是明顯的：「複雜的生活現象，被清晰、條理化為兩種對立的道德體現者的衝突」[6]，漫畫與謾罵的手段則是「文革」期間文學文化領域慣用的形式。這種漫畫與謾罵形式在當時是常見的，又如《雪落黃河靜無聲》（叢維熙）稱「四人幫」為「四個魔鬼」，四隻橫行的螃蟹，他們的被捕是理應「下地獄」，是進了歷史的蒸鍋；《閣樓上》（方之）稱「四人幫」為烏雲黑霧、妖魔鬼怪，他們的倒臺是正常秩序的恢復，於是普天下一片光明景象。

在這樣的「文革」言說中，似乎造成許許多多人非正常死亡和整個民族的大動盪、大倒退，特別是民族道德精神的大斷裂的「文革」只是由於幾個黨的肌體上的「蛀蟲」的侵擾，把一場交織著意識形態鬥爭、權力爭奪、社會矛盾、傳統文化和人性因素

---

[6] 洪子誠：《中國當代文學史》第 267 頁，北京大學出版社，1999 年。

等的複雜歷史簡化成了善與惡、真與假、英雄與小丑的道義戰爭，歸結為以知識份子和革命幹部為主體的受害者、抗爭者、先覺者們與政治醜類的對立與搏鬥。所以，後來有論者對傷痕文學作品中的「文革模式」作了如下概括：「一、以正確路線的英雄為主體；二、英雄以正確路線團結和喚起廣大群眾與反動路線和勢力進行鬥爭；三、正確路線英雄最後取得勝利；四、這三點形成了作品的光明主調。」[7]可以說，在「文革」結束後的一段時期，知識份子對「文革」的認識正是在對自身受虐歷史的拯救與結束的真切感受中和國家意識形態的影響支配下產生的。這既是那個短暫的政治轉向時期文學的自發表達，同時又得到了政治力量和社會心理的鼓勵與放大，進而使重複製造這類故事的作品依然產生了一個又一個轟動效應。

三、政治話語與文學話語的結盟

把「文革」中的一切災難與罪惡都歸咎於幾個人並將之妖魔化構成了那個時期政界、民眾乃至知識界的共識。在 1978 年 3 月召開的全國科學大會上，鄧小平對「文革」期間知識份子的政策作了這樣的界定：「『四人幫』把今天我們社會裏的腦力勞動與體力勞動的分工歪曲成為階級對立，正是為了打擊迫害知識份子，破壞工人、農民和知識份子的聯盟，破壞社會生產力，破壞我們的社會主義革命和社會主義建設。」[8]早在 50 年代就因曾經

---

[7] 張法：《傷痕文學：興起、演進、解構及其意義》，《江漢論壇》，1998 年第 9 期。

[8] 《鄧小平文選》第 2 卷第 89 頁，人民出版社，1983 年。

有過對現實的「異端」思想而被劃為右派、長期流放北大荒、河北農村並在「文革」中被關進秦城監獄的著名作家丁玲在平反後說：「我坐過國民黨的牢，在『文化大革命』中也坐過『四人幫』的牢。」[9]這樣的表述和思維在當時是很普遍的。可以看出，在這一時期的「文革」話題中，「四人幫」幾乎成了一個歷史垃圾的全能接收器，同時又作為權力更換中的反面參照而提供了現實的正當性，進而可以延伸出這樣的歷史設定：「文革」是一個正常、合法的政權和意識形態的斷裂與異類，通過割除這個肌體上的「毒瘤」，就可以回到那個原本偉大、進步的歷史軌道上，並開始又一個充滿希望的新未來。這也正是當時的「撥亂反正」的政治話語的基本內涵，政權的歷史合法性延續和現實正當性言說都在這種對「文革」的話語處理中妥帖地實現。把「文革」主導者與「文革」運動在某種程度上分離開來，構成了那個時期奇特而被人們自然接受的思維方式。這種愛與恨的正反邏輯和災難結束、未來美好的情緒基調也是所謂「傷痕文學」的總體特徵，是以小說創作為代表的文學界對「文革」的最初表述，在表達新生喜悅的時代情緒的同時，也注釋和呼應著新時期的政治更迭和意識形態需求。

　　隨著對「文革」清算的深入，逐漸突破那個簡單化的思維邏輯、展開對「文革」的性質、社會歷史根源及責任的理性反思的文學潮流，始於所謂「反思文學」時期，時間上大體在 1979 年到 80 年代初。當然，在「文革」後期，少數地下小說更早地涉及到對「文革」中的多種社會問題和現象的批判性思考，不過它們的

---

[9]　《丁玲文集》第四卷第 343 頁，湖南人民出版社，1983 年。

面世也大多是到 1979 以後，作品往往不同程度地被修改和加工，同樣受到整個政治文化和文學語境的影響。所以，作為整個社會的、集體的、公開的反思「文革」的政治原因與歷史延續的文學表達還是始於反思小說。

第二節　「苦戀」與超越：知識份子視角

從「反思文學」開始，對「文革」的敘事擺脫了簡單歸罪的模式，進入對「文革」的歷史、政治、文化問題等多方面的追溯與思考。可以說，1979 年到 80 年代上半期，敘述「文革」成為整個時代文化和心理轉換的主要媒介，其間釋放的社會情緒和意識形態能量構成了一個政治與文學自覺呼應的文化壯觀，產生了大量的「文革」題材小說作品。

這一時期的「文革」敘事表現出明顯的視角特徵，即「文革」中受損害較深或命運與「文革」政治動盪關係密切的幾種社會人群：知識份子、農民、紅衛兵、知青等，往往也就成為小說敘事的主人公和作者思考社會歷史、進行價值判斷的出發點。所以，本章將採取敘事視角的歸類與分析方法來安排文章的結構。敘述學者勒伯克說過：「小說技巧中整個錯綜複雜的方法問題，我認為都要受角度問題──敘事者所站位置對故事的關係問題──調節。」[10]布斯則說得更加直截了當：視角的選擇「是一個道德選擇，而不只

---

[10] 羅鋼：《敘事學導論》第 159 頁，昆明：雲南人民出版社，1994 年。

是決定故事的技巧角度。」[11]所以，通過敘事視角切入研究對象，可以較為有效地探究和發現這些作品的共同價值取向及背後的文化模式和語境內涵。同時，從不同的敘事視角所展開的不同形態的「文革」敘事，不僅是作家創作的技巧處理，更是作家的價值觀以及時代思想焦點、意識形態蘊含的集中體現。

知識份子視角的「文革」敘事是新時期最有意味的文學和文化現象。我們知道，「文革」最直接的打擊對象是各級官員，最長久的受害對象卻是各類知識份子（尤其是人文知識份子）。[12]其實，具有反智色彩的所謂「思想革命」、「文化革命」並非從「文革」開始，對知識份子的道德和政治偏見由來已久，早在1942年毛澤東就曾說過：「拿未曾改造的知識份子和工人農民比較，就覺得知識份子不乾淨了，最乾淨的還是工人農民，儘管他們手是黑的，腳上有牛屎，還是比資產階級和小資產階級知識份子都乾淨。」[13]從50年代中期的反右到「文革」中的打倒「臭老九」、「反動學術權威」以及「白專道路」、「修正主義苗子」等政治定性，一直是對有著獨立思考習慣的知識者的打擊與改

---

[11] 趙毅衡：《當說者被說的時候》第135頁，北京：中國人民大學出版社，1998年。

[12] 許子東在《為了忘卻的集體記憶》中把知識份子與幹部視角作為兩類不同的文革敘事，揭示其不同的結構與效果。其實，在對文革歷史的認識前提方面，這兩類視角的作品有著共同的基點，即對曲折歷史的撥亂反正式的反思與對黨、國家、人民的忠誠的主題指向。而且，在這批作品中，也有許多作品的主人公，既是官員也是知識份子，其思想方式與出發點都是國家、人民的集體話語。所以，這裏把二者作為一種文革敘事類型加以分析和闡釋。

[13] 毛澤東：《在延安文藝座談會上的講話‧引言》，《毛澤東選集》第3卷，人民出版社，1991年。

造，因為歷次政治運動的宗旨往往都是強調統一思想、集體意志，而知識份子總是最難「統一」而又必須被統一的。所以，知識份子作為思想異端受到改造與「洗腦」也就順理成章了。這一局面隨著「新時期」的到來而改變。在 1978 年 3 月召開的全國科學大會上，鄧小平代表執政黨明確宣佈知識份子是工人階級的一部分，是和工人階級一樣只是分工不同的「社會主義社會的勞動者」。國家政策的這一重大轉變，帶動了全社會對整個知識份子群體的重新認識和估價，長期處於賤民地位的知識份子在歷史轉折時期獲得了表達和宣洩的空前契機，對自身意義與歸屬的尋求也成為他們對「文革」歷史進行反思的一個伴生主題。在當時的歷史條件下，50 年代沉入社會底層的王蒙、張賢亮、叢維熙等一批右派作家的作品顯示出獨步一時的思想力度和情感強度。

敘事產生權力。知識份子視角的「文革」敘事一方面回溯了「文革」時期對任何思想異端排斥扼殺的歷史和知識份子的受難史，另一方面這些被「文革」歷史編入灰色與黑色另冊的階層在這一時期被文學反覆大量地正面敘述，獲得了正義力量與歷史棟樑的角色塑造，也成為「文革」後社會階層重新定位的合法性依據，參與了主流意識形態的確立和流通。同時，在重寫社會歷史和知識份子苦難史的總體框架中，又存在著許多裂縫與空隙，不同的作家在其不同的存在體驗上滋生的思想碎片還是零星地嵌入這個總體框架中，形成政治理念與生命體驗的某種分離，其間的豐富性、複雜性、多樣性、微妙性也是理念邏輯的概括所難以涵蓋的。對反思文學中的知識份子題材作品的研究不管在當時還是後來都是非常多的，這裏則僅從「文革」敘事的角度來進行盡可能周全的分析和闡釋。

（上）「革命」邏輯與人格異化

一、由「文革」到「革命」

「文革」為什麼會產生？這是最初的傷痕控訴之後自然產生的社會思考。一批 50 年代就被打入社會底層的右派作家以對「文革」的歷史承續的思考與表達成為那個時期的優秀作品。這裏首先要提到王蒙。他的作品中大都有一個飽經政治風霜、懷有理想與激情但受傷害、被冤屈的知識份子或幹部形象，如《布禮》中的鍾亦誠、《雜色》中的曹千里、《海的夢》中的繆可言、《蝴蝶》中的張思遠等，都在變幻莫測的政治風雲中歷經滄桑，飽受苦難。與同時期展示苦難的小說相比，王蒙的這些作品沒有僅僅停留在對政治施害者的控訴層次上，而是對「文革」政治理念本身──階級鬥爭和不斷革命──的無限擴大和延續的危害作出了一定的反省與質疑，進而勾勒出「文革」政治發生的歷史脈絡。比如，《布禮》中參與迫害主人公的宋明，是個虔信革命的理論工作者。正是這種對革命的虔誠，在反右運動中，他一方面用推理演繹的方法，把芝麻分析成西瓜，對鍾亦誠作出無限上綱的思想批判；另一方面，又自認為是「幫助」他認識自己的思想問題，並在生活上對他表示真誠的關懷和體貼。而到了「文革」之初，宋明自己又被當作跟隨劉少奇的修正主義理論家遭到批鬥進而自殺身亡。真可謂「螳螂捕蟬，黃雀在後」。是什麼力量操縱著歷史演繹出如此連環套式的陷阱？作為新的歷史條件下主流政治反思的代言人老魏說：「我們（卻）用誇大了的敵情，用太過分了的懷疑和不信任毒化著我們的生活，毒化著我們的國家的空

氣,毒化著那些真誠地愛我們、擁護我們的青年人的心……」(《布禮》)這是來自信仰者內部的反省,在反思政治失誤的同時又建構了與政治受害者的和解話語。借用弗萊的話也許更能切中要害:「在一個暴君式的敵人可以被認出,甚至可以被界定,然而卻不能落實到某個物或某個人的世界上,這個暴君就是我們自己的一部分。」[14] 鍾亦誠、宋明們何嘗不是「革命」理念和邏輯的擁護者和虔信者,儘管他們又都是受害者。王蒙在這裏顯然無意於譴責、控訴個人,而是對那種已經成為「我們自己的一部分」的革命理念提出了懷疑和反思,對從革命到革革命者的命式的循環傷害的揭示,使得王蒙的「文革」反思在當時的普遍控訴中顯出了同時代難得的思想深度和銳利。

揭示革命理念塑造下人的變異最為集中的是《如歌的行板》。主人公周克是從戰爭年代過來的年輕黨員,他迷戀那種凱歌行進、悲壯激越的革命生活,在建國初熱衷於鎮壓反革命,以「契卡」[15] 和捷爾仁斯基[16] 為自己的榜樣。進入大學後,他甚至為自己熟悉的東西(鎮壓反革命)快要閒置而惆悵。因而,到了1957 年,當時代再一次奏響「革命」的戰歌時,他狂熱地充當弄潮兒,揭發好友,傷害戀人,卻自以為是對好友的真誠幫助而捨

---

[14] 諾斯洛普・弗萊:《現代百年》第 10 頁,盛甯譯,遼寧教育出版社,1998 年。

[15] 蘇聯肅反委員會,「克格勃」的前身,索爾仁琴解釋為「把跟蹤、逮捕、偵查、檢察、審判和決定的執行集中於一身的革命哨兵」,實際是以純潔革命隊伍的名義對一切非黨人士隨時實行逮捕、流放、槍決的恐怖鎮壓機器。見《古拉格群島》第28 頁,北京:群眾出版社,1996 年。

[16] 原蘇聯「契卡」的創建者,因電影《列寧的故事》而為五六十年代的中國人熟知。

棄個人情感。柔和、美妙、青春、愛情等一切美好的情感似柴可
夫斯基的「如歌的行板」被專政、革命、戰鬥的狂暴旋律所取
代，由戰爭年代延續下來的革命思維扭曲了和平生活應有的美好
色彩和多樣旋律。作者著意反思的同樣不在個人，而是對那種被
詩化、美化了的「革命」情結的反思，是對「繼續革命」、「不
斷革命」的「文革」政治理念的歷史根源的思考與批判。

二、政治高壓下的人格異化

　　「文革」意識形態話語──文化革命、繼續革命──的實質
是對思想獨立和精神自由的掃蕩和消滅，以達到政治和文化上的
高度統一，所以對政治高壓下知識份子精神異化和分裂的變異過
程的展示即是對這種革命政治理念的否定和批判。蕭軍早在四十
年代後期就曾認為被發動的群眾運動是要把中國的知識份子改造
成聽話的機器，是要扼殺中國人民的創造精神。[17]這是對建國後
直至「文革」達到頂點的政治運動的預言式表述。王蒙的作品則
以切實的經驗演繹了這一歷史的邏輯。當鍾亦誠那首原本表達豐
收喜悅的稚拙詩作《冬小麥自述》經過奇特的分析和推理變成了
向黨、向社會主義倡狂進攻的罪證，經過一次又一次不斷上綱上
線的自我檢討、群眾批判和領導教育，鍾本人也對自己的「罪惡
用心」感到厭惡、噁心，組織和群眾的批判在他心目中成了拯救
自己的一次次外科手術，只有挖掉自己的有病菌、長癌細胞的

---

[17]　史景遷：《天安門：知識份子與中國革命》第 323 頁，中央編譯出版社，
　　　1998 年。

「心」才是對自己的挽救。外在的批判慢慢變成自我內化的罪感。正是這種革命邏輯的內在轉化，使得鍾在「文革」當中不管是面對紅衛兵小將的皮帶、鏈條，還是懲罰性的勞動改造，都以感激的心態接受和順從，他真誠地以體力勞動改造自己的靈魂，帶著獻身的願望、贖罪的狂熱去拼命勞動，一有空還反省自己的「罪行」，進一步感謝黨的挽救。就連外在的氣質容貌也因長期的罪感而養成陪著笑臉的謙卑表情和誠惶誠恐的說話音調，當年那個單純熱情、迷戀寫詩的鍾亦誠早已無影無蹤。王蒙展示的知識份子人格變異過程不僅是對受害者自身弱點的反省，更是對強大的政治高壓和扭曲的革命邏輯的批判。

　　革命與鬥爭的政治高壓對知識份子獨立思想的滅除和性格靈魂的扭曲在馮驥才的《啊！》中被展示得更加細緻和充分。小說主人公吳仲義是政治高壓對正常人格扭曲的活標本：他是一個歷史研究者，37歲，獨身，沉默寡言，拘謹怕事，唯唯諾諾，連外貌也過早的衰老，「瘦瘦的身子，皺皺巴巴，像一個乾麵團那樣不舒展。細細的脖子支撐一個小腦袋，有點謝頂；一副白光眼鏡則是他身上唯一的閃光之物。好像一隻拔了毛的麻雀，帶點可憐巴巴的樣子」。「拔了毛的麻雀」是對那個「不斷革命」時代政治高壓下的知識份子形象的精妙寫照。然而，在1957年，當吳仲義還是個大學生的時候，卻是個熱情洋溢、思想活躍的青年，在「鳴放」時期，他曾因對政治體制、官僚主義等的獨立見解受到同學們的刮目相看。很快，風雲突變，那些在特定的背景下爭先恐後、當眾發表政治見解的同學都被打成右派，進而被批判、勞改、坐牢時，他的沒有當眾發言的「憾事」卻使他倖免了一場災難，但他的性格、人生從此都發生了巨大變化。政治運動

的威力使得原本老實、厚道的吳仲義變得更加膽小怕事、循規蹈
矩，到了「文革」初期，那種規模和氣勢更為強大的整人氣氛更
使他變得神經過敏、疑神疑鬼。這部作品引人入勝的地方當然是
那懸念奇崛的情節安排，而深刻之處則是對那種人人自危的政治
氛圍以及人們的形形色色心理和行為反應的真切再現：或以攻擊
他人而自我保護，或以自我批判而減低責罰，或乘亂而上、以
「濃縮的殺蟲劑」的本領從整人中撈取政治資本，獲得權力滿
足。可以看到，「文革」不僅沒有改變人的私心、人的「小
我」，反而使之膨脹變形，甚至變為「狗性」，互相撕咬。所以
正常時期對吳仲義關心、交心的好友趙昌在那種整人與自危的情
況下成了盯梢、揭發好友的惡狗，吳仲義也狗急跳牆似的反咬對
方，甚至傷及親人。非人的政治使得文明帶來的道德、人倫、情
感被撕得粉碎。在把社會當刑場、人人當罪犯的政治氣氛下，再
次出現了魯迅筆下吃人與被吃的圖景和「獅子的凶心，兔子的怯
懦，狐狸的狡猾」的種種嘴臉。如果說封建禮教下的人們是不自
覺的吃人與被吃，那麼欺詐與恐嚇的政治氣氛下則是權衡利弊、
自我保存的自覺理智的選擇，所以其殘酷與卑劣更在其上。而更
令人震撼的是在經過半年多的批鬥、侮辱等非人的折騰、運動高
潮過去後，吳仲義被定為人民內部矛盾、免于刑罰時，他真誠而
激動地呼喊「無產階級文化大革命萬歲」的口號，還流下了感激
的淚水。這就是政治高壓和精神奴化的成功效果，不僅異端、自
由被「濃縮殺蟲劑」成功地滅殺，而且受害者也真誠地歡呼和喝
彩。正如一位專門研究中國政治的美國學者所言，1949 年後在
知識份子群體中搞的一系列政治思想運動，無一不是在反反覆
覆，鋪天蓋地，無休無止的檢查、反省、交代、檢舉、揭發、批

判、鬥爭中，控制環境，控制被批判者人身。利用人們的內疚和自慚，產生恐怖心理。而孤立的處境，緊張的情緒，加上持久的壓力和反覆的思想灌輸，在摧毀一個人的內在個性的時候，被批判者只有屈服于權威，至少暫時接受「新」的思想和觀念，此外別無出路。[18]精神奴隸就是這樣被製造出來的，被「不斷革命」的知識份子也就在精神萎縮和人格收縮乃至扭曲中變成「拔了毛的麻雀」，而這正是「文革」在意識形態高調下所要達到的現實效果。

對「革命」正當性的懷疑與知識份子人格異化過程的展示是從「文革」走過來的知識份子的痛定思痛，顯示了從控訴走向反思的清晰軌跡，不僅是對「文革」的反思，還有一定程度的知識份子的精神反省。

（中）敘事模式與文化原型

一、忠誠信念與權力話語

考察 70、80 年代之交的知識份子視角「文革」敘事作品，還可以發現一個獨特而有意味的現象：一方面是對「文革」政治理念和知識份子自身的人格異化進行了深刻的反思，另一方面又表達了對政黨組織和民族國家的忠誠無悔。創作者往往從「黨」、「人民」、「祖國」等集體價值理念中獲取思想資源，所有的苦難傾訴、社會批判都是以對黨、人民、祖國的價值皈依為前提

---

[18] 轉引自章詒和《往事並不如煙》第 290-291 頁，人民文學出版社，2004 年。

的。當然在不同的作家作品裏有不同的側重和差異，但其結構模式和主要功能是相同的。

　　這一時期，王蒙的作品一方面充滿了苦澀而複雜的歷史與生命體驗，其內在的飽滿與豐富即使在今天讀來依然是極具感染力的；另一方面，在人物話語和表層主題上，幾乎無不直接表達了在苦難中對黨的堅定信念和執著無悔的忠誠。儘管主人公（大多數是具有黨員身份的知識份子或知識份子氣質的幹部）大都飽受肉體磨難和精神侮辱，也有過迷惘與消沉，但在總體敘事上，作者把人物的身份定位為革命機器上的齒輪和螺絲釘，所以主人公們往往把冤屈當作考驗，把苦難當作修煉，始終沒有放棄神聖的信念和對這一信念的忠誠。作者還把這一信念給予一般化，使得主人公在平反之後滿懷感激的如下話語，顯得真切感人：「多麼好的國家，多麼好的黨！即使謊言和誣陷成山，我們黨的愚公們可以一鐵鍬一鐵鍬地把這山挖光。即使污水和冤屈如海，我們黨的精衛們可以一塊石一塊石地把這海填平。」這種宗教般的虔誠使得加在人物身心上的一切苦難和屈辱蒙上了一層聖潔和崇高的光環。這樣的話語作為基調在作品中反覆出現，使得歷史荒誕感和生命苦澀感被政治話語所包裹，在歷史批判的同時達到與現實的和解，也因此建構了知識份子苦難而崇高的歷史形象，從而為受害者在新的政治時期重新定位提供了合法性依據。

　　在另一位重要的右派作家叢維熙的作品中，對知識份子歷史體驗的表達顯得單純得多，忠誠與信念構成人物的主導和一貫精神品質，不過對象是更加寬泛和抽象的「祖國」。其代表作《雪落黃河靜無聲》，便是表達這一信念的典型文本。作品首先虛擬了一個父親的形象，從父親那裏，主人公范漢儒得到和繼承了

「我承受的災難再大，也不能做一個黃河的不肖子孫」的思想信念，這個信念支撐著他在漫長的苦難歲月中沒有沉淪。他從一個知識者被打成右派成為一個「雞倌兒」（養雞），流放勞改 20 多年，但他始終樂觀、正直，甚至沒有怨言和痛苦。作品把這種抽象的信念轉化成個人品德，如在饑荒年代，他以一顆單純、誠實的心維護集體和國家的利益，寧可煮菜幫子吃，也不動農場一個雞蛋，連從老鼠洞裏掏出的四個雞蛋也如數交公。而勞改農場場長（管制者）則把自家的十個雞蛋送給右派範漢儒（被管制者），說「我沒給孩子，沒給老婆，給你拿來是看你還有中國人的骨頭：將來政策鬆動一點，你還能為老百姓辦點好事。」這個日常的感人細節配上不無做作的解說（通過人物語言），顯示了作者刻意把政治受害者轉換成社會精英來歌頌和讚美的敘事意圖，它們的潛在邏輯是國家和人民的未來寄託在一批民族脊樑式的人物身上（愛國的知識份子似乎是歷史的主體），隨著那段「非正常」的政治生活的結束，被錯誤地打入另冊的知識份子自然應該受到國家的重視和社會的青睞。這裏，愛國的主題又自然轉換為權力話語，使知識份子歷史形象的重塑和現實社會地位的再造獲得極大的有效性。正如有評論者所深刻指出的：「有意識地重述『文革』的歷史，不再是單純地展示傷痕，而是致力於表達老幹部和知識份子在蒙受迫害中，依然對黨保持忠誠，對革命事業懷有堅定不移的信念。通過這種重述，重建了新時期的歷史主體（例如老幹部和知識份子）的歷史，這就使撥亂反正後重返現實的受難者有了歷史的連續性。」[19]

---

[19] 陳曉明：《表意的焦慮：歷史祛魅與當代文學變革》第 10-11 頁，北京：中央編譯出版社，2002 年。

　　其實，這種忠誠主題不僅作為表層話語，也直接左右了一些作品的情節設計和意象營造。在《雜色》中，流放新疆農村的音樂家曹千里儘管似老馬般飽受踐踏和蹂躪，但在面對雪山、草地和藍天時卻突然間產生了奇妙的內心變化：為自己不是蜘蛛、螞蟻、老鼠而是一個人，一個有幸來到二十世紀的堂堂正正的中國人（前面的敘事顯然難以歸結為一個堂堂正正的人）而感謝生活，進而把自己幻化成騎著龍種駿馬、飛奔向前的騎手而放聲歌唱。這種主觀理念的強行介入顯然是敘事者的意圖暴力，它與人物的精神氣質和正常心理邏輯難以統一。張賢亮的《靈與肉》中許靈均也有同樣的情緒轉化：勞教結束後因無家可歸留在農場放馬，這原本淒涼、孤寂的生活，卻被描寫成充滿詩意的美妙體驗：「他騎在馬上，拿著長鞭，迎著雨頭風，敞開像翅膀一樣的衣襟，在馬群周圍奔馳，呵斥和指揮離群的馬兒。於是他會感到自己軀體裏充滿著熱騰騰的力量，他不是渺小的和無用的；在和風、和雨、和集合起來的蚊蚋的搏鬥中，他逐漸恢復了對自己的信心。」雄壯美麗的大自然對漂泊心靈的撫慰又很快放大為熱愛祖國的宏大主題，因而「他感到了滿足：生活畢竟是美好的！大自然和勞動，給予了他許多在課堂上得不到的東西。」這樣的轉化不僅過濾掉了苦澀的正常心理體驗，而且還令人不覺地回避了現實政治的殘酷性。

　　應該說，在當時的歷史條件下，王蒙等作家對非正常政治帶來的知識份子苦難經歷和體驗是真摯而深沉的，但在整個時代的集體主義信念和歷史線性進步的政治文化語境中，作家們仍然難以把個體的生存經驗和理性思考提升到獨立的批判意識，他們依然要把知識份子的思考自覺或不自覺地依附於黨、民族、國家等

意識形態宏大主題，因此知識份子儘管飽受磨難但卻仍然強調他
們忠誠與無悔的信念。這看來並不是虛偽的，卻造成了一種並非
值得肯定的歷史錯覺。

二、「母與子」的敘事模式

　　忠誠無悔的表層敘事作為一個普遍存在的情感與思維模式，
其深層的心理和文化基礎是把個人與集體（黨、祖國、人民）的
關係設定為「母與子」的依附式傳統倫理關係，正如《布禮》中
鍾亦誠的戀人淩雪所說：「黨是我們的親母親，但是親娘也會打
孩子，但孩子從來也不記恨母親。打完了，氣消了，會摟上孩子
哭一場的。也許，這只是一種特殊的教育方式，為了引起你的重
視，給一個大震動，然後你會更好地改造自己……」（《布
禮》）這就是王蒙筆下眾多人物飽受政治打擊而無怨無悔的心理
邏輯，由此，我們自然可以延伸出：母親總是愛孩子的，即使打
錯了，也是為了孩子的好，所以不僅鍾亦誠們的痛苦、屈辱應該
無怨無悔，而且對母親——黨——也是不應懷疑的。雖然，這是
獨立於創作者之外的有著自足性的虛構人物的言語，但從作品的
價值傾向性來看，作家顯然對之持認同和肯定的態度。另外，我
們也沒有理由懷疑作者作為個人信仰的真誠，但這種缺乏理性反
思和文化判斷的情感真誠如果作為知識份子的共識，那麼，它不
僅無益於黨的肌體的自身更新[20]，而且離知識份子應有的思想先
鋒和批判職能更是相差甚遠。如果說鍾亦誠們年輕時的選擇包含

[20]　吳炫：《中國當代文學批判》第 80 頁，上海：學林出版社，2002 年。

著年輕人的激情和時代的必然，那麼精神膜拜使他們以後的思想一直停留在年輕時代，他的精神世界沒有與年齡、經驗一起成長，作為獨立理性的人格始終沒有出現，「膜拜的過程便是放棄自己思想的過程」。[21]

母與子的結構模式在張賢亮的筆下內涵有所不同，他更多的是把自然、勞動者、人民這些似乎遠離政治、也更容易為知識份子接受和認同的集體概念，作為化解政治帶來的身心創傷的良藥。《靈與肉》、《綠化樹》等作品中的底層勞動者，都是受難中的知識份子的接納者與拯救者，他們以母親般的胸懷與土地般的淳厚，承載與撫慰著這些政治罹難者的疲憊肌體和創傷心靈。然而，細讀《靈與肉》，可以發現這樣的內在敘事邏輯：許靈均對真實父親的怨恨到諒解與對抽象父親（在其被父親拋棄、母親病死後，是黨、新社會收留、培養了他，黨、新社會亦即他的再造父母，在具體敘事上作了抽象與簡化）的類似情感的明顯同構，顯示出父與子的情感和解的潛在意蘊，這與《布禮》對黨的母子情感模式是完全一致的。所謂「人民」在這裏也似乎是具體的、活生生的個人，然而無論是勤勞、樂觀的李秀芝，美麗、純情的馬纓花，憨厚、內向的海喜喜，善良、熱心的郭蹁子、滿口髒話但質樸仁厚的謝隊長等，都是在勞動者高貴、知識者卑下的意識形態邏輯背景下美化了的「人民」，即把以土地和勞動為生活方式的農民和以思考和智力為生活方式的知識者在體力勞動狀態下作強硬的捏合比較，以顯出勞動者的質樸、勤勞、達觀等品

---

[21] 吳炫：《新時期文學熱點作品講演錄》第 70 頁，桂林：廣西師範大學出版社，2004 年。

質和知識份子的柔弱、無力、卑下等劣質，在這樣貌似合理的道德對比和轉化中，就把造成農民貧困、粗陋的生活和精神狀態的政治、歷史、文化等原因輕輕放過了，使得這些作品雖不乏動人之處，但缺乏真正意義的社會反思，脫不出苦難傾訴和忠誠告白的模式，也是知識份子自憐自戀、而又自虐式的潛意識流露。同時，作品中表達的對土地、人民、祖國的情感認同以及對成為一個自食其力的勞動者的發自內心的歡欣，在批判反右和「文革」對知識份子的打擊和迫害的同時，又不自覺地認同和印證了新中國 30 年中打擊知識份子的理論依據和道德偏見，即前文引用的毛澤東早在 1942 年就曾說過的話：「拿未曾改造的知識份子和工人農民比較，就覺得知識份子不乾淨了，最乾淨的還是工人農民，儘管他們手是黑的，腳上有牛屎，還是比資產階級和小資產階級知識份子都乾淨。」[22]這裏的「乾淨」當然是指體力勞動者精神世界的單純，與有著相對複雜和獨立思想的知識份子的不同，並把它們的精神差異轉換成道德價值的美醜高下。所以，對人民、勞動者的情感認同反而具有了為排除異端、扼殺思想的文化專制主義提供合理性的功效。這可能是創作者所始料未及的。另一方面，文本中反覆表達改造後的歡欣，而對被迫改造的強制與暴虐的內心體驗卻被遮蔽了，顯示出如帕斯捷爾納克在《日瓦戈醫生》中所指出的一匹馬是如何被馴服的真相。[23]正所謂，

---

[22] 毛澤東：《在延安文藝座談會上的講話》，《毛澤東選集》第 3 卷，北京：人民出版社，1991 年。

[23] （俄）帕斯捷爾納克：《日瓦戈醫生》第 576 頁，桂林：灕江出版社，1997 年。

「一個被剝奪了自由思考的心智是不可能開花結果的」[24]，知識份子精神自主性的缺失與專制主義的通行互為因果。

在叢維熙的《雪落黃河靜無聲》中，母與子的情感模式更帶有壓迫性的封建話語色彩。對祖國的忠誠不僅成為範漢儒的精神支柱，還深入到他的情感生活，連選擇愛人的標準也是「別的錯誤都能犯了再改，唯獨對於祖國，它對我們至高無上，我們對她不能有一次不忠。」所以經歷無數磨難和近 20 年的等待，並為了愛情放棄回城等一切優越生活條件的範漢儒，在即將結婚之際，只因愛人陶瑩瑩說出五七年被劃為右派、曾試圖逃離國境被抓回的「污點」後，這個忠於祖國勝過忠於愛情的範漢儒毅然決然地拒絕了愛人，放棄了這份苦難中得之不易的愛情之果，因為他堅持「一個炎黃兒女最大的貞操，莫過於對祖國的忠誠。」這種有著強烈的封建倫理話語色彩的忠貞理念已經成為有悖常理與人性的準宗教，進而我們也完全有理由懷疑範漢儒是否真正有平等意義上的愛情。

可以看出，70 年代末 80 年代初知識份子視角的「文革」敘事中幾乎不約而同地呈現了對黨、人民和祖國等集體概念的「子不嫌母醜」式的情感認同模式，這使得寫作者不無炫耀地沉溺於自我的苦難傾訴，表現出一種美化苦難的畸變心態，因而也就失去了對民族災難和人民困苦進行更深層思索的可能性。

---

[24]　陶東風：《社會轉型與當代知識份子》第 47 頁，上海三聯書店，2001 年。

三、文化原型與政治規訓

母與子的倫理情感在其文化原型上是封建道德下父與子關係的延伸，實質上是君臣、上下的關係；母子情感模式的另一潛層內涵是「家與狗」的民間道德，其邏輯演繹就是主與奴、施恩與報恩、主宰與服從的關係。顯然，母子從屬關係已不只是倫理情感的層次，而是傳統中國社會政治和民族性格的文化土壤。其實，古人早有質疑儒家的專制等級秩序的異言，《後漢書・孔融傳》提到孔融的悖逆之言：「父之于子，當有何親？論其本意，實為情欲發耳！子之於母，亦複奚為？譬如寄物瓶中，出則離矣！」又言「若遭饑饉，而父不肖，甯贍活餘人。」其實，孔融並非真的對父母無情無義，而是借此表達對等級專制的封建社會結構的不滿。所以作為一個奴性文化傳統的懷疑者，孔融受到呼喚平等和獨立人格的魯迅的推崇。魯迅曾在《我們怎樣做父親》一文說過，漢末的孔府，很出了幾個有特色的奇人，不像現在這樣沒落。魯迅所指的奇人之中，首屈一指的是孔融，其意義即在此。魯迅本人更是直接表達西方現代平等倫理觀，以期待呼喚平等的人格和民主的社會。「五四」時期，一大批新文化運動的先驅和追隨者大都是以個人的覺醒成長作為民族強大的基礎和前提，抨擊以子女對父母的人身依附關係為基礎的封建政治結構，並以家庭倫理觀念的變革作為新的社會政治理念的象喻，反對一切壓迫性的政治觀念和社會觀念。但這種文化原型和倫理情感經過幾千年的傳承延續，在中國當代知識份子意識深處依然有著深深的烙印。

　　這當然與知識份子的現實社會定位不無關係。知識者的價值往往搭載於其他階級、階層之中，或者說以歸屬於某種社會力量而顯示自身的價值。「知識份子總是渴望奉獻，而其奉獻對象就是某種意識形態。所以幾乎所有的現代知識份子都在尋找他們可以為之奉獻的意識形態」。[25]在近代以來，知識份子往往以人民尤其是下層人民為自己的價值依託和歸屬，如「五四」時期的平民思想、勞工神聖，30 年代的大眾觀念，40 年代的人民至上等等。但把政黨和國家、人民等合為一體的觀念還是建國以後的意識形態建構。聞一多在為紀念「五四」二十六周年而撰寫的文章《人民的世紀》中大膽地質問：「叫人民獻出一切，縮緊腰帶，拼了老命，捍衛了國家，自己卻一無所得，這難道叫人民的世紀嗎？」[26]這裏，「人民」和「國家」顯然是分離甚至對立的，當時的「人民」提法具有強有力的社會批判動機和效果。但後來社會的巨大變遷，不僅給人們帶來了「站起來了」的新生感和自豪感，也帶來了對來自傳統士大夫和民間的那種「父子」、「母子」文化的潛在繼承和意識形態改造（如「爹親娘親不如黨親」，「我把黨來比母親」等等）。這使得業已經過「現代」洗禮的知識份子，在對「進步」、「先進」的追求中，在不斷的精神改造中逐漸地喪失了本應有的主體性。這一文化隱喻的轉換過程，其實也是政治規訓和自我規訓的實現過程。

---

[25] 陶東風：《社會轉型與當代知識份子》第 47 頁，上海三聯書店，2001 年。

[26] 程光煒：《文化的轉軌──「魯郭茅巴老曹」在中國》第 26 頁，北京：光明日報出版社，2004 年。

母與子的情感認同模式是 80 年代初知識份子「文革」敘事的普遍狀況。這既是中國士大夫文化的傳統積澱，也是國家意識形態極力塑造的結果。不過，在 70 年代末那個政治轉折時期，這又是一大批知識份子在一個樂觀的歷史前景的設定上，自覺、主動地與國家意識形態呼應一致的體現。在「文革」剛剛結束的最初幾年，黨、國家、人民等宏大意識形態話語，是知識份子在政治滄桑和精神規訓中所能尋找到的最為合法有效的政治批判資源，對它們的理想化的理解與信仰也是對「文革」極端荒謬的政治面貌的映照，只不過，在發揮這種批判功用的同時，也陷入了批判對象自身的邏輯陷阱之中。在這樣的情感框架下的「文革」反思，也就不可能深入到對象的壓迫性、暴虐性和受損害者自身的精神奴性。

（下）政治規約與思想突圍

80 年代以後，隨著思想解放的深入和對「文革」反思的深化，知識份子在集體意識形態的規約中不斷突破，在個人與社會、國家的關係上，以高揚「主體性」作為醒目特徵，出現了類似「五四」時代的社會文化思潮，逐漸產生了一種新型的、與國家意識形態不完全融合的個人觀念和精神自覺，國家意識形態和知識份子的自我意識產生了某種程度的疏離。

一、國家與個人的重新審視——劇本《苦戀》及其他[27]

　　這一階段，知識份子視角的「文革」敘事在總體上呈現出表達苦難而忠誠的思想模式，但還有一些如劇本《苦戀》、《假如我是真的》等作品，它們在撥亂反正、批判極左、控訴「四人幫」等國家意識形態允許的歷史與政治批判範圍之外，把思想與藝術的觸角伸向整個體制、整個信仰，在對國家與個人的關係的重新審視中萌發出個人意識——「人」的意識的覺醒，並從人的異化層面上揭示「文革」造成的悲劇及其內在實質。

　　《苦戀》的災難敘事是在對新中國的情感認同前提下展開的。畫家淩晨光在新中國成立之初，放棄了在國外的優越生活條件和事業發展條件，懷著對祖國新生的喜悅和奉獻祖國的熱情攜妻回國，並在進入祖國領海看到五星紅旗時，生下了女兒「星星」。然而，到了「文革」期間，主人公一家被趕進陰暗的斗室，「沒有窗戶，沒有陽光，沒有空氣」；在生日那天，畫家被打得遍體鱗傷，乃至於成為被追蹤、捉拿的罪犯，長期逃亡、流浪在荒野之中，當年意氣風發的藝術家變成了吃鼠糧、生魚的野人，作品以這樣的情節安排喻示著知識份子「生活在祖國也像是在他鄉」的命運遭遇。[28]結尾的一幕是：在茫茫的雪原上，天空中雁陣排成「人」字，緩緩飛來；大地上，淩晨光的生命之火已

---

[27] 劇本《苦戀》及其影響是 80 年代初人道主義與國家意識形態之間發生裂隙和摩擦的典型事件，所以，這裏把它作稍微詳細的描述，以作為歷史語境構成那個時期「文革」題材小說創作狀況的一個參照。

[28] （俄）弗蘭克：《俄國知識人與精神偶像》第 154 頁，徐鳳林譯，上海：學林出版社，1999 年。

經燃盡。當「人」字形雁群消失在天際時，畫家死在雪地上，他的身體爬出了一個大大的問號。

雖然這個劇本表達了人道主義的主題，但依然是在控訴、揭露的政治語境下而產生的知識份子「文革」敘事，正如卷首語中引用的屈原詩句「路漫漫其修遠兮，吾將上下而求索」以及「亦餘心之所善兮，雖九死其猶未悔」所顯示的，表達知識份子的執著求索和九死未悔的愛國情感依然是其主導意旨，只不過作品對造成知識份子悲慘命運的社會政治原因的追問虛擬化、意象化，如大雁排成的「人」字、蘆葦蕩、太陽、神佛等意象，超越了國家政治話語規定的批判對象「四人幫」而具有某種更加深廣的社會歷史的批判效果。其中最引人注目並遭到批判的是其中畫家之女對父親說的話：「您愛我們這個國家，苦苦地留戀這個國家……可這個國家愛您嗎？」這種對無條件的愛國主義的質疑引起當時主管意識形態部門的干預，《解放軍報》在 1981 年 4 月 20 日發表了特約評論員文章，題為《四項基本原則不容違反》，認為作品在表達知識份子「苦戀」祖國的主觀意圖之外，宣揚了抽象的人的價值、人的尊嚴，沒有堅持「四項基本原則」，不利於安定團結等，作者也被迫作了自我檢討。這些非常清晰地顯示了國家意識形態和權力機構對包括「文革」在內的歷史反思的現實制約。

在小說領域，《波動》、《飛天》、《晚霞消失的時候》等也因對「文革」歷史的反映涉及到對整個國家機器、體制帶來的特權、人性與宗教自由等多方面內容，而遭遇到來自評論界、文化權威部門等的不同程度的批評。當然，這一時期的批評已經不同于「文革」及以前的政治批判，但顯然對「文革」敘事的深化和多樣化的可能性起到了強大的規約與限制作用。

二、自我解剖和歷史承擔：《人啊，人！》的獨特意義

　　如果說 80 年代初「文革」敘事突破意識形態話語體系的可能在權力機構的規約和干預下變得艱難，那麼，另一種敘事取向成為深化「文革」反思的新途徑，這就是知識份子的自我反思。

　　我們看到，戴厚英的《人啊，人！》中雖然每個人物幾乎都可以找到作為「文革」受害者的證據，但主人公孫悅不再是作為歷史的受害者而進行政治控訴和反思，而是如巴金《隨想錄》般痛苦而勇敢地揭開知識份子自身在歷史動盪中的盲目、奴性、靈魂的迷失、精神的放棄。在「文革」中飽經政治迫害和家庭不幸的孫悅，到了「文革」結束之後，她沒有以政治受害者的姿態去傾訴受難的歷史，表白抗爭的光榮，也沒有因為政治的顛來倒去而看破一切、失去信仰。她更多的是解剖自己，思考自己對歷史的責任，不因受難而豁免心靈的塵垢，不因歷史的沉痛而忘卻過去：「對於我，歷史並沒有過去。歷史和現實共著一個肚皮，誰也別想把它們分開。」她為自己在五十年代反右運動當中的盲目和輕信而愧疚，為自己的虛榮和淺薄而汗顏，為傷害過個性正直而思想獨立的何荊夫而痛苦不堪，為自己參與了歷史錯誤而真誠懺悔。正如作品中人物（奚望對其父親奚流）所言：「歷史曾經給您留下創傷，可是你不應該忘記你對歷史也負有責任」。正是在個人對歷史的責任反省中，孫悅的心靈和情感承受著沉重的負載，使得她在追求個人幸福和擺脫歷史重負中徘徊、矛盾、踟躕不前。最終在承擔歷史的同時心靈逐漸獲得重生，從虛假盲目的迷信中走向思想的成熟，從階級鬥爭工具的沉痛自省中生長出獨立、

理性、大寫的「人」的意識。她在給前夫趙振環的信中說：「我正在把『過去』變成今天的營養，把痛苦化作智慧的源泉。」

另一個人物趙振環作為一個普通知識份子的典型也具有獨特的意義。在「文革」翻手為雲、覆手為雨的政治變幻中，他渾渾噩噩、隨波逐流，成為沒有靈魂的政治工具。作為記者，他今天寫文章批判昨天的文章，明天又來批判今天，正是巴金所自我解剖的思想奴隸，為了自保而喪失自我、放棄真理，是沒有思想和靈魂的知識軀殼。在「文革」結束後，他作為一個良知未泯的知識份子，從個人感情到社會道義都產生了一個重新甦醒和自我贖罪的渴望。在何荊夫的關於人道主義思想的著作出版問題上，他對僵化頑固的領導表現了拒絕與獨立的姿態，並發出「我寧可作一個跛足而有心的人，不願作一匹只知奔跑而無頭腦的千里馬」的心靈呼聲，這也是一大批被歷史「推著走」的知識份子的精神畫像，是歷史正義得到伸張的知識群體的基礎力量。

從敘述方式上看，《人啊！人》擺脫了全知視角的主宰世界與他人的敘事企圖，也沒有局限於第一人稱敘事可能有的道德優勢，而是以多個第一人稱（包括孫悅的女兒憾憾和奚流的兒子奚望）內心獨白的敘事方式，讓敘述者的主體意識分解和發散，通過各個人物的主觀敘述形式，對經過了歷史風雨的淘洗後各類知識份子的靈魂作了準確而深刻的透析，用每個人物的心靈獨白，而不是全知視角的包辦代替，讓人物自我表白、自我辯解又自我暴露、自我呈現，充分展示政治大動盪帶來的心靈變異與分化，以及各種價值觀的交鋒與對抗：奚流的自私僵化、許恒忠的玩世不恭、趙振環的迷途知返、蘇秀珍的庸俗市儈等等。同時，幾個主要人物的內心獨白平行交替展開，把慣常的整一光滑的歷史鏡

面轉換成立體多棱的心靈世界，從而在形式的文化意義上實現了
對「人」——個體與獨立的人的充分尊重。

　　當然，眾多人物的第一人稱講述方式，並沒有如《喧嘩與騷
動》等西方意識流小說那樣帶來價值多元與非理性的效果，《人
啊！人》的形式上的「民主」卻有著精神上的「集中」，通過孫
悅與幾個男性（何荊夫、趙振環、許恒忠）的情感關係和最後的
選擇（走向歷經磨難而意志彌堅、具有高度社會責任感和獨立思
想的何荊夫），表達了擺脫歷史陰影中的個人得失與恩怨、把對
人的意義的思考和追求皈依於對國家、人民的責任感、使命感的
宏大主題，體現了 80 年代初知識份子敘事共同的精神指向。

三、精神閹割與超越的困境：《男人的一半是女人》

　　儘管 80 年代初意識形態國家機器對「文革」反思的突破性傾
向進行了干預，但知識份子對歷史和精神追問的執著依然在尋找
表達途徑。張賢亮在 1985 年發表的中篇小說《男人的一半是女
人》依然以右派知識份子的受難歷史為題材，但作品的表層話語
與深層結構都顯示了與以往的不同：跳出了母與子的情感模式，
也不再表達勞動改造和精神改造後的歡欣體驗，尤其是對知識份
子被精神閹割的表達是對「文革」政治批判的新突破。

　　雖然這部作品發表後引起極大關注與爭議的焦點是作品中對
性心理的正面表現，其實它的深刻之處是在性這一表層話語背後
的隱喻和象徵內涵。主人公章永璘的男性功能的喪失作為一種整
體象徵，喻示著知識份子在長期的政治磨難和精神清洗中自主性
與創造性的喪失。作品中有一個非常富有創造性和隱喻意味的情

節：與主人公為伴的大青馬因經常吃大字報，並長期受鋪天蓋地的政治語言薰陶而說出人話。這一非現實性的情節暗示出「文革」政治話語對精神空間的全面佔領並帶來的極端異化狀態，大青馬因吃大字報（「文革」政治的表徵）而說出人話，那麼被政治話語和行動強制裹挾的人呢？答案不言而喻。同時，大青馬的「言語」更加明確地道出了「文革」在革命意識形態下實施的精神閹割的實質──對知識份子的勞動改造和政治改造其實就是消滅一切思想異端、扼殺一切自由意志和創造力，以使他們變成任由驅使的「騙馬」：

> 一方面，由於我被騙了，我滅絕了情欲，拋開了一切雜念，因而我才有別於其他牲口，修行到了能口吐人言的程度。正像你，誰也不能不說你在勞改犯中，在賣苦力氣的農工中，背馬恩列斯毛的語錄是背得比較熟的。而另一方面，因為你又並不是被騙掉了什麼，請原諒我用詞不當──如司馬遷那樣，卻是和我一樣在心理上也受了損傷，所以你在行動上也只能與我相同：終生無所作為，終生任人驅使、任人鞭打，任人騎坐。嚯嚯！我們倒是配得很好的一對：閹人騎騙馬！……我甚至懷疑你們整個的知識界都被閹掉了，至少是被發達的語言敗壞了，如果我們當中有百分之十的人是真正的鬚眉男子，你們國家也不會搞成這般模樣。
>
> 你的信仰，你的理想，你的雄心，全是徒然，是折磨你的魔障。你知道得最清楚了：人們為什麼要騙我們？就是要剝奪我們的創造力，以便於你們驅使。如果不騙我

們，我們有自己的自由意志，我們經常表現得比你們還聰
明，你們還怎麼能夠駕馭我們？

　　以「閹割」意象為中心(馬的被騙和人物的性無能)，標誌著
張賢亮走出了《靈與肉》、《綠化樹》等前期作品的感謝苦難、
皈依人民的價值模式，對政治高壓、思想專制的批判，對知識份
子自身的反省，以及對被灌輸的信仰、理想的懷疑等構成這部作
品豐富意蘊中的重要內容。張賢亮在這裏表達的是知識份子的恥
辱體驗，是一種受傷的尊嚴意識以及對這種恥辱的超越渴望。從
這個意義上，《男人的一半是女人》是當代知識份子的政治反思
和自我意識深化的又一里程碑。章永璘最後離開妻子黃香久而走
向政治抗爭的道路，雖然從人物心理的角度有性報復的潛意識因
素，但從人物的主觀意圖來看，卻是從屈辱生存中走向超越和突
破的追求。不過，這種超越又最終走向了政治抗爭的老套：章永
璘的超越不是從被「閹割」的精神狀態中恢復主體創造功能，而
是英雄般地獻身于正義鬥爭，人物的隱秘心理和情感選擇因此帶
上了政治主體的光環，因而這種超越的表達顯得膚淺而造作。

第三節　政治合法性與農民視角

　　農民作為中國社會最廣大的存在基礎，作為「人民」中的大
多數和最底層，其生存狀況天然地成為衡量一切政治正當性和合
法性的一杆天平，所以，關注農民在建國後的命運起落當然地成

為新時期「文革」敘事的又一焦點。相應地，在政權與人民的關係中、從農民的物質生存狀況出發反思 50 年代至「文革」時期的政治問題是 70、80 年代之交「文革」敘事的又一重要視角。在社會主義政治話語體系中，翻身解放、當家作主是建國後 30 年對農民這一階層的意識形態界定。而在 1978 年後解放思想、反思「文革」的歷史語境中，開始出現了一系列作品突破以往話語模式，體察農民在社會主義的長期實踐中的生活疾苦，從而揭露某些歷史階段政治的謬誤與貽害。但另一方面，這些作品往往把反思和批判的焦點嚴格限定在極左政治和政策的基層執行者層面上，把農民的苦難解釋為上層（領袖）與下層（百姓）的「斷線」，從而在對政治失誤的正視中再續人民和黨、政權的血肉聯繫這一歷史脈絡，重新講述當下政治的合法性和正當性，為斷裂的歷史重新接續和延伸，是這一類作品在表達底層社會疾苦的同時所產生的意識形態話語效應。

一、災難和新生的敘事結構

自古以來，民眾的生存狀態如何一直就是統治者是否能立足穩固的基礎，封建制下也是把民眾與國家社稷視為水與舟的關係，但民君結構中的民又往往是「治於人」的愚民、蟻民。到了近代，特別是社會主義階段，從理論上來說，「人民」是社會的主人與主宰，統治者是人民的一部分，是人民利益的代表和維護者，與人民魚水情深、休戚與共，這些正是新中國政權的合法性根基。人民（主體是農民）是歷史的創造者和社會主人成為 1949 年以後政治理念和意識形態話語的構成要素。在人民關懷的現代

文學和文化傳統薰陶下的一批作家，自然而然地從揭批「四人幫」、控訴「文革」而進入底層苦難敘事，通過正視建國後特別是大躍進到「文革」十年中農民的生存狀態，把「主人」們的不幸與困境借揭批的語境帶入人們關注的視域，從而打破了建國後三十年人民形象僅僅充當政治正確的受益人和見證人的一貫模式，同時又普遍把苦難和悲劇的結構框定在 1957 年至「文革」結束，從而呼應了《關於建國以來黨的若干歷史問題的決議》（以下簡稱《決議》）中撥亂反正的政治結論。

高曉聲的《李順大造屋》和《「漏斗戶主」》等一系列作品從農民最基本的吃和住的問題入手，講述了農民在「翻身」之後的艱難和曲折。李順大的造屋經歷就是建國後 30 年中國社會主義實踐的得失正誤的寒暑表。依靠艱苦勞動和節儉生活，蓋上三間瓦房的願望是李順大（也是億萬中國農民）的共同願望，是中國農民在獲得土地之後對物質生存的合理而自然的需求。然而，為了這一願望李順大一家付出了三代人、30 年的艱辛代價，遭受了駱駝祥子式的命運起落。大躍進把他全家用三年的勞動血汗換來的造房材料煉了廢鐵，「文革」中省吃儉用積攢下的造房錢又被造反派敲詐勒索，李順大還被關押、鬥爭了半年，幾乎也如同祥子般變得玩世不恭了。當然，與祥子的結局不同，一切苦難到了「文革」結束也隨之結束，農村政策根本改變了，李順大的三間瓦房終於即將落成。這樣，農民的苦難敘事嚴格對應了政治決議的歷史評價。

其實，高曉聲的另一篇不太為人注意的短篇《極其簡單的故事》在反映「文革」方面更有特色，作品把「文革」的政治高調與農民的物質生存需求的對立展示無遺，並進入農民被扭曲的心

理世界，從而判決「文革」政治的「死刑」。「文革」中常見的「革命」儀式——把人打扮成類似舞臺上的丑角形象掛牌遊街示眾，是無視、踐踏人格尊嚴的暴行，知識份子不堪受辱而自殺的例子很多，但在只求活著根本顧不上尊嚴的農民那裏，這種侮辱性行為反倒成了求之不得的好事，因為被掛牌遊街者可以多拿工分，幹部則可因此證明自己「抓革命」的業績。所以，「全生產隊一共二十九戶，十一年來掛過牌子示過眾的，已有一十八名，涉及十六位戶主。原因各有不同，總括起來，一概屬於革命需要，革命需要你做動力就做動力，需要你做對象就做對象，決無討價還價的餘地。不過細算起來，平均每年還不足一點七人；全隊男、女、老、少一百三十個，按這個比例，每人輪到一次就要七十七年，啊，漫長的歲月！叫人想著好不心焦呀！」荒謬的「革命」儀式與農民的生存欲望居然按照這樣一種奇妙的邏輯相互利用，黑色幽默式的描述語言道出農民的貧困、艱辛、毫無尊嚴的生存景觀和「文革」中的「革命」高調實際上是爭奪大小利益、愚弄底層百姓的工具。

第一屆茅盾文學獎獲獎作品《芙蓉鎮》是當時影響很大、廣受讚譽的作品，其中人物命運也與政治變動息息相關。建國初胡玉音等的幸福生活是對那個時期政治正確和英明的印證，50年代末到「文革」十年胡玉音的所有不幸與苦難都是由政治運動直接導致的。所不同的是，《芙蓉鎮》不僅講述了農民物質生活的艱難，更多的是展示人物情感和命運的曲折，把農民和知識份子作為共同的政治受害者和歷史見證人，以悲歡離合的情感故事來呈現「文革」政治的違反人性及其製造的人間悲劇和罪惡。最後是大團圓結局——兩位善良而受難的主人公政治上摘帽平反，情感

上終成眷屬，芙蓉鎮恢復常態。同時期其他影響較大的作品如《許茂和他的女兒們》（以下簡稱《許茂》）、《剪輯錯了的故事》、《犯人李銅鍾的故事》、《張鐵匠的羅曼史》等都在講述農民苦難、控訴極左政治的同時表達了災難已成過去、幸福即將到來的歷史設定，體現了共同的底層結構，邏輯地表達了：「文革」作為社會主義健全肌體上的「毒瘤」必將也已經被割除，歷史已重新步入健康進步的軌道，從而呼應和構成了撥亂反正的意識形態語境。

　　這批作品在對普通農民的生存境遇的關懷中，把對「文革」的思考延伸到對整個新中國政治脈絡的反思，因為切實反映了農民的生活疾苦，而且往往有動人的情感故事，道出了人們積壓已久的政治怨憤和道德心聲而受到當時廣大讀者和觀眾（由於電影的傳播）的極大歡迎。另一方面，這些作品的政治批判性又是在對以往政治的意識形態規定性解釋中建構和完成的。高曉聲對農民苦難命運的講述開始于農民對黨、政府的恩人與救星式的情感模式中：解放前，船戶李順大一家因為沒有房子，母親和妹妹被凍死在冰天雪地中，是新社會結束了李家沒有房屋、到處漂泊的生活，分得了幾間草房，所以從新政權獲得實利的李順大衷心擁護和響應建國後的歷次變革。許茂老漢對土改時期、互助合作時期工作組（黨）的感激和尊敬（《許茂》）、老壽對戰爭年代甘政委出生入死解救百姓、與自己同甘共苦的反覆回憶（《剪輯錯了的故事》）等等，都傳達了政權（黨）的正當性基礎是代表農民的利益和意願這一主題指向。苦難只是發生在 1958 年大躍進到「文革」十年當中，是極左的政策和基層的投機者破壞了黨和新社會的形象，敗壞了農民對黨的感情、對政策的信任。當歷史

的航向被扭轉過來，農民們再次體會到當年的新生和喜悅，新屋子實際上就是新生活，陳奐生們再一次獲得了新生。作品的敘事結構是封閉的，意識形態化的批判模式普遍存在，「在展示苦難的同時確證現在，而「反思」要突出的是「反」而非「思」，因為「反思」的結果已先在地存在於人們的意識當中。」[29]從新生到苦難再到新生的敘事框架一方面對應了新中國歷史發展的意識形態解釋，另一方面也是長期以來人們信奉的歷史螺旋進步的唯物史觀的演繹，新生姿態下的苦難歷程敘事，總是貫注著對過去的批判與對現實的肯定。所以講述苦難的文本沒有成為本質意義上的悲劇，只不過是一段個人與國家的曲折經歷的「憶苦思甜」。

二、道德化的歷史演繹

在眾多的農民視角「文革」敘事文本中，大都存在著這一現象：以民間道德的善惡、美醜來置換政治上的是非與正邪，受害者往往擁有道德上的純潔與美好乃至崇高，甚至容貌也是美的。相應地，造反派、施害者往往是道德敗壞、心理變態，相貌上非醜即怪的。如《芙蓉鎮》中，政治受害者胡玉音就有著出眾的容貌：「黑眉大眼，面如滿月，體態動情」，有「米豆腐西施」、「芙蓉仙子」的美稱；而且性格溫婉柔順，手藝嫻熟，待客心誠嘴巧，應付裕如，頗有阿慶嫂的八面玲瓏。可以說，作者把所能

---

[29] 易暉：《「我」是誰──新時期小說中知識份子的身份意識研究》第 17 頁，南昌：百花洲文藝出版社，2004 年。

想到的女性美德都集於其一身。而作為政治投機者的角色——國營商店女經理李國香則完全相反：三十多歲的老姑娘，「皮肉鬆弛，枯澀發黃」，眼睛佈滿紅絲絲，四周是黑眼圈、魚尾紋；人品道德也很低劣：攀附高枝、朝三暮四，因與有婦之夫的縣幹部有染而墮胎，勾引鎮上的單身漢谷燕山不成而惱羞成怒，後又與無賴王秋赦鬼混，等等，是一個典型的醜陋而卑下的壞女人。「運動根子」王秋赦則是個被村民所不齒的遊手好閒、好吃懶做的老光棍兒。這種黑白分明的道德善惡與美醜，恰好對應著政治上的是非與正邪：在政治運動中，正是李國香、王秋赦這樣的「壞人」乘風而上，從中漁利，而「好人」胡玉音、秦書田等則受難遭殃，命運悲慘。與此類似，《許茂》同樣把政治現象和權力問題道德化，把「文革」中的「新生派」、造反派鄭百如講述成一個陰險毒辣、利慾薰心、毫無真情並生活「腐化」的陰謀家，連與妻子的關係親疏也完全因他的權力需要而變化。作為正面人物的原大隊書記金東水不僅始終代表正確的政治路線，而且不近女色，道德純潔得幾乎不近情理，雖然受到政治打擊（「文革」中被鄭百如取而代之）、家庭不幸（火災和喪妻），單身一人帶著兩個年幼的孩子生活在艱難、孤寂中，卻依然專心研究和設計家鄉發展規劃，成為「文革」期間民間的精神控制中心。最後，好人得到好報，純情的四姑娘和正義的金東水在歷經情感和命運曲折後終成眷屬。

在這種共同的講述模式下，「文革」政治時期的社會生活情形被分明地解釋成少數壞人作惡，多數好人受難。這種忠奸善惡二元對立式的思維模式類似傳統戲劇中的臉譜標識，具有簡單明快的戲劇效果，其壞人當道、好人受難、黑白分明、善惡報應、

大團圓等傳統模式因「契合大眾審美趣味和宣洩需求」[30]而受到
大眾（讀者和觀眾）的廣泛認可和歡迎，進而實際上鼓勵了類似
模式的大量複製，後來者更因缺乏對歷史的獨到發現和人性的深
入思考而顯得平庸。同時，這種正義與邪惡、好人與壞人的道德
臉譜化敘事模式，在現實主義創作方法貌似客觀的形式效果下，
輕易地化約與剪裁了「文革」社會生活中的矛盾、曖昧與混亂，
把蘊涵著社會制度與矛盾發展的必然性和人性基礎的「文革」歷
史變成樸素的民間道德的簡單演繹。這類文本的初創、複製和傳
播、流通，成功地實現了民間百姓情感和道德慣性與新時期撥亂
反正的意識形態話語的互動，從而在揭示「文革」問題時又遮蔽
了一個更加實質的問題──「文革」正是借用民間道德力量，把
政治異己進行道德醜化，從而實施一元化的權力控制和思想控
制。同時，這種二元對立式思維模式正是「文革」意識形態的思
維模式，批判者和批判對象擁有著一個共同的底層邏輯，因而把
顛倒的歷史再顛倒過來的結果顯然無法切中歷史的要害。另一方
面，把受害者簡單地講述為正義者，受害的主角在道德人性上過
濾得過於純淨、毫無瑕疵，不僅與生活真實不相吻合，而且帶來
了某種新的意識形態效果，形成一種新的遮蔽：對政治理念的必
然性和權力爭鬥的循環性的覆蓋，並為新一輪權力分配作辯護和
美化，從而使被政治審判的少數人之外的廣大人群都獲得赦免，
似乎都是道德審判者而外在於歷史，剛剛從歷史陰影中走出的中

---

[30] 許子東：《為了忘卻的集體記憶》第 168 頁，北京：三聯書店出版社，
2000 年。

國人借此可以迅速獲得道德和情感的平衡，唯獨放棄的是對歷史本身的理性分析和自身責任的深入反思。

三、政權合法性的斷裂與接續

　　從農民視角的「文革」敘事文本中，我們可以看到其潛在而一致的意義取向和敘事動機：在政權（黨）與人民的關係中判斷政治的正誤與得失──從當年的榮辱與共、唇齒相依的歷史設定到後來的中斷與破壞，再到恢復平衡，把農民的生活疾苦歸罪於1957 年以後的極左政治路線和「文革」中的政治投機者林彪、「四人幫」。在這批故事中，每一個受難主人公的周圍，往往都存在著兩種力量：一種是迫害者，即錯誤路線執行者如鄭百如、王秋赦、李國香等；另一種就是保護者，即真正的共產黨員、正義良知的化身如谷燕山（《芙蓉鎮》）、程少春（《許茂》）、牛書記（《張鐵匠的羅曼史》）、劉清（《李順大造屋》）等。保護者也就是人民利益的維護者，他們都是作為政權（黨）的主導力量貫穿於整個歷史過程和人物命運中，成為政治反思中再續政權（黨）的權威性、先進性和合法性的意識形態符碼。

　　《芙蓉鎮》裏的「北方大兵」谷燕山是個南下的老革命，在胡玉音等百姓的心目中，「老谷就代表新社會，代表政府，代表共產黨」。如果說在二十多年的變幻莫測的政治風雲中，多少人跌倒、扭曲、受害、害人，反反覆覆，顛顛倒倒，而谷燕山則是鎮上唯一沒犯過錯誤、始終保持良知與正義的人。60 年代初的「四清」運動中，他因賣糧站的碎米頭給鎮民餵豬（胡玉音用來做米豆腐）被作為包庇、縱容資本主義而被解除糧站主任職務，

監督反省（從敘事的當下語境看這恰恰是正確的），在「文革」中，「靠邊站」的他則是「醉眼看世界」（實際上是眾人皆醉我獨醒），還一再幫助、成全受難中的胡玉音和秦書田。「文革」結束後，秩序恢復到五十年代初，也就是正常秩序和生活常態，谷燕山又重新回到領導崗位，帶領鄉民投入到更火熱的生產建設中去。作品借人物之口，反覆表達了這樣的意思：「新社會，人民政府，本就該由你這一色的老幹部掌權、管印啊！」

正是黨的脊樑式的人物形象谷燕山以及李銅鍾、程少春（《許茂》）等，構成政權（黨）的合法性證明，其共同敘事前提是：黨原本是為人民、愛人民的，是魚水難分、情同手足的，只是一些或利慾薰心、或頭腦發熱或被政治風潮吹刮得身不由己的人即追逐權力者、道德敗壞者損害了黨的形象，中斷了黨的傳統，由與人民息息相通到只顧個人利益，唯政治權威之命是從，不顧百姓疾苦，置人民利益於不顧。同時，扭轉乾坤、支撐歷史的英雄依然是黨，是真正的黨員，他們是民族新生的脊樑。《犯人李銅鍾的故事》的敘事結構典型地體現了這一潛在的意義模式。

在李家寨一村幾百號人面臨乞討、餓死而「帶頭」書記不又拒不發放救濟糧的危難時刻，共產黨員李銅鍾不是悲憤、絕望，而是湧動著強烈的責任感和「捨我其誰」的崇高感：「要是世界上沒有饑餓和寒冷，還要共產黨做啥？共產黨員李銅鍾啊，你跑到鴨綠江那廂打狼，你瘸著一條腿回家，難道是為了在鄉親們最需要你的時候拋開他們嗎？支部書記李銅鍾啊，你這一輩子能有幾回象今天這樣檢查你對人民的忠誠，考驗你的黨性啊！」在這感人而又不無矯情的話語中把農民的政治苦難故事悄然轉換成政權（黨）是人民的恩人和救星式的傳統主題。故事中的衝突——

李銅鍾的「借糧」和朱老慶的「不借」（「這是國家的糧食，保護它，像保護生命一樣，是我的職責。」）——使得原本生死患難的戰友之間構成了對立，也即國家與人民之間產生了對立。但後者在瞭解到百姓的忍饑挨餓的真相後，他們的分歧很快化解，一人違法變成了二人承擔，後來又變成了大隊幹部們的集體承擔意願。這種似真性文學虛構顯然是對歷史過於樂觀和主觀意願化的解釋，李銅鍾的人民利益高於一切、無私無畏的形象塑造也是以往高大全英雄形象的翻版，其效果一方面是對極左政治不顧百姓死活、成為人民利益的對立面的揭露，另一方面又以其崇高的形象建構和樹立政權（黨）的先進性和合法性的意識形態話語。

　　《李銅鍾的故事》在政權合法性的重新講述中，同樣把造成百姓生存苦難的罪責歸結于個別「壞人」——弄虛作假、欺上瞞下、一心向上爬的公社書記楊秀文一人，而正直的黨員（包括縣委書記田振山、鄰村書記劉石頭等）、善良的人民是多數。而且，非常有趣的是，作品借農民老杠叔之口說：「毛主席不叫咱凍著，就不會叫咱餓著。興是年前風老大，電話線刮斷了，上頭跟底下斷了線」，就是俗話所說的，經是好的，都叫下邊歪嘴的和尚念壞了。這是農民對苦難生活的樸素理解，但把它和整個作品的意義結構相比照，又有著完全一致的邏輯。以上層與下層「斷了線」的話語方式，把批判的對象嚴格控制在執行者，也是敘事者在特定的時代語境下對那段歷史的想像性解釋。

　　《許茂》同樣也是從農民和幹部關係的疏遠乃至對立的現象，來反思「文革」對黨的形象的破壞、對農民利益的損害，其

前提依然是重敘過去黨與人民的唇齒相依、血肉聯繫,並把一切歸罪於道德敗壞的基層政策執行者:

> 農民為什麼跟共產黨走呀?——還不是因為黨的各項方針、政策給農民帶來好處。土地改革打垮了封建地主,政治上得到了解放,經濟上也徹底翻了身,他們認定了跟黨走沒錯,只有社會主義道路才能救中國!當他們通過比較,通過認真的思考,下定決心走社會主義道路的時候,他們自覺自願地把土地、耕牛、農具全部交給了集體,巴望著乘上這只社會主義大輪船度過汪洋大海,通向共產主義的美好前程,祖祖輩輩永遠擺脫貧困……可是,後來這只大船像擱淺在沙灘上,走不了啦!貧困像鬼魂似的跟著他們。特別是這些年來,黨的政策總是落不到實處(——著重號為引者所加),那些上邊來的幹部沒有一個不是打著共產黨的招牌的,可他們有些人卻破壞黨的政策,像國民黨一樣的欺壓農民!

這段話是一個正面的幹部形象程少春說的,也可以理解為作品的點睛式話語,這裏把從互助合作走集體化道路講述成農民心甘情願、自覺自願地走集體化道路(這是對趙樹理、柳青等50年代反映農村生活複雜性和小農意識的頑固性的後退,是對生活和歷史的偷工減料式的利用),而把集體化道路的進一步展開:「文革」當中割資本主義尾巴(其實在50年代已經不同程度地存在)、不准農民飼養家畜、耕種自留地等想像為一些投機卑劣的基層實施者的劣行,執行黨的政策(反修防修)的人被講述成沒有把黨的政策落到實處、破壞黨的政策的「國民黨」,從而樹立

最高政治層的一貫正確形象，這與其說是反思歷史，不如說是對歷史的遮蔽和意識形態化注腳。然而，那個時期，正是這些作品受到廣泛好評和歡迎，它們對歷史的闡釋顯然受著意識形態話語的規定，同時也固化和複製了那個撥亂反正的話語體系。

這裏要特別提到是張弦的《被愛情遺忘的角落》，作品不僅反映了農民的經濟、物質生存的極端貧困，而且從人的另一生存本能──性──的被扼殺和被扭曲，來表現「文革」時期農村生活狀況的極端荒蕪與蒙昧。存妮和小豹子的青春衝動帶來的悲劇以及荒妹的經濟婚姻，既是對社會控訴一般模式的突破，也深入到底層生活的內部，揭示了「文革」對普通人帶來的精神摧毀和經濟損害達到無以復加的程度。

從以上的分析中可以看出，農民視角的「文革」敘事作品一方面從農民的生存狀態和命運曲折中對「文革」社會政治及建國後 30 年的政治失誤作出了批判與反思，體現了創作者們關心百姓疾苦、表達人民心聲的道義良知；另一方面，受特定時代語境的制約，它們又無不詮釋著「撥亂反正」、「正本清源」的政治結論，是對政權（黨）的合法性再造，特別是把政治謬誤想像性地講述成上層與下層斷了線，更是對歷史的迷失和遮蔽。當然，從當代文學發展的角度來說，正如陳思和主編的《中國當代文學史教程》中所指出的：茹志鵑的《剪輯錯了的故事》、高曉聲的《李順大造屋》、方之的《內奸》、古華的《芙蓉鎮》等，有意無意地從民間的視角和立場反思中國民主革命和歷次政治運動中存在的悖謬與悲劇現象。雖然作為一種敘述立場的選擇很難說是完全自覺的，但它們畢竟為「反思文學」提供了另外一種思考途徑和立場，也為「文革」後文學預示了一種新的可能開拓的空

間。[31]同時，以農民（人民）的生存狀態映照政治和政策的合理性與合法性缺失，也顯示了知識份子對情感自戀與忠誠自白的超越，具有真誠的人民關懷和人民情感。它們共同的底層視角和道德立場無疑是對把人民作為純粹政治符號的政治文化和傳統意識形態話語的扭轉，為當代文學和文化空間的拓展開啟了一個有潛力和意義的領域。

第四節　辯護與自省：紅衛兵視角

「紅衛兵」運動，是「文革」政治運動的一個重要組成部分，也是「文革」記憶的一種典型符碼。至今在不少涉及「文革」歷史的影視作品中，一閃而過的場面仍然是綠軍裝，紅袖章，遊行，抄家，打砸搶……從某種意義上說，這是一場在政治權力操縱下、以青年學生為主體的群眾性運動，因其明顯的破壞性而為人們所普遍詬病。但在最初兩年激烈的「文革」運動過後，作為紅衛兵主體之一的中學生便大多被下放農村，「接受貧下中農的再教育」；這個主體的另一部分——當時的在校大學生，也被集中下放勞動，並隨後被草草分配了工作。「文革」結束後，一些在政治力量挑動下的傷害與破壞行為者被作為打砸搶分子，施以刑事和政治懲罰，這無疑也是對紅衛兵群體在歷史上

---

[31] 陳思和（主編）：《中國當代文學史教程》第 208 頁，上海：復旦大學出版社，1999 年。

的位置作了貶斥性裁定。[32]但在文學表現中，把「紅衛兵運動」和「紅衛兵精神」[33]區別開來並作出不同的價值判斷，構成了一個獨特的文學和文化現象。應該說，紅衛兵這一特殊群體在「文革」運動中既充當了施害者又充當了受害者的雙重角色。因此，在紅衛兵視角的「文革」敘事中，紅衛兵運動和形象也就因看取角度的不同而呈現出大不相同的面貌，心理情感和價值評判也大相逕庭。

一、受害者的控訴和辯護

　　作為受害者角色的紅衛兵形象，最初出現在「傷痕文學」時期，其中引人注目的是兩個短篇《楓》（鄭義）和《重逢》（金河）。它們都選取了紅衛兵在「文革」初期武鬥中的行為表現作為講述中心，以他們的或當時死亡或後來受罰來顯示紅衛兵作為政治受害者的悲劇角色。

　　《楓》的主人公盧丹楓的故事被講述得頗為動人。她有著一張充滿朝氣和稚氣的臉龐：「男孩子似的短髮，方臉盤，薄薄的嘴唇，神氣的翹鼻子，散亂的額髮下，一雙稚氣未脫的大眼，在

---

[32] 這裏需要加以區分的是，紅衛兵和造反派經常被人們混同，其實這是兩個既有重合又有不同的概念。紅衛兵是指文革中大中學生的群眾性團體，最初以造反姿態捍衛文革，造反派則是指在文革中取代原權力機構而代之的各個社會團體包括紅衛兵團體中的奪權派。所以，簡單地說，就是造反派外延大於紅衛兵。

[33] 所謂「紅衛兵精神」可能有許多不同理解，但簡單來說可以歸納為：一方面是「誓死保衛……」的理想信念，「保衛」的對象可以有不同的價值指向；另一方面是狂放、暴力、自我膨脹的心理傾向，在當時被理解成英雄主義。可以簡單歸結為所謂的理想主義和英雄主義。

樹蔭下閃動著驕矜的光芒。」在敘述人「我」（美術老師）的記憶中，她是一個積極向上、純真而聰明的女孩，高三團支書、全校學「毛選」積極分子。在那場「文攻武衛」運動中，她又是衝鋒陷陣、真誠捍衛的勇士：「要奮鬥就會有犧牲，怕死就不革命了！」一副少年革命英雄劉胡蘭的口吻！同時，她又有著善良的美德和對愛情的憧憬，所以在確認老師「我」沒有敵對行為後偷偷放走了他（事實上「我」作為「敵方」偵察員已經畫下了「戰場」地形圖，單純在這裏也構成了美德），並以兩片並蒂的楓葉和匆匆寫下的短信託「我」轉交屬於敵對方的戀人李紅鋼。然而，「戰鬥」是殘酷的，這幫同學、師生為了表明自己的「革命」，在原本是學習的場所──教學樓裏使用上了步槍、機槍、手榴彈，丹楓在「戰友」犧牲後企圖反攻，她高舉起兩顆手榴彈，準備拼命。這時，李紅鋼──她的因為「文革」而分別一年多的戀人出現了。作品因為第一人稱的敘述方式沒有作心理描寫，但從她痛苦地放下了武器的行為中，我們可以體會姑娘的善良本性和真摯情感──她不忍心傷害對方。終於，在革命的理念和英雄的氣概支配下，她在戀人加敵人李紅鋼面前，高喊著「誓死保衛毛主席，誓死保衛林……」的口號跳樓身亡，以犧牲自己的生命來實現「革命」理想和愛情諾言。李紅鋼則在倒下的丹楓身旁讀著她的表達愛情的信，回憶著他們在一起時談生活、理想、鬥爭的情景，悲痛欲絕。兩年後，丹楓一派掌權，李紅鋼及其「戰友」作為「武鬥元兇」被槍決。作品一開頭就交待了整個武鬥傷害事件是在以江青為首的中央「文革」挑唆和慫恿下發生的，這樣，人物形象越純潔美好，政治「犧牲品」的意義表達就越強烈，控訴力量就越強大。

　　這是在「文革」結束後控訴、批判「四人幫」的政治語境下產生的紅衛兵敘事形態，以其單純而明快的調子，契合了當時的政治揭批需要，具有類似《傷痕》的政治控訴效果。但與此同時，作品把人物奉行的捍衛、理想、革命等也連同人物的道德價值作了肯定，道德純潔與理想真誠是在肯定「文革」的價值設定前提下的邏輯結論，這一點體現在作品對原本是無所謂是非的武鬥場面作仿革命戰爭式的描寫文字上。作品完全以戰爭文學作品中的術語（或者說是依照紅衛兵們當時的「革命戰爭」思維），對一幫中學紅衛兵的武鬥場面作了敵我戰場式的描述：兵臨城下，調兵遣將，戰鬥防線，腹背受敵，偵察地形等等。參加「戰鬥」的少男少女們也儼然是一個個勇敢無畏的戰士，主人公更是戰爭英雄的翻版。然而，正如王蒙後來所表述的：「那時候每一個普通的中國成人和孩子的生活裏，充斥著多少假設的偉大犧牲和浴血奮戰！那呼風喚雨撒豆成兵殊死搏鬥而又莫名就裏的歲月！」[34]但王蒙在事隔 20 年後的反諷式文字在這時則是被正面表達的，政治陰謀導演下的一場殘酷鬧劇被講述成類似戰爭狀態下的英雄故事，人物因之而具有革命烈士般的悲壯，體現了當時只批「四人幫」不反「文革」的意識形態規定性。人物形象則是「文革」意識形態所推崇的價值倫理──英雄主義與理想主義的類型化符號與載體，缺少作為一個少女的真實生命感。這也是當時大多數傷痕文學作品的共性。這與其說是講述紅衛兵運動，不如說是從紅衛兵角度控訴「四人幫」、講述「傷痕」，而且僅是「四人幫」帶來的「傷痕」。

---

[34] 王蒙：《狂歡的季節》第 96 頁，人民文學出版社，2000 年。

　　《重逢》同樣講述了紅衛兵在武鬥中的英勇行為，同時把紅衛兵和老幹部這兩種與「文革」政治密切相關的人群在「文革」前後的不同命運加以比照，對紅衛兵的現實命運表示同情、為紅衛兵的歷史遭際進行辯護的意圖更加直接和明顯。作品通過一個主持審查「文革」中打砸搶犯罪的某官員朱春信的辦案經歷，講述了前紅衛兵頭目葉輝（「文革」中改名葉衛革）的故事。當年的情形是：葉衛革帶領一批中學紅衛兵為了保護支持他們一方的領導幹部朱春信（時任市委副書記，捲入參與了派系武鬥），在與敵對派系紅衛兵的武鬥中傷人性命，自己也受了傷。當時朱春信對他由衷地產生感激和讚佩：「難得的小將啊！如果在戰爭年代，他們會成為忠誠的將士的！」然而，到了「文革」結束後，當年的救命恩人葉衛革成了打砸搶罪犯，審判者卻是被救者朱春信，所以在面對葉輝的案子時，朱春信的良知道義給「罪犯」一詞打上了一個大大的問號。從作品的意圖進行延伸，也可以這麼理解：如果說葉輝犯了刑法上的罪，那麼，朱春信則應該承擔一部分政治和道德上的罪。[35]

　　作品的「重逢」情節顯然是一個刻意安排的巧合，通過葉、朱二人所代表的兩種人群在「文革」前後的不同面貌和地位變化，意在表明對紅衛兵精神的肯定、對他們命運的同情和為紅衛兵辯護的意圖。如反覆出現在朱春信的腦子裏的葉輝媽媽的話「我的兒子本質上不是壞的」；葉輝對審判者朱春信說的話：

---

[35] 雅斯貝斯《戰爭罪責》中有四種罪的概念：刑罰上的罪、政治上的罪、道德上的罪、形而上學的罪。轉引自伊藤虎丸：《戰後中日思想交流中的〈狂人日記〉》，李冬木譯，《新文學》第三輯，第 42 頁，鄭州：大象出版社，2004 年。

「您犯了錯誤，可以理直氣壯地控訴林彪、『四人幫』對您的迫害；我犯了錯誤，卻必須承認追隨林彪、『四人幫』破壞文化大革命」。可以看出，面對「文革」結束後的政治清理和權力調整，紅衛兵作為一個特殊群體，其評價和定位是作品所要表達的焦點。關於幹部階層，我們可以在後來的《決議》中看到這樣的評價：「『文化大革命』所打倒的『走資派』，是黨和國家各級組織中的領導幹部，即社會主義事業的骨幹力量。」那麼當年的紅衛兵一代人是什麼力量呢？政治決議沒有結論，也可以理解成沒有被認可。《重逢》無疑是要通過文學這種民間力量來達到為紅衛兵正名和辯護的目的，而對「文革」政治本身的思考倒顯得並不分明。

　　以上兩篇小說均以中學紅衛兵的武鬥事件為中心情節，著重講述他們在「文革」中的虔誠「捍衛」和勇敢「戰鬥」，即使傷及性命也因含有自衛的成分而變得可以理解，均未涉及他們對無辜者的傷害。這種片斷式的歷史再現，切斷了人物行為的前後承續和社會影響，以相對封閉的故事結構完成對角色的塑造，因而作為受害者的歷史判斷也邏輯地成立，他們作為革命意識形態和政治權力鬥爭的犧牲品以及他們的即時死亡與後來的受到懲罰都顯得無辜而令人同情。同時，作品主要從外部行為和類的特徵來講述紅衛兵群體，尚未深入人物個體的精神世界，顯得過於簡單和平面。其實，盧丹楓、葉輝等紅衛兵形象與《傷痕》中的盧曉華、《班主任》中的謝慧敏等在心理氣質、精神世界方面是極其相似的（雖然歷史背景和行為表現不同，但可以設想，如果後者生活在「文革」初期，一定也是和盧丹楓一樣的「革命小將」），他們都只是作為一種功能性的角色符號而發揮政治控訴

和揭批「四人幫」的作用，但只有《班主任》凸現了「文革」意識形態塑造出的「好青年」謝慧敏的精神病態和靈魂畸形，雖然她「沒有絲毫政治投機心理」，「單純而真誠」，但被敘事者視為「病孩子」，而在《楓》和《重逢》中，相同的精神氣質和心理品格卻作為道德純潔、理想真誠被肯定。這樣的價值判斷從作品本身的情節敘事中是合理和成立的，但由此帶來的對紅衛兵整體的肯定性評價則值得懷疑。相同的精神氣質、相似的人物身份在不同的敘事設定下顯出迥異的判斷：理想虔誠與思想極左，道德純潔與心靈僵化、健康與畸形天壤之別，說到底是敘事者依據的價值尺度不同使然。與《班主任》不同，《楓》與《重逢》顯然不自覺地承襲了「文革」意識形態和價值觀，對專制與迷信下的精神奴隸的實質未能作出反思與超越，同時也顯示了許子東所說的紅衛兵群體心理現象：「這種想證明自己無罪的文化心態影響、制約、甚至支配著近十年來（指 1978 年以來）大部分的青年文學創作。」[36]而這種自我證明式的敘事邏輯卻顯示了與「文革」意識形態的共生關係，也反映了內在於一部「文革」歷史的一代人的心理焦慮與不平。

二、施害者的自省及其限度

　　《楓》和《重逢》的紅衛兵價值判斷，明顯地與當時的政治語境形成對話關係，控訴與辯護的意圖使得情節內容的選取有利

---

[36] 轉引自姚新勇：《主體的塑造與變遷──中國知青文學新論》第 55 頁，廣州：暨南大學出版社，2000 年。

於主觀意圖的表達，而對紅衛兵的抄家、打人、毀壞文物、傷害無辜等普遍為人們耿耿於懷、難以原諒的行為均未涉及。巴金老人在著名的《隨想錄》中談到紅衛兵、造反派時說：「那些『造反派』、『文革派』如狼似虎，獸性大發，獸性發作起來還勝過虎狼。連十幾歲的青年男女也以折磨人為樂，任意殘害人命，我看得太多了。」[37]這是受害者的感受和評價，其中不乏受害者的情緒色彩。不過，在「文革」歷史過程中，紅衛兵當然不僅是犧牲品，他們作為「文革」政治運動的「急先鋒」和瘋狂打手，在上層權力人物的慫恿下、在所謂英雄主義和理想主義的支配下的「革命」行動事實上給社會造成了極大的破壞與傷害。那麼，作為紅衛兵運動親歷者，他們的行為和心理邏輯到底是怎樣的情形？禮平的《晚霞消失的時候》（以下簡稱《晚霞》）就講述了一個紅衛兵在抄家運動前後的心理變化軌跡，表達了與《楓》、《重逢》完全不同的情感與價值判斷。

　　主人公李淮平是一位出身高幹家庭的紅衛兵頭目（「紅五類」），在「文革」初期抄家運動中，他帶領一群中學生紅衛兵抄了一個前國民黨高級將領楚軒吾的家。當他發現這正是他在不久前結識並產生好感的少女南珊的家時，他的內心產生了猶豫和矛盾，然而在當時的情勢下他還是說了些狂妄而粗暴的「革命」話語，造成了對南珊及家人的心靈傷害，因而一直心懷愧疚和自責，受著良知與情感的折磨，從此走上了一條長長的心靈受罰之

---

[37] 巴金：《隨想錄》第 852 頁，北京：人民文學出版社，1980 年。

路。作品的情節設計有著基督教「罪與罰」的結構模式，情感基調也是一種宗教式的懺悔與救贖。[38]

　　與這種懺悔心態相一致的是作品的敘述方式。作品採用第一人稱兼主角人物的敘述，突出了反省和懺悔的心理動機。有意思的是，在紅衛兵主角的第一人稱講述下，這一場抄家行動過濾了野蠻與粗暴的成分，顯得文明而有序：當幾十個抄家者進入楚軒吾家時，作為頭目的「我」對被抄者的庭院陳設、優雅情趣產生強烈印象，在其他人翻箱倒櫃、撬門砸鎖（「我」沒有直接下手）等查抄行為之後，「我」對「革命」對象楚軒吾說了一番極富人情味的安撫話：「現在去看看你的妻子吧，安慰安慰她，就說除了抄一些你們不該有的東西，我們不會傷害任何人的。」這些顯然與巴金先生的印象大相徑庭，與作品所描述的在暴烈革命理論和狂熱破壞激情的支配下紅衛兵的心理、舉動也不相吻合。只能這樣理解，作品借此來暗示主人公的善良本性，表明他們並非天生的野蠻，粗暴行為乃革命意識形態使然，並且這樣的人物性格才使以後內疚、懺悔心理成為可能。稍稍細心地閱讀，我們可以發現，當「我」對楚軒吾實施審查與「訓話」時，由第一人稱的敘事造成的真實效果卻悄悄轉換成對只有第三人稱才可成立的對他人心理世界的描述（「我」怎麼能知曉對方的心理？）：

　　　　楚軒吾抬起頭來，臉色已經完全變了。當我強迫（——命令）他去回憶（——交待）那些充滿了痛苦和恥辱的往

---

[38] 馮驥才的《鋪花的歧路》（《收穫》1979 年第 2 期）更早涉及到紅衛兵的罪感與懺悔意識，但《晚霞》的內涵更深沉豐富，引起的反響與爭議更大，所以這裏只分析後者。

事（——充滿罪惡的反革命歷史）時，這個畢生經歷都與國民黨軍隊密切聯繫在一起的人再也無法保持他的平靜了。他的冷漠和持重頓時消失，代之而來的是老人（——這個剝削階級的殘渣餘孽）的痛悔和激動。

> 楚軒吾痛苦地（——無力地）垂下了雙肩，在我無情的（——嚴厲的）追問下，陷入了深深的回憶之中。這個老人就這樣站著，站在這客廳的慘白雪亮的燈光下和洗劫一空（——查抄一空）的客廳中，向我們敘述了他的一生中那段驚心動魄（——罪惡多端）的往事……

這裏有著明顯的敘述語氣的轉換，以「敘述自我」（中年李淮平）去講述「經驗自我」（青年李淮平），對話是當年的「紀實」，敘述卻是現在的反思與懺悔的語氣。同樣是第一人稱，其實有所不同。當敘述自我講述當年「我」的行為時，實際上相當於第三人稱的視角——如今的「我」講述當年的「我」。以「敘述自我」——現在的心態和視角——敘述和回憶當年的事件，凸現反省和懺悔的情緒心理，即對「經驗自我」的審視與檢討。從敘事學角度看，「第一人稱敘事與第三人稱敘事的實質性區別就在於二者與作品塑造的那個虛構的藝術世界的距離不同。第一人稱敘述者就生活在這個藝術世界中，和這個世界中的其他人物一樣，他也是這個世界的一個人物，一個真切、活生生的人物，而第三人稱敘述者儘管也可以自稱『我』，但卻是置身在這個虛構的世界之外的。」[39]顯然，這裏的敘事有著從第一人稱到第三人

---

[39] 羅鋼：《敘事學導論》第170頁，昆明：雲南人民出版社，1994年。

稱的無意識轉換，如果把第一人稱貫徹到底的話就該是如括弧裏所用的內容一致但語境和情感色彩大不相同的語詞。正是這種悄悄的轉換使得自我反省與道德懺悔的意圖更為充分地得到實現。

與這種懺悔基調相應的是對包括紅衛兵運動在內的「文革」政治運動的理性反思，作品在優美而沉鬱的情感故事講述中還呈現出深廣的歷史相度和發散的空間相度的深思，涉及政治、文化、宗教、信仰和感情等等多方面的內容。

首先，人道與理性的價值尺度是貫穿整個作品的基本出發點。與紅衛兵因理想虔誠而值得同情和肯定性判斷不同，《晚霞》的講述是：「我」領導的這場抄家行動，只是在一種盲目而狂熱的破壞情緒彌漫和感染下發動的非理性行動，「沒有明確的動機，也沒有明確的目標，只要是破壞某種陳舊的東西，幹什麼都行。」這與誓死捍衛之類的表白形成強烈反差。顯然，這是以人道的理念審視紅衛兵在革命的名義下行瘋狂破壞與粗暴傷害之實，並暴露出所謂紅衛兵精神的狂妄和盲目，以理性的眼光燭照出紅衛兵「革命」行動的「虛偽的正義感和使命感」。正是理性與人道的出發點，才促使主人公懷著「內疚之心、慚愧之心、反省之心和自我批評之心」，對自己當年的粗暴與野蠻行為作出真誠懺悔，認清粗暴野蠻的破壞欲望在革命的天然正當性慫恿下得以暢行的歷史和人性面目。作品寫到在抄家中「革命原則性」與個人情感的矛盾以及最終戰勝後者（對抄家對象的同情與對愛慕的少女不得不「革命」的痛苦），無疑是對鬥爭理念的經驗懷疑與對人道人性的真誠呼喚；把個人品質與政治是非的判斷區分開來（對前國民黨降將楚軒吾的認識），充分肯定個人的價值和歷史構成的複雜性，突破了對歷史和人的簡單化、臉譜化的道德評

判模式。與作為政治犧牲者和道德純潔者的紅衛兵視角「文革」敘事作品相比，《晚霞》更多地體現出 80 年代初興起的人道主義價值倫理，它所帶來的熱烈反響、爭議和批評也顯示了以人性論、人道主義價值尺度反思「文革」帶來的對國家意識形態框架的突破以及後者對前者的控制與規約。

正是從對人的尊重、對人的精神自由的肯定出發，作品提出：以所謂革命或理想的名義強加於他人而帶來的災難和罪惡也不應享有罪責的豁免權，進而對紅衛兵精神和整個「文革」意識形態在整體上提出深刻的懷疑與否定：

> 現在有許多不知天高地厚的年輕人，動輒以改革社會為己任，自命可以操縱他人。……要知道，一個被絕對化了的信念，常常可以使人的行為變得毫無顧忌。他會認定自己是一個崇高的人，從而毫不羞愧地做出許多傷天害理的事。……決不能因為自己信奉了什麼就投身到將自己的意志強加於人的鬥爭中去。

> 這個世界的希望，更多是在人類自己的心靈中，而不是在那些形形色色的立說者的頭腦中……我永遠不會因為自己堅信了什麼理想就把它強加到別人的意志和心願上。

這是楚軒吾在送孫女南珊下鄉的火車上的一段對話，這種在那個時代背景下顯得極為超前的話語顯然是作者借人物之口表達對「文革」政治的批判性的思考，「被絕對化了的信念」、「將自己的意志強加於人」和「把自己的理念看成老百姓的上帝，其他人都不過是你對世界秩序進行邏輯演算的籌碼」等正切中了包括紅衛兵運動在內的「文革」思維背後的極權性質和意識形態癥

結，其中依據的價值標準和意義指向是對個人的尊嚴、權利、自由意志的呼喚。

其次，和同時期大多數作品不同的是，《晚霞》避開了 70 年代末的控訴「四人幫」、批判極左政治的模式，而是把對「文革」的思考納入到整個人類歷史的廣闊背景中，嵌入對文明與野蠻相伴而生的歷史過程的思考中：「幾千年來，人類為了建立起一個理想的文明而艱難奮鬥，然而野蠻的事業卻與文明齊頭並進。人們在各種各樣無窮無盡的鬥爭和衝突中，為了民族，為了國家，為了宗教，為了階級，為了部族，為了黨派，甚至僅僅為了村社和個人的愛欲而互相殘殺。」「遠不是一切問題都能最後講清楚。尤其是我們試圖用好和壞這樣的概念去解釋歷史的時候，我們永遠也找不到答案。」這是作為作者思想的代言人之一的南珊（作者對「文革」的反思分別通過楚軒吾、「老泰山」和南珊等人物之口來表達）在與李淮平泰山相遇時的話，這樣的思考顯然沒有那種歸罪林彪、「四人幫」或極左路線來得清晰分明，也可能會因為抽象與廣大的維度而對具體的政治錯誤和災難的批判力量有所沖淡，但另一方面這種對「文革」歷史複雜性的思考，把「文革」放入整個人類歷史曲折進程中的理解，開闢了一條突破與超越意識形態規定的解釋框架的可能性，比那種簡單歸罪和撥亂反正的政治話語顯得「憂憤深廣」。

然而，值得一提的是作品結尾的情節設置：當李淮平十三年後在泰山巧遇南珊，終於當面表達了自己對當年行為的內疚和懺悔之意（除了理性反思外，自然還因為那次的行為斷送了他的可能的愛情），得到的是南珊的輕鬆原諒和寬恕：「真想不到你把那些微不足道的事情看得那麼沉重。其實，公正地看待你們的

話，我更感激你們。在那個時候，當整個社會都被敵視和警惕武裝起來的時候，你們能那樣對待我們一家人，應該說是很難得了。真的，你在那件事中給我的印象是相當好的。畢竟，你是拋棄了自己的一切在為理想而戰鬥，雖然它並不正確。」這正是對前文所及的「文明」抄家的注釋，而且對「為理想而戰鬥」的肯定與前文以理想的名義行野蠻破壞之實的理性反思顯得有些矛盾。可以看出，主人公在理性反省與道德懺悔的同時又不自覺地自我辯解、自我解脫，這實際上是經歷了歷史曲折的紅衛兵一代人設法擺脫歷史的陰影、獲得心靈重生的潛意識流露。受害者寬容大度，施害者輕鬆解脫，顯然是一種過於樂觀而簡單的設計。不過，李淮平渴望的愛情最終沒有得到聖女般美好的南珊的接受，是否是作者潛意識支配下的對紅衛兵傷害行為的繼續懲罰？所以，儘管作品結尾這樣議論到：「往事已經過去；從今天開始，我們的視野應該轉向更加廣闊的未來。」──和告別過去、迎接未來的時代語境相呼應，但作品顯然沒有用大團圓的結局，帶來真正的解脫與超越。可以說，這樣的安排是懺悔動機的必然邏輯，而那一段辯白與開脫的話則顯得與整個作品的內在基調不相協調。

三、革命意識形態與人道主義的分野

　　對紅衛兵群體的或受害者或施害者的不同價值判斷，首先是由於這一群體本身在「文革」的不同階段具有不同的角色功能和命運。他們是一群在革命意識形態塑造下的青少年，虛幻的社會理想、宗教般的個人崇拜加上青春期的逆反破壞心理，這一切在

「造反有理」的政治魔術棒牽引下，在「文革」初期上演了一幕幕狂暴破壞的鬧劇。而後來在個人崇拜和迷信中相互傷害，犧牲品的角色凸現，最終在完成政治工具使命之後又被放逐農村。這樣一個可恨、可笑又可悲的尷尬歷史角色給敘事者留下了極易傾斜的空間。立足於歷史過程，呈現的就是英雄的幻象。而著眼於歷史的結果，紅衛兵則如同唐吉訶德般，在現實與歷史的錯位中顯出滑稽本相。作為「文革」政治的先鋒和工具，這一群體不可避免地打上了幼稚與恥辱的歷史烙印。所以，受害者的控訴和施害者的反思都是歷史發展與心理轉換的必然，而後者則顯得尤為可貴，它不僅是個人的懺悔與覺醒，也是對歷史和民族的責任意識。

　　不同的判斷還來自敘事的歷史語境與價值參照。「文革」剛剛結束時，普遍的時代語境是：革命的意識形態與理想主義的價值觀、崇高美學觀依然佔據時代精神的核心位置。文學作品中紅衛兵行為的悲壯性與崇高感正是來自「講述話語」年代對革命正當性的絕對信念。在革命的名義下，所有暴力與殘忍就具有了正當的心理邏輯和悲壯的外在效果。所以，紅衛兵對革命越真誠，其命運悲劇感就越強烈。《楓》、《重逢》對紅衛兵的同情與辯護，其背後都有著的一個共同的價值依託，即理想與革命的天然正當。在這樣的講述中，強調的是紅衛兵的理想真誠與道德純潔，強調他們的革命動機和行為勇敢，而對那種所謂革命與理想的內容本身卻沒有加以審視，這是當時的歷史語境所決定的一般形態。理想主義作為人類社會不斷前進與超越的精神動力，在正常的社會環境下理應是一種正面的力量，但作為一元化權力體系標舉的價值標準，它極易成為政治陰謀和權力操縱的工具，成為人性毒素爆發的藉口。而具體到紅衛兵在「文革」初期所「獻

身」的理想，就是對那種「保衛紅色江山」、「保衛毛主席」的虛假理想的盲目獻身。因此，可以看出，「文革」結束後的新時期在政治轉向後，其意識形態結構依然保持著某些對「文革」及更早時期的延續性和一致性，它們對文化精神的塑造與影響依然具有強大的整合力和有效性。

　　而隨著時間的推移，特別是 70 年代末 80 年代初思想解放的深入，對「文革」及整個社會主義歷史反思的深化，原先那種高度統一的意識形態領域也產生了裂隙，從馬克思主義話語內部尋找和論證人道主義的理論依據成為知識界對既定意識形態模式進行拓展和突破的一個有力缺口。正是在這樣的社會政治語境下，高揚人道主義價值觀的紅衛兵題材作品《晚霞》的發表（1981 年）既呼應也構成了這種時代話語場域，不僅在民間知識份子（文學評論界）引起了很大反響，還受到文化方面領導人的高度重視，當時的高層文化領導人胡喬木等還專門發文對這部作者名不見經傳的小說展開討論、召開座談會，作者也因此受到極大關注和重視。

　　另外，敘事者的身份與經驗也往往使得其價值判斷發生傾斜。紅衛兵敘事的作者大多數是有著紅衛兵經歷的，作為親歷者的體驗和情感決定了他們的敘事形態往往對傷害與破壞等記憶有意無意地回避和淡化，對激情和犧牲則刻骨銘心。心理和記憶的機制本身就有它的選擇性和過濾性，因而這種歷史和自我的記憶選擇也許是在無意識之中完成的，但客觀上美化了紅衛兵的歷史形象。即使是《晚霞》在懺悔態度中也顯然把紅衛兵的破壞行為作了淡化處理。但《晚霞》的意義就在於它較早突破了傳統意識形態的框架，其背後的人道和理性價值取向，是在個人的人格、尊嚴、財物、自由等具有天然正當性的人道主義話語下的歷史和

人性觀照。而這種價值觀在當時的文學表達中還是較為少見的，成為知識界的主流意識則是更晚的事。[40]儘管其內在邏輯和心理態度也有矛盾不一之處：既有對紅衛兵盲目破壞心理的揭露，對把某種理想強加於人的質疑，後面又以理想的真誠而自我辯護，但其主導思想精神顯然是理性、人道和自由等話語體系。而這些正是質疑和批判「文革」以及紅衛兵運動的強有力的思想資源。

不過，一個必須面對和回答的問題是：拋開具體的政治背景，怎樣看待對理想的激情、對革命的追求這種精神本身？是否如《晚霞》裏的南珊所說：「畢竟，你是拋棄了自己的一切在為理想而戰鬥，雖然它並不正確。」即理想本身是錯的，但追求理想的精神是可貴的。這樣的理解是紅衛兵經歷者較為普遍的心態。馮驥才的紀實作品《一百個人的十年》中一個老紅衛兵也認為：他們當年「像保衛巴黎公社的戰士似的」，「一個路線錯了，就像井岡山上第五次反圍剿，對那些紅軍戰士怎麼評價呀？」，「一場戰爭指揮錯了，戰士死了就不算烈士？」[41]這也就是對理想主義及其支配下的社會行為的評價問題。是否在理想的支配下，一切皆變得合理而無辜？心理的真誠是否可以代替價值的判斷和道義的審判？

「像近視眼有假性的一樣，理想和信仰也有假性的。」[42]歷史已經證明，紅衛兵的理想實際上是被操縱的意識形態工具，所

---

[40] 理論界對革命的正當性與激進主義、理想主義政治的質疑與否定，要到 80 年代末 90 年代，對自由、理性的肯定當然要早得多，但從 80 年代初就開始反資產階級自由化，所以包括《晚霞》在內的一批作品後來受到官方意識形態部門的批評與排斥。

[41] 馮驥才：《一百個人的十年》第 224 頁，長春：時代文藝出版社，2001 年。

[42] 戴厚英：《人啊！人》第 44 頁，廣州：廣東人民出版社，1980 年。

以，不僅這種理想在尚未成熟的青少年紅衛兵那裏缺少真正的自主性，而且他們的「革命」行動客觀上成為政治的打手和權力鬥爭的工具。另外，除了特定的政治背景，其中還夾雜著青春期躁動與破壞欲等人性罪惡與心理毒素。一代青年紅衛兵自以為懷抱著中國革命和世界革命的崇高理想而瘋狂破壞、相互殘殺，而歷史的結果卻證明這一切只是政治暴力和青春狂熱因戴上理想的光環而施虐無忌、自欺無度，這個群體的歷史角色自然變得如此尷尬。即使是虔誠的道德純潔者（這一點許多經歷者大都這樣認為），那麼作為歷史錯誤的一個重要組成部分，當然也應在歷史的「後視」眼光中一同納入深思拷問的視野。關於理想的價值和理想主義在特定政治操縱下的危害，我們或許可以從俄國白銀時期的思想者弗蘭克的一段論述中得到啟發：當理想主義者從幻想者變成現實的支配者、生活的統治者時，「他們就會喚起一種對惡的恨，而不顧具體、複雜的生命需要，不顧人的需要的多樣性和人的本性的弱點。他們對某一理想的信念愈熱烈，這一理想的威信愈牢固，他們對生活的殘害和破壞就愈盲目和殘酷。因為對惡的恨變成了對不能擠入『理想』框框的一切活的生命的恨。」[43]

　　應該說，理想是人類社會不斷進步的永恆精神動力，理想主義作為當下社會不合理因素的批判武器和制約話語，具有不可抹煞的意義和價值，但一旦把某種理想作為整個社會唯一的強制性價值標準而政治化、現實化，就有可能是對多樣的、活生生的生命的削足適履，是對複雜人性的蔑視扼殺，甚至成為某種極端政

---

[43]　（俄）弗蘭克：《俄國知識人與精神偶像》第 125 頁，徐鳳林譯，上海：學林出版社，1999 年。

治的意識形態工具。所以，朱學勤先生指出：「一個真誠的道德理想主義者，不淘洗內在衝動，不確立外在邊界，他的理想追求越執著，他的存在方式越危險，他有可能成為一個潛在的羅伯斯庇爾，一個潛在的雅各賓黨人」，「我哪裏是在批判盧梭，我是在我自己和同代人的心裏剝離出一個盧梭。」[44]如果把這段話理解為一個老紅衛兵對那個特定時代被極端政治邏輯扭曲了的理想主義帶來的傷害與自傷的反思，則是有相當合理性的。[45]

　　然而，紅衛兵運動作為一個社會特殊現象，是一群青年乃至少年在特定政治氛圍和長期革命意識形態塑造下的群體行為，當政治的翻雲覆雨過後，讓這群同時也是受害者的青年來承擔那段歷史的罪惡，又是一代經歷者難以接受的，所以後來的肯定乃至讚美紅衛兵精神的作品（梁曉聲、張承志等）的大量出現也就不難理解了。非常有趣的是，有著紅衛兵經歷的一批作者的作品，對抄家、打人乃至殺人等行為的描寫往往很少或很簡略，程度一般較輕；而在非紅衛兵身份的作者筆下，則常常突出紅衛兵行為的瘋狂、殘暴，詳細描寫他們殘害、破壞行為的過程與細節。是英雄還是小丑？是犧牲品還是劊子手？這樣的疑問和分歧，在後來的紅衛兵視角「文革」敘事中還將有更為複雜而迥異的表現形態。

---

[44] 朱學勤：《道德理想國的覆滅：從盧梭到羅伯斯庇爾》序第 10 頁，上海三聯書店，1994 年。

[45] 90 年代以後，整個社會文化和價值取向隨著市場經濟的全面展開而走向理想主義的反面，被稱為自由主義的一批知識人也把 20 世紀歷史曲折歸罪於激進主義、理想主義政治思維，這種從一個極端走向另一個極端的思想斷裂同樣是有問題的。怎樣發揮理想主義的力量而不走向激進主義政治的深淵則是當代知識份子應當思索的社會理論和現實問題。

第五節　悲壯的青春與精神的家園：知青視角

　　「文化大革命」運動初期，工廠、企業、機關、學校的一切正常秩序被打亂，知識和文化被唾棄。對那些以「文化大革命」為「必修課」的高中、初中畢業生來講，「文革」雖然帶來了一時的解放和自由，但最終卻使他們失去了升學的機會，由於政治和經濟兩方面的原因也使大多數人失去了正常就業的條件，在這種情況下，「上山下鄉」、「接受貧下中農的再教育」就成了當時「知識青年」離開學校後的主要出路。1968 年 12 月 22 日《人民日報》發表了毛澤東的一段話：「知識青年到農村去，接受貧下中農的再教育，很有必要。」在那個「落實毛主席指示不過夜」的年代裏，當天各大城市街頭便湧滿了狂熱的人群。毛澤東1955 年說過的話「農村是一個廣闊的天地，在那裏是可以大有作為的」從此成為一段時間裏最時髦的標語和口號。然而，隨著「文革」初期政治狂熱的逐漸冷卻，特別是林彪事件帶來的整個社會的政治幻滅感，理想的褪色使得艱辛的體力勞動、貧乏的農村生活成為青春漫長的苦刑。「文革」後期直至新時期，伴隨著對「文革」政治的懷疑與否定，知青制度也因明顯的不合理而遭到社會的普遍反對，1979 年全國知青大返城就是這一「大有作為」壯舉的尷尬而無奈的結局。千萬名青年學生懷著理想主義的激情和改造世界的豪情壯志，經歷了十年的風風雨雨、酸甜苦辣，最終卻被證明是毫無價值的蹉跎歲月，這一代人的的特殊經

歷自然就成為他們反觀「文革」和自身的獨特視角。在 70 年代末到 80 年代上半期，知青文學迅速崛起，成為繼右派作家作品之後又一個文學亮點。同右派作家的知識份子視角「文革」敘事相比，知青文學也表現出親歷者的苦難傾訴和自我形象重塑的雙重動機和效應，但與前一輩作家的忠誠告白不同，知青作家更多地表現出在一段荒謬的歷史中尋找一代人的精神價值的潛在心理動機。

正如許子東所說：「紅衛兵」與「知青」是一代人的兩種身份，是一種思潮的兩個階段，是一種精神的兩種形式。[46]當「文革」的積極擁護者和參與者們──紅衛兵──作為政治工具的角色完成後，三千萬少男少女在新的指示下，又浩浩蕩蕩、情願或不情願地奔赴海南島、北大荒、內蒙大草原等遠離城市和家鄉的農村。所以，在最初的知青生活中，在個人崇拜主導下的英雄主義和理想主義依然是他們在艱難的生活環境中的精神支撐。「毛主席揮手我前進，插隊落戶幹革命，上山下鄉當闖將，繼續革命立新功」是下鄉初期知青的主流心態。但隨著政治風雲的變異，精神信仰的褪色，特別是長期惡劣的生存困境越來越消弭了那種「大有作為」的神話，這一代人經歷了痛苦的精神蛻變，由熱情盲目轉向迷惘、懷疑與反思。這樣的精神歷程使得知青文學與紅衛兵敘事又有著明顯的不同。所以，知青與紅衛兵經驗大多是作為不同題材被分別講述的，如《楓》、《重逢》、《瘋狂的上海》、《晚霞消失的時候》、《一個紅衛兵的自白》等專門講述紅衛兵運動；《這是一片神奇的土地》、《今夜有暴風雪》、

---

[46] 許子東：《為了忘卻的集體記憶》第 207 頁，北京：三聯書店出版社，2000 年。

《南方的岸》、《大林莽》、《我的遙遠的清平灣》、《插隊的故事》、《黑駿馬》、《本次列車終點》等則專門敘述知青經歷與心態。所以本書把二者區分開來，分別論述。同時，這裏所涉及的知青小說主要是從 1979 年開始到 1984 年（阿城的「三王」出現之前），知青文學作為一個文學題材類別和類思潮性的文學現象，廣泛受到文壇和社會重視的代表性作品。這些知青視角的「文革」敘事都是基於撥亂反正的大背景而產生的，在個體差異前提下又有著許多明顯的共同性，並顯示了時代語境規定下的獨特風貌。

一、英雄主義的青春敘事

最初的知青主人公小說如《傷痕》（盧新華）、《在小河那邊》（孔捷生）等是在傷痕文學大潮中出現的，大都把一代人的曲折命運、心靈創傷歸罪於林彪、「四人幫」，又都有著美好的命運結局和光明的政治期待。它們與其他控訴類作品一起實現著「文革」受害者的傾訴和政治轉折所需要的意識形態（揭批林彪、江青反革命集團）話語的雙重效應。這些作品因為切近的政治背景和直白的意義表達，加上初涉文學的藝術幼稚，還沒能真正體現知青題材作品作為一個特殊文學現象的獨特風貌。

真正以獨特的視角敘述「文革」經歷的知青文學是一批有著知青經歷的作家在否定「文革」的政治大背景下為已逝的青春尋找證明的作品，以梁曉聲、張承志為代表。隨著「文革」歷史的被否定和知青返城的大逆轉，「文革」政治運動和意識形態塑造下的知青群體，其生命歷程與精神追求的價值意義何在？這不僅

是知青一代人情感的問題，也是整個社會經歷了一場大動盪之後面臨的精神動搖和信仰危機的普遍性問題。儘管歷史嘲弄地把他們推上了對過去道路的否定之途，但英雄主義塑造下的知青群體顯然不可能輕易地把過去的一切特別是精神追求完全否定和拋棄，所以梁曉聲說：「僅僅用同情的眼光將付出了青春和熱情乃至生命的整整一代人視為可悲的一代，這才是最大的恥辱」，他堅持認為這是「極其熱忱的一代，真誠的一代，富有犧牲精神、開創精神和責任感的一代」。[47]從這種價值判斷出發，他的知青系列作品，往往抽去了具體的政治背景，從改造世界的青春激情、貼近民間大地的艱辛歷程中提煉出英雄主義的動人篇章，鑄造了一代人的光榮和夢想、悲壯和崇高的群雕巨像。

《這是一片神奇的土地》中滿蓋荒原的詭秘恐怖反襯出開拓者們的堅韌不拔與征服氣概，神秘無情的「鬼沼」斷送了幾個年輕生命的悲劇激起的不是退卻而是戰勝困難的勇氣。所以，作品從艱辛的勞動和痛苦的犧牲中歸結出這樣的結論：「我們經歷了北大荒的『大煙泡』，經歷了開墾這塊神奇的土地的無比艱辛和喜悅，從此，離開也罷，留下也罷，無論任何艱難困苦，都決不會在我們心上引起畏懼，都休想叫我們屈服……」在這樣的講述中，與狼搏鬥的「摩爾人」、深陷鬼沼的梁姍姍以及死於「出血熱」的李曉燕等等，都作為一種改造精神的體現者和英雄形象顯得悲壯動人。顯然，這樣的知青敘事為幾千萬知青的青春歷程建構了有力的價值依託，使得他們從被否定的歷史過程中解脫出來。歷史本身應當否定，而精神價值永存，這是梁曉聲的知青小

---

[47] 梁曉聲：《我加了一塊磚》，《中篇小說選刊》，1984 年第 2 期。

說獨有的內在邏輯。生命與個體價值在這樣的的英雄主義主題中被放逐了。

即使是講述知青返城大潮過程的《今夜有暴風雪》，其主調依然是悲壯與崇高的英雄主義。當年懷著改天換地激情的知青在經歷了十年的磨難後，理想和熱情都在貧窮而無望的嚴酷現實面前褪色變味了，北大荒四十萬知青大軍如潮水般退卻、如敗兵般逃離這塊流淌了青春熱血和勞動汗水的土地，轟轟烈烈的來和淒淒涼涼的走形成極大的諷刺。作品揭示了這一潮流的不可逆轉，但在悲愴而嚴峻的氛圍中，塑造和謳歌了在集體大逃亡的最後時刻，依然堅守戰士使命（生產建設兵團）、奉獻生命的英雄形象，為最後的犧牲者──在暴風雪夜中凍死的裴曉芸、與乘亂搶劫的知青（也是知青！）搏鬥而死的劉邁克──抒寫悲壯的讚歌，更為三十九名繼續留在北大荒的知青鑄造無字的豐碑。

應該說，梁曉聲的英雄主義知青敘事是真摯而感人的。在政治力量的驅使下，一代人的艱辛努力被歷史證明為無效勞動和無謂犧牲，那麼，犧牲者何以在歷史與現實中找到自己的價值座標？梁曉聲用他的文學表達為一代人豎起了精神的豐碑，調和並慰藉著經受了歷史創傷的人們，在精神動搖和信仰危機的時代起到了一劑強心針的作用，因而獲得了當時讀者的極大歡迎。不過，這種英雄主義主題實際上是以抽取其背後的「文革」政治背景為前提的。在這樣的知青敘事邏輯中，過程的一切艱辛痛苦都化作生命的財富，青春也就不再只是蹉跎歲月、無謂浪費，雖然沒有「大有作為」，至少鍛煉了意志，磨礪了精神，所以無怨無悔。而這種「悲壯的青春」書寫之所以成立，是因為作者「把知

青們從『文革』的社會歷史中遷移出來，置放在一個相對封閉的超歷史的大自然空間中，或者說是一個擁有了不同具象性的特殊的歷史天地裏。……這時候知青就從命運和歷史的被主宰者，變成了自動的獻身者，進而將意志指向為自己命運和歷史的主宰者的意域。」[48]

英雄主義的知青主體形象既給了一代人歲月蹉跎的精神補償，也使得知青返城後的錯位與失落情緒得以疏導，同時這樣的歷史記憶也完全符合新時期的國家意識形態，彌平了一代青年的不滿怨憤與「向前看」的時代精神之間的緊張，所以，為一代人立言的英雄主義青春敘事成為知青文學的主流。這樣的青春紀事帶著強烈的主體情感和經驗色彩，但缺乏反思與理性的成分，它給了知青經歷者以精神慰藉，也使得被遺棄、耽誤的一代人的情緒得以宣洩和舒緩，但唯獨沒有對那段青春背後的歷史根源給予深思與探究，也就在青春讚歌中悄悄滑過歷史的險灘暗礁，從而成功地消弭了知青個人體驗與歷史反思之間的矛盾，把知青情感話語納入到國家意識形態之中。對於這一點，當時就有評論者道出了其中的缺失：「這種對人的至善至美的禮讚極其容易打動閱讀者的心靈，而使我們暫時忘卻了那個時代本身」，但「梁曉聲為他確定性的偏好所付出的代價未免太大，他把一個本來極為複雜的歷史現象歸納為一個較為單純的主題。」[49]

---

[48] 姚新勇：《主體的塑造與變遷──中國知青文學新論》第 51 頁，廣州：暨南大學出版社，2000 年。

[49] 蔡翔：《對確實性的尋求》，《當代作家評論》，1985 年第 6 期。

二、反思理想與生命自覺

　　同樣的經驗內容因表達主體的價值標準不同而不同。另一位知青文學作家孔捷生的作品也正面反映知青在與嚴酷的自然環境的搏鬥中所付出的艱辛與犧牲代價，但敘事者的態度不是歌頌而是反思與批判。類似於《這是一片神奇的土地》中的開拓者故事，孔捷生的《大林莽》講述了幾個知青作為拓荒先遣隊在海南島的熱帶雨林中迷路致死的悲劇，但作品的價值取向則與前者完全不同：不是英雄主義的青春讚歌，而是詰問知青英雄們所奉行的理想和為之犧牲的目標的合理性，表達對「文革」時期意識形態化的價值標準──征服世界、改造世界的革命英雄主義、理想主義的懷疑，對知青一代人的精神追求提出了價值和意義上的質問。

　　與梁曉聲的悲壯、崇高不同，《大林莽》具有強烈的反諷意味：那種征服、改造自然的「大無畏」氣概在原始、蠻荒、神秘的大林莽面前顯得可笑而可悲，原始森林對幾個莽撞進入的知青生命的吞食，是對征服自然的狂妄熱情的無情嘲弄。同時，作品還進一步揭示出：可悲的不只是自然對人的吞噬，更是荒謬與殘忍的時代病症帶來的無謂犧牲，是非理性的政治意志對無數青春、幸福、生命的葬送。這個五人組成的拓荒先遣隊最後只有一人生還，不僅如此，作品還表明那種盲目砍伐和墾殖是違背科學的非理性行為，為之犧牲的年輕生命不僅沒有意義，而且進一步的行動必將遭到大自然的更大報復。因此，那些喪生的青年們不再是英雄主義的壯烈犧牲，而是盲目征服的狂妄理想的無謂犧牲，作品的基調只有悲涼而沒有悲壯。

在這種批判性態度的支配下，《大林莽》在情節內容上只選取幾個年輕人在林莽中的探巡、迷路和死亡的過程，沒有正面講述後來的開荒結果（《今夜有暴風雪》最後交代了鬼沼終於被征服，荒原變良田的喜悅和自豪），在敘述幾個知青葬身林海之後，留下「英雄事業」的空白，因為，在這裏，是否戰勝自然已經變得無足輕重，重要的是這裏埋葬了幾個年輕的生命，只有那個唯一的倖存者每年一度的祭奠──種樹──給人留下濃濃的蒼涼與悲哀。作品著意表達的是生命喪失的無價值與受愚弄，其批判與質疑的意味非常強烈：「比瘧疾更可怕的是時代病，各種非理性的力量無形鉗制著人，有如林莽中寄生藤的幻術，日復一日地讓樹木扭曲畸形……任誰徒有美麗的憧憬，都不可能成為自己所希望成為的人，像虯蔓附體，不能自拔。」這樣的反思不僅是對具體的政治力量，而且是通向那種政治背後的非理性、反人道（極端的改造意識，對個體生命的蔑視）的精神實質。

　　主人公簡和平也不再是為了理想而獻身的英雄類型，而是對時代錯誤有著清醒認識和叛逆思想的覺醒者形象。雖然在外面的世界他是個反面典型，而在這支五人探險隊的七天歷程中，唯有他保持著清醒的頭腦和富於人性的心靈，他雖然沒有走出那個鬼氣森森的大林莽，但他的精神之光照亮了幾個迷亂而恐懼的靈魂，包括那個視政治教條為聖言的副指導員謝晴。正如簡和平所說：「既然行動本身已沒有意義，你不認為拯救人的生命是高於一切的目的？」在他的身上體現的是那個時代被忘卻的科學、理性與尊重生命的精神力量，是對盲目征服與破壞自然的虛假英雄主義的否定。而那個單身一人在迷途的大森林中試圖要建立前無古人的業績、成為太古洪荒之地的第一個征服者的邱靂，則為他的狂妄偏

執付出了必然的代價，在對英雄夢的追逐中死於幻覺——從懸崖上摔死。他是那個狂熱愚妄的時代病症的化身，這也就判定了「文革」中乃至更早以來迷信人定勝天、改天換地的盲目英雄主義的虛妄。同時，作品在瓦解了「文革」意識形態和盲目的英雄主義之後，又建構了另一種使命感和責任感，即把不顧現實與科學的砍伐森林、種植橡膠林的計畫轉變為拯救大森林、保護環境的使命，並成為幾個在走向死亡的旅程中醒悟的青年人的共同誓言，這又明顯得打上 80 年代宏大敘事與集體話語的烙印，這種理想化色彩顯露了作品在對知青理想的虛幻性揭示的同時又是立足於為理想獻身的崇高價值模式上的。

同樣的青春記憶，在不同的主體投射下映照出截然不同的色彩。可以這樣說，80 年代初的英雄主義知青敘事是知青群體價值的自我建構，當歷史以它無情的邏輯把當年的「廣闊天地，大有作為」的口號收回後，經歷了現實與歷史、都市與鄉村的錯位感的一代人，有著對青春經歷的重新評價和現實定位的心理需求。梁曉聲的知青敘事給了同代人青春價值的有力印證，也是英雄主義價值觀塑造起來的一代人的心理慣性。而隨著時代精神與歷史遺跡逐漸脫節，個體價值和生命意識的覺醒，特別是 80 年代以後人道主義的廣泛影響，對歷史乃至知青經驗的重新審視必然帶來新的價值判斷，《大林莽》式的高揚理性與人道，質疑盲目的英雄主義的作品也就應時而出。正是在福柯意義上的「講述話語的年代」決定了「話語講述的年代」的形態。

三、鄉村的理想化和精神家園的建構

如果說前面所述的知青敘事顯示了一代人情感的肯定性需求同歷史對那場運動的否定性評判的矛盾，那麼，隨著知青歷史的結束，知青經驗則成為他們肯定性情感與價值的源泉，大自然的壯美、底層民眾的淳樸以及勞動的艱辛與收穫的甘甜等等，在脫離了真實的環境後大都被賦予了詩化的審美內容。特別是歷經千辛萬苦、回到夢寐以求的故鄉——城市之後，他們遭遇了希望與失望、鄉村經驗與城市規則的落差與錯位，這批長期遠離城市生活、在心理情感上與城市已經隔膜的「游子」感到深深的失落與矛盾，過去的歲月在新的環境下變得親切、溫馨與美好。所以，當歷史已宣告了過去的錯誤與無價值，理想主義塑造下的一代人轉而從鄉村經驗中尋找和建構新的精神支撐。把這樣的知青文學主題概括為「都市時代的鄉村記憶」和「『歸去來』的困惑與彷徨」是恰切的。[50]

城市——鄉村，何處為家？城市和鄉村的雙重情感矛盾，特別是精神的家園、價值的取捨對於回歸後的知青們在相當一段時間內是一個充滿矛盾與困惑的人生課題。《本次列車終點》（王安憶）和《南方的岸》（孔捷生）是表現知青返城後面臨的新的生活矛盾與精神困惑的最早作品。前者反映知青返城初期的迷惘與失落，後者表達對城市喧囂與浮華的極度厭倦，並以重返鄉村

---

[50] 張雅秋：《都市時代的鄉村記憶——從王安憶近作再看知青文學》（《小說評論》1999 年的 6 期）、賀仲明：《「歸去來」的困惑與彷徨——論八十年代知青作家的情感與文化困境》（《文學評論》1999 年第 6 期）。

來實現對人生意義與價值的追尋。這兩篇小說的題目都具有特殊的寓意：「終點」與「岸」，既意味著到達和尋得歸宿，意味著漂泊的結束；但是，小說中所表達的，卻是另一種性質的漂泊無定的開端。等待他們的並非苦盡甘來、可以棲息的「岸」與「終點」，而是一種新的生存困境：就業、住房、婚姻、人際關係等等的困擾。而且，在城市這個熟悉而陌生的空間，他們開始了另一種「漂泊」，一種經驗陌生感與精神疏離感。城市的價值觀念與以往的價值追求完全不同，已破碎的生活信念、價值觀，難以得到修復或重新確立，當年的知青如今的老青年遭遇到新的價值危機和定位惶惑。所以，易傑、暮珍（《南方的岸》）在經過一段矛盾與惶惑之後，終於選擇了回到當年插隊的地方的人生道路。且不論這種情節安排的現實可能性，但那種精神回鄉的渴望無疑是許多知青在新的困擾下的自然心理狀態，這也是知青時代理想主義人生觀的延續和古典的浪漫主義情懷流露，反映了知青文學在價值立場和精神追求上的某種重返。相比之下，《本次列車終點》則顯得更為平實樸素，作品雖然展示了主人公陳信在都市裏體驗著的深深失落和幻滅感，精神在城市與鄉村之間猶疑，但作家還是讓人物在溫情的發現與未來的期待中淡化這種心理緊張，更多地體現出一種平民式的現實感和平實、寬容的生活態度。

　　史鐵生的知青敘事拋開了城市生活的顯性背景，也避開社會政治視角，把深深的懷念與眷戀溶進平淡而深長的插隊故事的敘述中，清平灣的四季變遷、黃土高原風土人情的淳厚、破老漢對生命的從容與達觀，等等，都成為敘述者在時代和人生變異中實現自我調整和價值重建的精神源泉。張承志的草原系列知青文學作品一方面把內蒙草原的廣袤遼闊的自然、粗獷堅韌的民情等異

域文化作為知青經驗的講述素材，以別樣的方式表達了人民——母親的傳統主題，另一方面則剝離掉具體的歷史情境，抽象地表達奮鬥不息的理想主義精神，以非政治的視角傳達和堅守被歷史遺棄的價值內核。

不管是史鐵生的平淡中蘊涵從容與優雅，還是張承志式的熱烈中灌注執著與崇高，其美學風貌都有著獨特的價值。這些作品不再糾纏歷史的背景和苦難的傾訴，而是表達對生命的體悟，對人生意義的思考，這種體悟和思考又總是以知青生涯和農村經驗為資源。已逝的生活在記憶中被處理和「重構」，知青生活所經驗的鄉村與民間被賦予烏托邦式的精神和價值，因而也沖淡和回避了歷史變異帶來的尷尬與錯位。寫給鄉村的牧歌或讚歌實際上是對已逝生命的祭奠，也是對現實存在的心理抗拒。可以看到，知青作家從民間與底層尋求價值依託（大地－母親），與右派作家以黨、國家的整體性力量（黨、祖國－母親）為價值資源有了明顯的代際差異。

四、思考的一代：迷惘、懷疑與尋找的心靈記錄

如果把知青文學理解為知青身份的作者書寫知青生活的經驗，那麼，它的開端其實早在「文革」時期。1972 年，《公開的情書》（靳凡——劉青峰）已經以手抄本形式問世流傳，《波動》（趙振開——北島）的創作在 1974 年。即使就它們的發表時間來看，也早於《這是一片神奇的土地》和《今夜有暴風雪》。[51]

---

[51] 《公開的情書》發表於《十月》1980 年第 1 期；《波動》發表于《長

　　《公開的情書》與《波動》的相似之處是它們都展示了知青一代人所經歷的幻滅、迷惘、追求的內心歷程，都塑造了「思考的一代」這一類型的知青形象。《公開的情書》以幾個男女知青之間的書信形式，在講述「文革」中知識青年的不同生活道路的同時袒露了「被封閉著、被束縛著、被剝奪著、被種種勢力包圍著」的一代青年不甘沉淪、積極思考、勇於探求生活意義的心路歷程，對理想、愛情、科學、藝術和祖國未來命運的探討是書信的主要內容，其中也透露出這一代人在政治的迷霧中從盲目狂熱走向幻滅、懷疑的信息。作品不僅表達了一群身處不同地方但同樣產生了信仰和精神危機的青年人的心聲，而且還較早地塑造了從政治迷信走向覺醒和「異端」的思想先覺型知青老嘎形象，他的「力求洗淨在劊子手和奴才中間起來的子弟身上的污垢」的書信話語非常深刻地表達了從紅衛兵到知青這一代人對自己歷史角色的清醒認識和深刻反省，以及希望擺脫歷史的陰影、洗刷靈魂污穢的自醒與自覺的心聲。「劊子手和奴才」，是在精神高度自覺的新座標上衡量出的歷史位置，與那種英雄主義和理想主義的價值定位有天壤之別。作品也不乏對社會政治的思考與批判，在第一封信（老嘎致老久）的末尾，有這麼一段話：「在這籠子似的、靜靜的山谷裏，棲息著十多隻異鄉的鳥：有北農大的、清華的、南開的、武大的、川大的……他們生長在二十世紀七十年代，卻又生活在刀耕火種的桃花源裏，這是怎樣一種『再教育』啊。」這是對「扎根」理論的否定，是對把知識與知識青年遺棄

江》1981 年第 1 期；《這是一片神奇的土地》發表于《北方文學》1982 年第 8 期；《今夜有暴風雪》發表于《青春增刊》1983 年第 1 期。

在「廣闊天地」中的社會權宜的大膽批判。但作品中的基調依然是對祖國、未來的樂觀信念。

相比之下，《波動》顯得更冷峻沉鬱，也更多地展示了在「文革」後期，一些知青所經歷的迷惘、沉淪、掙扎、彷徨與思索的心靈軌跡。作品塑造了知青楊訊和肖淩兩個叛逆者形象，這種叛逆既表現為對「文革」政治運動的懷疑和疏離，也表現對世俗道德觀念的叛逆，真誠追求靈肉一致的愛情幸福，這一並不新的主題在幾十年的革命化情感模式盛行的背景下，顯得格外稀有。

作為一代「青年思想者」的代表，楊訊的形象塑造是較為出色的。出身高幹子弟的他，因插隊期間關心農民的利益反對交公糧被關進監獄一年，因生父林東平（「文革」後期復出的幹部）的關係才被釋放。他的身上不僅表現出正直、真誠的個性，同時更多地體現了對社會、政治、歷史的獨立思考，其中有著在當時視為「反動」的智慧火花：「如果一個國家吹著音調不定的號角，這既是某種權力衰敗的象徵，也是整個民族奮起的前奏……」，「不要把所有的問題都推到上層，即使發生一次政變又能改變多少呢？納粹執政期間，大多數德國知識份子都拒絕合作。關鍵是老一代知識份子從來沒有形成一個強有力的階層，他們總是屈從政治上的壓力，即使反抗，也是非常有限的。」這些對政治、社會和文化的敏銳嗅察和獨立思考在「文革」期間產生，是人物更是作者的敏銳膽識與深刻思考。同時，作為一個有著歷史和人性局限的青年人，作品也真實地展現了他的情感追求與矛盾乃至道德局限。在他被肖淩的外表憂鬱而內心豐富所深深吸引，展開熱烈追求並與肖淩相知、相愛，為此還受到高幹生父林東平的阻撓，他毅然選擇了自己的感情，放棄了從農村調回北

京母親身邊的優越生活道路。但一旦他知曉了肖凌過去的不幸情感經歷，特別是已經有了一個孩子的事實，他失望了，退卻了，完美的愛情在他的眼裏褪了色，變了味，他懷著痛苦離開了肖凌。但最終，他還是不能抗拒愛情的力量，又返回故地尋找肖凌，然而，肖凌已經在絕望中投河自殺。作品在政治批判的同時也進行了人物道德精神的批判。可以看出，其中的情節模式明顯地帶有《德伯家的苔絲》的痕跡，但這樣的構思形式和悲劇基調同後來大量的傷痕、反思、知青小說把悲劇全部歸結為外在的政治原因、並隨著「文革」的結束而大團圓的模式還是顯得深沉有力，也更具有人性內涵。

　　《波動》展示的知青形象是一代「思考者」的形象，這裏的悲劇意識不僅是對「文革」政治災難的控訴，更多的是對那段歷史作冷靜深沉的思考。對個性的追求、對專制意識形態的反叛是人物也是作品富於光彩的亮點。幾個青年的內心獨白交替展開的表現形式充分表達了人物內心情感和精神世界的變化軌跡。如同作者作為「朦朧詩」的代表作家在詩歌中表達的「我不相信」的歷史懷疑與自我覺醒（當然，這裏的自我具有廣義性，是一個民族擺脫陰影與渴望新生的一代人的集體「自我」[52]），《波動》同樣顯示出作者的卓越思想和文學才能。《波動》、《公開的情書》等知青題材小說作品在「文革」期間就醞釀和流傳，對「文革」歷史與青年人的自我價值的探索不無深刻之處，可以說是反思文學的先驅。但即使到 80 年代初它們才公開發表，卻依然遭到

---

[52]　徐敬亞，《崛起的詩群》，《中國當代文學史・史料選》第 712 頁，洪子誠主編，長江文藝出版社，2002 年。

了時代主流文化的冷遇，甚至沒能被納入作為文學潮流的知青文學當中，《波動》還被作為不健康的作品受到意識形態權威的批評。[53]

由此可以再聯繫對文學史的獨特現象的思考：為什麼是由梁曉聲、張承志、史鐵生等人構成了知青文學主流派的代表，而不是同為老三屆的北島、郭路生等「今天詩派」的詩人們？為什麼知青小說成為「知青」這一社會群體的主要表達途徑，而「今天詩派」則只是在詩歌藝術上被承認（而且遭遇了極大的阻力，這種阻力不僅是因其表現方式的「朦朧」，更與其思想基調的懷疑與反叛密不可分）？簡單地來說，以梁曉聲為代表的知青文學典型樣本既為整個一代人的青春找回了價值座標，又與新時期主導意識形態關於國家、社會、人民等話語整合資源取順應一致的態度。所以，它們一經出現，就受到極大的肯定與迅速範本化。而《波動》等作品及「今天詩派」那種對「文革」的思考通向的是對「文革」賴以發生的深層機制和意識形態依據的根本性懷疑，通向與「新時期」延續的國家政黨意識一定程度的疏離，批判性極強而又逸出新時期意識形態話語規定路徑的《波動》等作品的命運就不難理解了。

英雄主義、理想主義的價值建構與社會效應到 80 年代末以後逐漸衰落，在《69 屆初中生》（王安憶，1988）、《最後一名女

---

[53] 《文藝報》1982 年第 2 期發表了易言的文章《評波動及其他》，文中批評了《公開的情書》、《波動》以及《晚霞消失的時候》等作品中表現出的所謂悲觀失望、消沉頹廢和被欺騙被遺棄感，並由此歸結為世界觀的虛無主義。顯然這些作品的命運與表達英雄主義、理想主義、青春無悔的梁曉聲等一批作家作品的廣受好評與讚譽形成強烈的對比。

知青》（閻連科，1995）等知青題材作品中，「文革」當中的知青歷程已經變成平實的生存記錄和平庸的人物形象。這裏除了不同階段下鄉的知青心態以及個體精神差異之外，更重要的是時代文化和文學語境的規定性。在知青作為一個獨特而廣泛的社會群體已不復存在的 80 年代後期及晚近的時期，英雄主義、理想主義作為宏大歷史和特定政治意識形態的演繹早已失去了其以往的精神整合作用，個體與自我的意識已經在 80 年代以後的文化新潮中獲得強有力的生長。

小　結

　　1978 年至 1979 年之間，隨著政治上的「凡是派」權力的結束，在「文革」中受到打擊、因而對「文革」政治路線的弊端與後果更有切身體驗與清醒認識的一大批老幹部逐漸佔據黨內的主導位置，對「文革」的政治評價發生了非常巨大的轉變。這是一個不斷推進的過程：1978 年 5 月 11 日，《光明日報》發表評論員文章《實踐是檢驗真理的唯一標準》，隨即引起了思想文化領域的一場大辯論和大解放；11 月 15 日，北京市委正式為「四五天安門事件」平反；11 月 16 日，新華社正式報導，中共中央決定為 1957 年被錯劃的「右派分子」平反；12 月 18 日至 22 日，中共十一屆三中全會召開，廢止了「文革」基本路線──「以階級鬥爭為綱」，把黨的工作重心轉移到經濟建設上，開始了經濟現代化的歷史進程。經過長時間醞釀、多方參與和嚴格審核之後，

1981 年 6 月十一屆六中全會通過的《關於建國以來黨的若干歷史問題的決議》，對「文革」的性質作了一個權威性的界定：「文化大革命」是一場由領導者錯誤發動，被反革命集團利用，給黨、國家和各族人民帶來嚴重災難的內亂。同時，在否定「文革」政治路線與肯定毛澤東發動「文革」的良好動機之間力圖保持平衡、以及最高領導層關於對「文革」的批判宜粗不宜細的指示等又構成了一個耐人尋味的政治文本。但這一時期，因為飽受「文革」之苦的廣大知識份子群體在其情感與理性的雙重層面上有著與上層政治對「文革」否定的一致性，而且隨著相對正常、寬鬆的思想表達空間的逐漸形成，知識份子與上層政治以及廣大民眾在對「文革」的基本態度上達成了共識與一致。雖然文學與政治的關係不再是簡單的工具與武器，但是在這一時期，對「文革」的文學敘事又很自然地與政治變革的推進有著默契而和諧的關係，文學的表達與政治導向的前後變化軌跡步調一致，不僅表達了對「四人幫」的批判，而且對「文革」政治理念和實踐作出了徹底的否定，同時把「文革」放在一個逐步發展的錯誤政治軌跡上，揭示和反思「文革」產生的前十七年的政治土壤，成為政治上反對極左、解放思想、走向新的理念和實踐──改革開放──的威力巨大的武器，文學與政治處於互相聲援、互相配合的「共振」狀態中。

　　同時，思想領域和文藝領域的裂隙與分化也伴隨著主導方向的一致而出現。在理論界，一方面隨著思想解放、改革開放，對西方現代主義的思潮與文學作品的大量引進，人道主義與異化理論在馬克思主義的總體合法性框架中得到極大強化；另一方面是對電影劇本《苦戀》、小說《波動》、《飛天》等的爭論與批判，1981 年的反自由化，1983 年的反精神污染，1984 年胡喬木

對人道主義的反馬克思主義的定性等等，文藝界和思想界一直處在意識形態領域的放開與收縮的動態變異中。但總體來說，這一階段，由於政治的相對進步與國家意識形態的相對合理，知識份子自身經驗與時代政治的一致性空前強化，加上現代化經濟與文化的前景預設，整體政治文化和思想語境是單純、樂觀、向上的，「解放思想、實事求是、團結一致向前看」的政治導向順應了一個民族擺脫歷史的陰影從而走向新生與強大的心理渴望。所以，對「文革」歷史及社會現象的記憶與講述打上了這個時期鮮明的烙印，集體主義的價值倫理、整體信仰與局部批判的思維模式、受害者的立場等構成了新時期「文革」敘事的總體特徵。

　　一、知識份子的主體意識與政治意識形態的「共振」語境決定了這一時期知識份子視角的「文革」敘事在反思、批判極左政治以及相應的個人崇拜、扭曲人性等之外，依然把黨、國家、人民等集體主義價值作為思想資源，呈現出「母與子」式的傳統倫理型文化結構，作為知識者的獨立思想和歷史理性未能產生。所以，早有評論者從正面肯定了反思文學「以藝術形象參與了『實踐是檢驗真理的唯一標準』問題的討論，相當正確地總結了建國以來社會主義革命和建設的歷史經驗教訓，與黨的十一屆三中全會『關於黨的歷史問題的決議』精神是一脈相通的。可以毫不誇張地說，我們的黨中央之所以能做出那麼一個馬克思主義的決議，是和在一定程度上吸收了『反思文學』的某些成果分不開的。」[54]應該說，這種一致有時代的必然，也是具有相當合理性的。一部知識份子的受難史是在民族、國家的災難史的講述中生

---

[54]　陳遼：《新時期的文學思潮》第54頁，瀋陽：遼寧大學出版社，1986年。

成的,是在對祖國、人民、黨等整體價值對象的「苦戀」情感中帶出的。

二、受害者的歷史詮釋和權力話語。「文革」帶來的政治壓抑與精神摧殘、生活苦難與情感創傷,在精神和情緒上積壓了太多的東西需要宣洩。所以,這一時期的創作普遍以受害者的視角來控訴、指責、謾罵、詛咒。不管是知識份子在長期的勞動改造中的命運起落與精神變異,還是下層民眾(主要是農民)的生存困境,或是紅衛兵、知青一代作為政治犧牲與青春祭獻的歷史角色,都是作為「文革」歷史的受害者,在講述「文革」帶來的悲劇性故事中,大都把這段歷史歸罪於林彪、「四人幫」及其黨羽,歸結為極左路線、個人崇拜等政治和思想偏差,或以受害者的善良無辜而命運悲慘的故事來表達「壞人當道」時代的悲劇,或把政治受害者塑造成文化英雄或抗爭鬥士進而攜帶著權力話語,事實上存在著「我們深陷在自己的經歷之中,迷失在自己的經歷之中」[55]的問題。作為歷史參與者的自省、懺悔之作屬於鳳毛麟角,不僅在數量上極少(只有《晚霞》、《人啊!人》等少數作品),而且也始終沒能成為新時期文學的主流。更多的是把複雜歷史簡單化、道德化、漫畫化,以情感心理的宣洩代替對歷史政治的理性反思。

三、集體主義的價值立場和單純樂觀的進化史觀。包括《人啊!人》在內的所謂人道主義主題的作品,其中的「人」的觀念應該說具有極大的有效性和歷史針對性,是對「文革」核心理念

---

[55] 徐友漁:《西方學者視野中的中國紅衛兵》,《社會科學論壇》,1999年第 3 期。

──階級鬥爭、繼續革命等意識形態話語的對立與扭轉。然而，這一時期的人性觀是單純而樂觀的，以類似於西方文藝復興時期的人性觀為潛在設定，「以為導致罪惡的禁忌一旦去除，人性便會保證美好到來，是八十年代很多論述和氛圍共同擁有的假設。這一假設及與這一假設相通的心情，使得後文革開始後相當一段時間內，文學藝術上產生了不少感人至深的作品，雖然這些作品距深刻要求均有相當距離。」[56]同時，這裏的人道主義並非「思想之自由，意志之獨立」意義上的個體自我和個性主義，而是「群體自我」，是在馬克思主義意識形態內部找到的批判資源，創作者的普遍價值皈依是對國家、政黨、人民等集體主義社會倫理。集體主義的宏大敘事構成這一時期的「文革」批判的主要價值資源。對「文革」的批判武器依然是與「文革」相關聯的革命話語、集體主義話語，而個體利益、欲望、人格依然作為非正義的話語被摒棄和放逐，這與「文革」政治對個人的生命、尊嚴、價值的蔑視與扼殺正是依據同樣的話語形式，所以，這樣的「文革」敘事在批評歷史對象的同時又陷入對象得以產生的背後邏輯中，真正以個體獨立為出發點的人道主義主體意識並未出現。

　　四、從敘事視角與表意策略來看，由於對「文革」的歷史否定成為各種主要社會力量的共識，捲進「文革」運動中的各種社會角色（受害者、施害者、二者兼有的角色）即親歷者的控訴、表白、歸罪、懺悔、自恕等情感心理強烈地影響著對「文革」歷史的反思方式與程度，並相應出現了非常清晰的敘事視角和敘事

---

[56] 賀照田：《時勢抑或人事：簡論當下文學困境的歷史與觀念成因》，《開放時代》，2003 年第 3 期。

道德的規律性與共同性。從敘述角度和敘事方式看，知識份子主
人公視角是作為歷史的受難者和解釋者來實現歷史批判和現實肯
定效果的，反思歷史失誤的同時建構起知識份子苦難而崇高的主
體形象，並搭載了權力話語效能。農民主人公視角作為講述政權
合法性的有力言說者，把政治懷疑和批判的焦點嚴格限定在政策
執行者而非制定者，既使得廣大底層民眾長期積壓的的政治不滿
與怨憤得到宣洩，又借助這一情緒釋放達到控訴和揭批「四人
幫」的政治效果，並在邏輯推演下自然到達「撥亂反正」、「正
本清源」、團結一致向前看的國家意識形態的終點。兩種敘事都
是以悲劇性命運的人物最終團圓和新生為結局，既是歷史轉折帶
來的存在實然，更是在對國家意識形態高度認同的語境下對歷史
和政治的美好想像。因而，這一時期「文革」題材小說存在著明
顯的相似性，人物的階層化、類型化，故事的悲劇性過程和光明
的尾巴，知識份子的情感結構和文化原型，底層敘事的道德模式
化，以及紅衛兵－知青的英雄主義青春敘事，等等，屬於傑姆遜
所說的「前個人主義敘事」，「心理學的主體本身尚未形成」[57]。

　　阿爾都塞在其著名文章《意識形態和意識形態國家機器》中
說：「每一個『主體』都具有一種意識，而且信奉他的意識賦予
他的、也是他自願接受的觀念。這個主體一定會在他『按照他的
觀念行動』，因而一定會在他的物質的實踐活動中作為一個自由
的主體來標銘自己的觀念。」[58]也就是說，意識形態發生作用的

---

[57] 詹姆遜：《政治無意識》第 111 頁，王逢振等譯，北京：中國社會科學出
　　版社，1999 年。
[58] （法）路易・阿爾都塞：《意識形態和意識形態國家機器》，《當代電
　　影》，1987 年第 4 期，第 36 頁，李迅譯。

機制是多樣的，也是相互的。即使在統一的政治意識形態覆蓋整個社會領域的建國後 30 年中，不同階段和不同個體依然作為「自由」的主體來接受、標銘和傳達自己的意識。具體到 80 年代兩大主要文學創作主體，右派作家群的「主體」意識建立在 1949 年前後巨大的政治變革時期，政黨、國家的信念和他們自身的個體經驗基本上是同步建立起來的，這也成為他們在以後的個人曲折中賴以生存的精神支柱。所以，在新時期的文學表達（主要是基於對「文革」的反思）中，他們自然地把個人的坎坷經歷想像成與政黨、國家、人民一同受難的歷史過程（「母與子」的情感模式），一廂情願地把一切錯誤、災難、罪惡歸罪於少數陰謀家，於是，對「文革」的反思就限定在這樣的思維框架中。而隨著新時期對知識份子普遍平反歸位的實現，他們的自身價值和意願與國家、政黨意識形態獲得了一致（個體、自我意識完全歸屬於主導的國家意識形態）。與此不同，紅衛兵——知青作家群的「主體」意識的建立經歷了一個接受、強化到倒塌、重建的曲折過程，他們的青春期大多在「文革」階段，一方面強烈地打上了「文革」意識形態話語的烙印，因而也被政治利用作為摧毀基層國家機器和相關意識形態的工具。另一方面，1968 年以後的普遍被「拋棄」，處於青年到中年過渡的一代人也自然經歷了一個價值觀否定與重建的過程。紅衛兵－知青視角的「文革」敘事的不同形態正是由不同「主體」的重新轉向和選擇所決定的。其中，占主導地位的情形是剝離掉歷史的政治外殼，從具有普遍意義的理想主義、英雄主義價值觀中建立和確認個體、自我的意義。而這樣的選擇與表達又與國家所需要的文化心態相契合。他們的英雄主義、理想主義「文革」敘事既包含著對政治陰謀和權力交易

的強烈批判，又是對作為一代人歷史價值和現實處境的重建和確認。當然，這種強烈的自我（集體自我）「主體」意識也使得他們大多缺乏真正的歷史反省和自我反省，「超量表意」（陳曉明語）的熱情與焦躁決定了他們（梁曉聲、張承志等）在「文革」敘事中顯露出膨脹而虛弱的心態。而另一些紅衛兵－知青作家（禮平、孔捷生、北島等）則以人道主義和理性主義的新座標，反觀「文革」歷史和紅衛兵－知青的歷史角色，雖然不可避免地帶有這樣那樣的局限（如禮平自我反省與自我辯解相夾雜，孔捷生對舊的理想主義的否定又回到另一種理想主義的框架，北島在政治批判中表現出價值虛無傾向），但相比之下，這一批紅衛兵－知青作家對自我（集體自我）的反思達到了當時的歷史語境下所可能實現的最大程度。

第二章　文化反思與人性自省

——主體性與現代化語境下的「文革」敘事（1984-1992）

　　「傷痕文學」、「反思文學」最初在推動「思想解放」運動方面所發揮的特殊效用，以及由此給文學所帶來的巨大聲譽，恐怕是文學在其歷史中再難遇到的。當時許多文學刊物都動輒發行幾十萬份或上百萬份，而社會上也出現了幾乎人人爭讀文學期刊的盛況。但這種官民一致和朝野互動的情形很快出現裂隙。隨著1980 年中央理論務虛會的召開，一批反映社會現實和揭露「文革」歷史的作品受到了批評[1]。80 年代就有了反「自由化」和清除「精神污染」。不過，一意推行改革開放的上層政治力量看起來並不想完全阻遏這種時代思潮，而只是想駕馭這種思潮，避免使之出現「越軌」舉動。因此，似乎與以「文革」敘事為主體的反思文學相配合，理論思想界的歷史反思在這種「思想解放」和有限控制中依然不斷推進。時任中宣部副部長、文聯主席的周揚在

---

[1] 這些作品包括《假如我是真的》（沙葉新，《戲劇藝術》、《上海戲劇》1979 年 9 月 25 日專刊）、《女賊》（李克威，《電影創作》1979 年第 11 期）、《在社會的檔案裏》（《電影創作》1979 年第 10 期）和《飛天》（劉克，《十月》1979 年第 3 期）等。但在當時那種較為寬鬆的政治氣氛中，並沒有作家受到公開的組織處理和禁發作品。這也體現了新時期之「新」的時代特點。

1983 年 3 月 16 日的《人民日報》上發表的長篇文章《關於馬克思主義的幾個理論問題的探討》從馬克思早期著作《1844 年經濟學－哲學手稿》中汲取思想資源，提出馬克思主義包含人道主義，並認為不僅是資本主義，而且社會主義條件下也存在「異化」，包括經濟領域、政治領域（權力異化）和思想領域裏的異化（個人崇拜或宗教異化）。這篇文章既得到理論界和文學界的熱烈回應，也很快受到來自理論界和政界的激烈批評。胡喬木在中央黨校的講話《關於人道主義與異化問題》[2]代表意識形態權威部門對周揚的觀點作出了定性的批判，指出人道主義世界觀、歷史觀和社會主義異化論是「帶有根本性質錯誤」的思潮，隨後，周揚也作出了自我批評。[3]由此，文化界開展了抵制和清除精神污染運動，人道主義和自由主義等思想探索在國家意識形態部門的干預下，理論與哲學層面不得不暫時偃旗息鼓。

　　然而，一種思想能量一旦產生就不可能突然消失，知識界突破國家意識形態框架而重新建立主體話語的努力，以別種形式進行著轉移與釋放。在理論界，李澤厚的主體性理論，劉再複的《論文學的主體性》等，策略性地避開傳統的蘇式馬克思主義的思想資源，轉而用馬、恩早期的著作為依據，強化和建構「主體性」理論以對抗「文革」以來「國家」對「個人」的壓抑和監控，形成了以「主體論」和「人學」為主要表達語彙的新啟蒙主義思潮。這裏的所謂新啟蒙主義，是指 80 年代一方面以「五四的

2　胡喬木：《關於人道主義與異化問題》，《紅旗》，1984 年第 2 期。

3　有跡象表明，周揚公開的自我批評並非出於其自願，而是他人某種操作的結果。參見《談周揚——張光年、李輝對話錄》，《名人與冤案》第 349-351 頁，群眾出版社，1998 年。

復興」為特徵，被視為重複了五四時期從傳統（封建）社會中邁向現代社會的時刻，從而集中重申了五四乃至整個現代中國的啟蒙話語；另一方面則因為以人道主義話語為中心，80 年代成功地完成了一種話語轉換，即由正統意識形態話語向非意識形態話語轉換。[4]所以，正如有論者指出的，80 年代中期以後，在「現代化」和「改革開放」的口號和實踐的推進中，整個社會存在著一種「結構性裂隙」，即「政權的延續、意識形態的斷裂與社會體制的變遷。」[5]

　　思想解放的繼續和深化開始導致對以往各種強硬而僵化體制的質疑與否定，也導致對前 30 年的政治實踐及其作為理論依據的傳統意識形態的懷疑情緒。以「民主」、「自由」為標舉的社會文化和以人道主義為核心的倫理文化逐漸成為知識份子的主導話語，並與一體化的國家政權以及相應的「公」壓倒「私」、國家高於個人的集體主義意識形態逐漸疏離。儘管社會限制處處存在，但知識界卻洋溢著一種單純、樂觀的思想氛圍。表現於文藝界，從 80 年代中期開始，文藝理論界的方法熱、創作界的尋根熱以及學術界的文化熱開始大行其道，但新時期初期的那種文學與政治呼應而產生的轟動而熱烈的效應卻逐漸失卻，文學的社會影響也越來越小，乃至出現圈內熱鬧圈外冷淡的局面。這一情形被描述為「一方面表現為思考的更加理性，更加深邃、更加全面多

4　參見賀桂梅：《80 年代人道主義思潮「個人」之辨析》，http://www.eduww.com。
5　戴錦華：《隱形書寫──90 年代中國文化研究》第 44 頁，南京：江蘇人民出版社，1999 年。

側面；一方面表現為對人的靈魂的進一步關注」。[6]而一些青年作家則沿著意識形態「祛魅」的軌道，由新時期初對社會政治生活的極力介入，轉入對新的文學觀念的構建和對新的文學表現形式的試驗，在文學業內具有強勁勢頭的「先鋒文學」由此形成。十幾年後，有論者對這一時期的文學現象作了這樣的概括：「全力離棄過去三十年的政治、美學禁忌」，「極力促成和前三十年政治意識形態與美學意識形態的斷裂」，「在『文學是語言的藝術』的旗幟下，通過繞過、質疑乃至顛覆反映論，對先前狹隘且一統的社會主義現實主義美學禁忌加以反撥，同時在理論上建構出以『語言』問題為絕對注意中心的文學本體論。」[7]這種文學轉向的背後不僅是對以往加載于文學之上的政治意識形態重負的逆反，也是對新的意識形態話語──現代化──的潛在呼應。因為，在改革開放和現代化還是被人們樂觀憧憬的美好未來的 80 年代中後期，「現代派」也是被作為文學上的「現代化」而被推崇和追求的。

　　從文學創作方面看，一方面由於「文革」反思的深化可能受到客觀限制，另一方面隨著歷史記憶的逐漸淡化和傾訴心理的慢慢平復，也隨著社會的關注點轉移到經濟生活和現代化前景的追求上，對「文革」歷史的再敘事、再思考而進入小說創作的數量很少，其總體社會效應和文學效應也較上一階段冷清得多。「文革」歷史在人們的社會與日常主題中慢慢退隱，而且也漸漸淡出

[6]　陽雨（王蒙）：《文學：失卻轟動效應之後》，《文藝報》，1988 年 10 月 18 日。

[7]　賀照田：《時勢抑或人事：簡論當下文學困境的歷史與觀念成因》，《開放時代》，2003 年第 3 期。

大多數作家文學觀照的視域，文化思想研究方面對時代的追新逐異也遠遠勝過對歷史的反觀深思。

　　在這樣的時代文化和文學語境下，「文革」敘事也呈現出不同於以前的內容與形式特徵。涉及「文革」歷史的作品普遍走出受害者、親歷者的表白、傾訴與歸罪，而是把思考的視野向廣闊渺遠的民族文化深處和社會哲學高度追溯和推進（《桃源夢》），或淡化歷史事件與過程而把歷史本質抽象化、隱喻化（《黃泥街》、《一九八六年》）；或從普通人的人生、人性中尋找「文革」的人性基礎、心理土壤和歷史承續軌跡（《玫瑰門》、《古船》）。所以，本章的論述結構不再按照前一章中的敘事視角──敘述者所選取的道德立場和價值標準，而是以敘事主題和敘述形式的特徵與時代文化、文學語境的內在關聯作為劃分章節的依據。

第一節　「文革」隱喻──烏托邦的建構與破滅

　　美國著名馬克思主義學者莫里斯・邁斯納在他的成名代表作《馬克思主義、毛澤東主義與烏托邦主義》中認為，毛澤東的烏托邦思想是他發動「大躍進」和「文革」的內在根本動力，並將中國的「文革」實踐作為缺乏烏托邦憧憬的西方資本主義時代的參照作了正面價值肯定。[8]關於「文革」意識形態話語的烏托邦性

8　（美）莫里斯・邁斯納：《馬克思主義、毛澤東主義與烏托邦主義》，張寧、陳銘康等譯，北京：中國人民大學出版社，2005年。

質是西方一些馬克思主義理論研究者批判西方現代性的重要資
源，在很大程度上體現了西方歷史文化語境下的東方想像。但完
全否認「文革」時期的政治話語所包含的烏托邦誘惑力也不是客
觀的、歷史的態度。正因為當時的政治話語中具有相當大的社會
動員力量，所以，在高層政治強有力的影響下，下層民眾也廣泛
而狂熱地呼應那個「大革命」的潮流。然而，烏托邦從來只是人
們的幻想形態，一旦由某種現實權力強制推行，則必然帶來災
難。所以，80 年代後期到 90 年代，親歷「文革」動盪和災難的
中國知識界對烏托邦政治實踐作出了與西方左翼知識份子相反的
價值判斷，清理道德和政治烏托邦以反思激進的歷史，呼應漸進
改革的現實政治。其實，在文學領域，由深入反思「文革」而推
進到對整個社會主義革命歷史的烏托邦色彩的文學作品更早地傳
達了這一思想信息。

　　「烏托邦」（utopia）一詞來源於希臘語，由 ou〔不，沒
有〕和 topos〔地方〕構成，意思為「沒有或不存在的地方」；在
新拉丁語中「Utopia」為「想像的島嶼」。在社會思想領域，
「烏托邦」是指「任何理想而臻于完美境界的地方和國家」，
「理想中最美好的社會」，「它既指個人自身的和諧，又指持久
和平，需求的充分滿足，愉快的勞動……等等」。[9]從柏拉圖的
《理想國》到莫爾的《烏托邦》、培根的《新大西島》、康帕內
拉的《太陽城》等，西方歷史上的思想家們在不斷地構築關於完
美、理想社會的設想與途徑。從中國文化傳統來看，《詩經》中
的「樂土」、陶淵明筆下的「桃花源」是中華民族嚮往烏托邦式

---

[9]　李小科：《「現實的烏托邦」釋意》，《開放時代》，2003 年第 4 期。

的理想社會的最早原型。當年，不滿世道渾濁的陶淵明在虛構的文學世界中描述的桃花源世界是如此的美麗動人：

> 忽逢桃花林，夾岸數百步，中無雜樹，芳草鮮美，落英繽紛，漁人甚異之；複前行，欲窮其林。林盡水源，便得一山，山有良田美池桑竹之屬，阡陌交通，雞犬相聞。其中往來種作，男女衣著，悉如外人；黃髮垂髫，並怡然自樂。見漁人，乃大驚，問所從來，具答之，便要還家，設酒殺雞作食，村中聞有此人，鹹來問訊。自雲先世避秦時亂，率妻子邑人，來此絕境，不復出焉；遂與外人間隔。問今是何世，乃不知有漢，無論魏晉。

這是一個時間和空間雙重逃離的真正烏托邦所在，「不知有漢，無論魏晉」的時間靜止和後人沒能二次到達的空間迷失，意味著作者煞有介事的敘述其實不過是一個心儀神往的夢境。然而，自從陶淵明寫下這著名的《桃花源詩並記》之後，「桃花源」在中國人心目中就成了一個與喧囂混濁的現實相隔絕、和平美好、道德完善的理想社會的代名詞。它與西方的烏托邦一樣，顯示出不同文化傳統的民族對於完美社會的共同嚮往和追求。這種不斷超越現實、追求完美的理想主義精神，也成為推動人類生生不息、社會不斷前進的精神動力。但社會歷史的實踐證明，當把這種理想世界在某種權力意志主宰下轉化為現實政治，把思想的烏托邦引入社會實踐，又時常會產生驚人的災難，這種理想與現實、理念與實在的悖論在十九世紀以來的政治曲折中也反覆被印證。

　　莫應豐在 80 年代中期創作的長篇小說《桃源夢》就以虛構的文學世界表達了這樣的社會思考，即從解剖烏托邦式的道德文化和社會組織的角度反思從 50 年代開始到「文革」發展為極致的社會主義政治實踐的觀念癥結，追溯其產生的歷史文化根源，從而開闢了反思「文革」的又一新路徑。

一、中國式的「反烏托邦」小說

　　1987 年，曾因反映「文革」時期政治鬥爭的長篇小說《將軍吟》而獲首屆茅盾文學獎的湖南作家莫應豐發表了題為《桃源夢》的長篇小說，這部被許多人視為從現實批判走向「奇思怪想」的作品並沒有受到多少注意。作品構築了一個荒誕離奇的非現實世界，其大致內容是這樣的：20 世紀初到 50、60 年代，在南方三省交界的一個高山絕地，生活著一個與世隔絕而又自成一體的奇特部落。這裏的人們生活水平極為低下：衣衫襤褸，食宿粗陋，最奢侈的食物是鹽和鹹辣椒，但他們卻有著很高的道德水準：共同勞動，平均分配，不分彼此，沒有私心，以供養弱者、救濟他人為本分。奉行善道是他們的行為準則，所以有這樣的奇特風俗：行人不便時，主人不但主動供食留宿，分文不取，女主人還要與男性客人同床暖被，以顯示善意周到，客人也不會心生邪念而有違善德。善道還惠及動物，所以他們只吃地裏生長出來的東西，並與一切動物分享食物，絕不殺生。在這裏，殘缺、畸形的人會得到最好的照顧和最多的尊重，最醜陋的男人可以娶到最美的女人，而且異類同食，人畜通婚。族長（被尊稱為「活祖宗」）龍居正是個頭號大善人，天生見血就會暈倒，能與牲畜連

聲氣,與鬼神通靈性。當初,在惡人當道、匪患肆虐的世道中,正是他帶領了一群善良而正直的人,登上這座高山「天外天」,然後拆毀連通山下亂世的板橋,建立起「重仁義,輕錢財,興道德,廢邪惡,抑豪強,扶弱小,陰陽和順,人人溫飽」的世外桃源般的生活世界。然而,善道、善化終於沒能帶來永久的和順與真正的溫飽,貧窮、原始的生活終究被外來的文明和生存的本能所打破,後輩人走上了叛逆的道路——違背不殺生的戒條,捕殺瘋狂傷人性命的母牛,因而與守善者產生對立和衝突,最終全族歸於毀滅。

從作品的構思和情節內容來看,這確是一個桃花源世界的演繹:為避世亂,與世隔絕的由來,「良田美池」、「阡陌交通」的村落格局(作品還附有「天外天」地勢面貌圖)和「黃髮垂髫,怡然自樂」的人倫之美等,都符合描述的桃花源特徵,甚至這個世界從不為人所知到為人所知且被書寫的路徑也與《桃花源記》相仿,即借助一個外人的介入(假託一個地質考古家和文學編輯尋訪天外天的唯一住民,與武陵漁人的誤入桃源相似)。但莫應豐反「桃花源」之意而改寫之——不同于前者通過太守、高士等對世外桃源「再尋而未果」而保留著對那個美好世界的永恆嚮往,而是書寫了這個曾經存在的「美好世界」的毀滅過程,完全是對《桃花源記》的「反寫」,從而成就了一部中國式的「反烏托邦」小說。其間顯然有與域外「反烏托邦」小說的疊合之處,但這並不一定是作者受啟示于奧威爾的《1984》、《動物農莊》或紮米亞京的《我們》等作品,而有可能是作者從某種社會思考和理念出發而想像演繹出的人事內容。如果聯繫到作者的創作道路和文化背景,也顯然並非突發奇想的白日夢。可以說,從

《將軍吟》中正面反映和揭露「文革」政治內幕到《桃源夢》虛構的桃化源般社會的建構與毀滅，是有著內在的思想邏輯的，那就是對「文革」歷史從現實政治批判到文化哲學思考的一脈相承。「天外天」是作者對以「文革」為極端形態的政治烏托邦的隱喻式再現和反思，它繞開了真實的社會歷史內容，以一個奇幻的超現實世界隱喻式地表達了「文革」得以產生與演進的文化脈絡和觀念內核。

二、道德理想主義的演繹

新中國成立後，社會的和平穩定、經濟秩序的恢復發展以及整個社會積極向上的精神風貌，成為一段真正的光明燦爛的歷史時期。但從「大躍進」開始的社會危機引發了最高權力層在治國方略上的矛盾和分歧，如何建設社會主義、是經濟立國還是道德立國逐漸成為與權力之爭相交織的意識形態之爭，顯然，在後來的歷史發展中，後者占了上風，並最終導致所謂「無產階級文化大革命」。「文化大革命」從其意識形態話語層面來理解，就是通過「文化革命」即思想領域的革命，改造人的主觀世界，把不完善、有私心的自然人改造成大公無私、公而忘私、毫不利己、專門利人的具有「共產主義道德」的人；要通過「鬥私批修」和「觸及人的靈魂」的革命，「把全國辦成毛澤東思想的大學校」和實現「全國人民的思想革命化」等等。支撐「文革」政治運動的這套理論話語體系，其內在邏輯就是要通過對人的道德靈魂的改造，使社會成員成為一個個「高尚的人」、「純粹的人」、「脫離了低級趣味的人」，進而實現一個理想、純粹的烏托邦式

的社會主義和共產主義社會。簡言之就是通過改造人進而實現改造社會的理想。這實際上是一個以道德完善為核心和基礎的意識形態話語體系，在那個高度一體化的社會結構中又成為人們一切行為、思想的圭臬，以道德精神為社會動員和組織的中心紐帶。那麼，為什麼這看似非常理性而合乎邏輯的理論體系在實踐中卻製造了一場深重巨大的災難，產生許多非理性的後果？拋開實際操作層面的權力鬥爭和人性陰暗的因素，這個話語體系本身依然是值得後人反思和檢討的。我們通過對《桃源夢》建構的「天外天」世界的解讀也許能悟出許多理論與現實的反差及其緣由。

「天外天」實際上是一個道德烏托邦的邏輯演繹，「以善為本」是其立足的根本之道。「善」就是消滅一切私心和惡念，專替他人和大家著想，平等、和睦、博愛、禮讓。（這多麼像「文革」意識形態話語所描述和追求的道德理想！）在這樣一個理想的社會裏，人人爭做善人善事，以作大家的奴僕（公僕？）為榮，對動惡念、行惡事者或自我懲戒，或善意勸轉。也就是說，這個人間仙境般的社會是以道德理想主義為存在根基的，是一個典型的道德烏托邦。這種道德的烏托邦在建立之初，其合法性和正當性是顯而易見的，然而，隨著「善道」從反抗世道不公到變成維持現實秩序，其性質就發生了變化。

作品採用了邏輯推演的方式，虛構和生成了絕對的善道與無私帶來的荒誕悖謬的情節內容，揭示了這種道德理想主義的脆弱性和虛偽性。如在善化的感召下，梔妹讓自己幼小的孩子斷乳而給失去父母的小牛犢（這裏唯一的家畜）哺乳，結果小牛犢活了，孩子卻死了，梔妹則因此被封為「善人」——「天外天」最高的榮譽。又如，在善道的濡染下，健壯美麗的早啼姑娘十一歲

時就表示願意作侏儒狗賤的老婆，因為憐惜與關愛殘缺不幸者是
美德，那時她還拖著兩條長長的鼻涕，對結婚意味著什麼根本不
清楚。然而，長大以後她必須兌現諾言，否則即是不善，結果，
畸形而無能的狗賤給她帶來的是極度的痛苦和非人的生活，而已
成為道德權威的梔妹善人則這樣開導她：「人最重要的是為別人
著想」（專門利人？），並讓她把自己的身體當作石頭。但人終
究不是石頭，早啼瘋狂地愛上健壯但有家室的男子石通，因與之
私通而被懲罰。雖然，這裏的情節內容具有極端誇張乃至荒誕的
色彩，但其中的寓意卻是值得思考的，正如別爾嘉耶夫在《論人
的奴役與自由》中所指出的：「烏托邦所希望的是完善的的生
活，是強迫的善，……對人的悲劇的理性化。」[10]在「天外
天」，正是這種「強迫的善」（已經被社會成員內化）造成了對
正當人生幸福的剝奪，對健康人情人性的損害，是用善道把悲劇
「理性化」，殘忍合理化。

　　把善道的虛偽與殘忍演繹到極致的是「牛人」麻杆的故事。
在梔妹當眾給牛犢哺乳並獲得「善人」封號的榜樣作用下，青年
麻杆為發情的母牛充當配偶，以期獲得「善人」的榮譽和地位
（「善人」不僅是一種精神榮譽，還享受被大家供養的待遇）。
「活祖宗」為首的族人們見狀大驚，一方面本能地認為人畜交
配，傷風敗俗，應該懲戒；另一方面，對麻杆的「給餓牛餵奶是
善行，給發情的母牛解除無配偶之苦，為什麼不是善行？」的質
問又無言以對。善化的哲學遇到了實際的難題。然而，「天外

---

[10]　（俄）別爾嘉耶夫：《論人的奴役與自由》第 224 頁，北京：中國城市出
　　版社，2001 年。

天」人決不懷疑善化本身，於是「聰明人」頭生想出了兩全之計，順水推舟地承認麻杆與母牛的荒唐為善行，封之為『牛人』（而不是「善人」）以為獎賞，讓他獲得牛一樣的待遇（這是山上唯一的一頭母牛，受到人們的厚愛，不穿鼻，不拉犁，可以自由逛蕩，吃最好的食物），「這樣做的好處是，一，我們沒有說他的善行不對，而且還給了他封號和特別待遇；二，他的生活實在是不值得羨慕，相反，會使人望而生畏，這就起到了懲戒的作用，誰也不會學他的樣子。如果他認為封他為『牛人』是對他的侮辱，那他就是自己打自己的耳光，經不起一駁。」這樣的妙法既維護了善道又懲戒了野心，從此麻杆就永遠失去了人的資格和人的尊嚴，只有與牛為伴，遭到人的鄙視和疏遠。這就是善的邏輯，善的推演，它使人變成了牲口。這種看似荒誕不經的情節實際上清楚地表明瞭：「抽象的道德主義用在社會上就是偽善」。[11]

還有所謂的勸善禮。對說真話、吃葷腥的「浪子」瓜青的懲罰頗為奇特。按善化的邏輯是吃動物肉就能吃人肉，就是有違善道。要懲罰叛逆又不能違背善道（不能打殺），於是又由聰明的頭生想出了個兩全之計：行勸善禮，即在一個專用的小石屋裏，由八個身強力壯的男子漢二十四小時輪番對被勸者反覆聒噪著改惡從善的套話，不讓辨白，不讓睡覺，直到被勸者身心衰竭而死。年輕力壯的瓜青就是這樣被「勸」死的。而這個聰明人卻因此被「活祖宗」封為「善人」。（這是所謂道德殺人、語言殺人的典型事件，它使人聯想到「文革」時期的政治大批判和革命語

---

[11] （俄）別爾嘉耶夫：《論人的奴役與自由》第 245 頁，北京：中國城市出版社，2001 年。

言大爆炸。）可以清楚地看到，善道在這裏已經不是一個內在美好的追求，而成了維持善化秩序的虛偽而殘忍的符咒，不僅是「存天理，滅人欲」，而且是「以理殺人」了。

　　耿占春在《敘事美學》中指出：革命話語在它的起源上是一種反歷史的話語，即反抗統治權及維護其統治權的法律的歷史，是表現苦難的話語。而當它建立了權力之時，它也處於統治權這一邊。[12]「天外天」的善化可以說原本是一種「革命話語」，在其建立之初是對充滿血腥暴虐的現實的反抗，而後來卻成了統治者「活祖宗」等鉗制人們安於殘忍、荒謬、非理性的生活命運安排的工具。所以說，道德理想主義的「聖徒和獻身者必然成為偽善者，它的英雄必然成為惡魔、暴徒和劊子手。」[13]維持善道高於一切的「活祖宗」龍居正就是最大的偽善者，頭生善人及勸善的男子漢們則是劊子手。

　　《桃源夢》由「以善為本」的道德準則進行邏輯推演，衍生出許多荒唐與悖謬的生活事件，表明道德理想國的極端形態必然是對正當人性的扭曲和道德的偽善，從根基上抽空了道德烏托邦存在的合理性和可能性，從而對通過意識形態革命（「文化革命」）實現烏托邦式的社會理想（純粹的社會主義而非修正主義）的「文革」意識形態邏輯進行了曲折而尖銳的否定。

---

[12]　耿占春：《敘事美學》第187頁，鄭州大學出版社，2000年。
[13]　（俄）弗蘭克：《俄國知識人與精神偶像》第126頁，徐鳳林譯，學林出版社，1999年。

三、平均主義共同體及其毀滅

用別爾嘉耶夫的話來說，社會生活的基礎是兩個問題，就是自由問題和麵包問題。[14]置換一下，在「天外天」，社會生活的基礎是平等（平均）與麵包（經濟）問題的兩難，其解決的辦法就是在剝奪（減少）麵包的前提下解決人們的平等（平均）問題。「天外天」確實是平均的，惟一的一次爭奪土地和鹽的事件在領袖龍居正的感化下被平息了。此後，人們再也不敢存有私念貪欲，「有吃的大家吃，有困難大家分擔，那裏不存在爭和搶，都是主動把自己的好東西讓給別人」，連老鼠、猴子也與人類分享食物，真可謂仙鄉樂土，大善通行。

然而，美德善行帶來的卻是普遍的停滯與貧困。因為善化道德的第一戒條是不殺生，不能傷害任何有生命的東西。於是，老鼠橫行，猴患肆虐，它們分奪了本來就不富裕的糧食，破壞了莊稼。這一切使得「天外天」這個禮儀之邦越來越處於弱勢，善敵不過惡，人越來越多，生活越來越窮。比如公子（意即大家的孩子）狗賤因殘疾受到全部族人的供養，他的妻子早嗒也就成了全族的公媳，享受最好的物質待遇。然而作品描寫到：「她穿的是一種奇特的衣服，一塊長條形粗麻布，從頸後兜過來，在胸前交叉，再從兩肋包到背後，隨便打個結。褲子是用舊棉布縫的，補丁摞補丁，千瘡百孔，長度蓋不住膝蓋。她那一身棕黑色的皮膚和未經梳洗隨便綰了一個髻的頭髮，使人聯想起新石器時代的人類。」這裏物質生活的匱乏與粗陋可見一斑。另一個情節是：五

---

[14] （俄）別爾嘉耶夫：《論人的奴役與自由》第 247 頁，北京：中國城市出版社，2001 年。

十年代初，從「天外天」不慎掉入深澗的青年三喊被解放軍收留，但他不習慣山下的生活，從伙房背了一麻袋鹽悄悄離去。看重三喊的勤勞和忠厚的珍珠姑娘懷著對「天外天」的憧憬，也跟隨三喊來到了山上。然而，令珍珠感到意外的是，這裏並非如三喊所說的「山下有的山上都有」，「種的糧食吃不完」，她看到的是骯髒空洞的房子，表情古怪的人們，不穿衣服的男女孩子。新婚的珍珠和三喊只能睡在沒有加工過、還留著樹皮的樹杆綁成的「床」上，蓋著千補百納的麻布套，伴著橫行肆虐的跳蚤，珍珠帶來的嫁妝印花床單與被套則成為人們羨慕新奇的異物。這就是世外桃源般的「天外天」的日常生活，就是三喊描述的仙境般的地方。然而，這裏的人們又確實是善良無私的，三喊安新家時，大家紛紛送來日用品和糧食。所以，三喊說：「在山下，吃得好，住得好，穿得好；在我們這裏，什麼都不如山下好，就是人好。」於是，「人好」──道德高尚抵消了人們對物質生存的原始與貧困的感受，物質的貧窮和精神的富有就這樣奇妙地在人們的生活中平衡著，貧窮然而平均的社會形態在道德的善化教育下為人們接受和習慣著。

同時，「天外天」的人們自有一套道德邏輯，用來化解物質生活匱乏的心理體驗：「善眼看人，人變善；善眼看土，土成金。善眼看惡人，惡人心有愧；善眼看自己，自己總心虛。善眼看牲畜，牲畜成兒女；善眼看私物，私物願歸公。善眼看病弱，病弱如手足；善眼看強人，強人矮一分。善眼看功德，功德不為大；善眼看罪孽，罪孽有可原。善眼看忤逆，忤逆能回轉；善眼看善人，善人人上人。」這種道德至上的思維方式，無限誇大精神與道德的力量，與以「寧要社會主義的草、不要資本主義的

苗」的口號來捍衛「社會主義」的純潔性的「文革」思維有著奇妙的一致性。「文革」社會一方面是道德精神的總動員，無限誇大精神與道德的力量，另一方面無視社會的物質和經濟生活的基本現實，無視人的生存本能和自然人性，在物質經濟上的最起碼要求(比如農民為吃飽飯而餵豬養雞、種自留地)和感情文化的最自然需要(比如談戀愛、看小說、聽音樂)都被定為資本主義和修正主義，對人民的要求只是「一不怕苦、二不怕死」。這種道德哲學的高調與經濟狀況的落後疊合在一起，加上越窮越革命的意識形態宣傳，如同「天外天」的善道教化，只能是前現代化的表面和諧和反現代化的歷史逆動，只能導致偽善與貧窮，精神「富有」而物質貧困，但全方位的意識形態宣傳教化和封閉的社會環境也能使人們走向自欺和欺人。可以看出，作者在許多方面把「文革」和引發「文革」的邏輯引入他筆下的這個烏托邦世界。

然而，這個超穩定的道德烏托邦終於因外來的文明傳入被打破。歸來的三喊和外來的珍珠在這個封閉的世界裏，充當了連接外部世界的信使，貧困而平均的生活賴以維持的封閉的、凝固的環境失去了平靜。三喊和珍珠帶來了山下的生機與文明的信息，印花床單之類的「奢侈品」畢竟是令人豔羨的。「天外天」的怪異荒誕的生存狀態沒能持久，與人通婚的母牛終於受不了異類的配偶，瘋狂踩踏頂抵人群，而奉行不殺生原則的「天外天」人面對這樣的情形無能為力，許多無辜者的生命葬身牛蹄下。年輕的石通、三喊們再也不願守著活祖宗的道德戒條坐以待斃了，他們在珍珠的鼓動和指點下，用竹子製成梭標，用繩索套住瘋牛，不顧衛道者們的強大阻力，殺牛吃肉，走上了叛逆和覺醒的道路。在混亂和劫難中，活祖宗龍居正和梔妹善人等善化權威再也不能

維持局面，相繼死去。葷食者與素食者形成了極端的對立，葷食者開始嚮往有鹽有肉吃的生活，搭橋山下；維護善道的人們或感到大劫降臨，跳崖自殺，或拆毀板橋，阻止下山，善道終於走向了盡頭。在相互爭奪中，人們相互廝殺，同歸於盡，最後只剩下三喊守著他死去的妻子珍珠，成為那個部族曾經存在的唯一證人。以道德完善和絕對公平為宗旨的烏托邦社會最終自我毀滅。

四、「文革」寓言與文化反思

「天外天」這個道德理想國的結局喻示了「文革」後期的社會情形。文化革命帶來的普遍貧窮和道德偽善，顯示了其違背常識的背謬性，全社會（除了政治投機者）都對「文革」的政治路線普遍感到本能的反感與荒唐，因為紅彤彤的社會主義天堂終於敵不過人們的「肚子餓」的最大真理，道德精神追求過度而缺乏物質經濟基礎的社會註定要崩潰解體。隨著「文革」政治的延續，它的危機也越來越嚴重，初期的沖決狂熱和烏托邦嚮往在現實面前早已變味褪色，「寧要社會主義的草，不要資本主義的苗」一類的社會動員再也沒有凝聚力和號召力，對物質生產和經濟生活的追求越來越成為全社會的共識。如同那個道德至上而物質極端貧困的「天外天」終於走向了反面，走向了毀滅，所以「文革」政治因物質貧困、精神鉗制、違反最基本的人性需求也必然走向反面。這也表明了一個社會規律：建立在物質貧困之上的理想社會是不可能持久的，沒有物質基礎的精神烏托邦註定走向解體。可以說，「天外天」平均而貧困、物質匱乏而標榜善德

的狀況和推行一大二公、貧窮而自以為道德高尚的「文革」社會現實異曲同工。《桃源夢》以一個自成一體的虛構世界構成了對從 50 年代開始到「文革」為極端形態的烏托邦政治實踐的隱喻和嘲諷。

　　同時，《桃源夢》不僅是對「文革」意識形態理念的邏輯推延和反思，而且是對烏托邦社會現象的一種文化反思，它從歷史文化根源上，追溯深遠的民族心理積澱和文化原型，探究包括「文革」在內的中國社會主義實踐、共產主義道德理念得以滋生的歷史文化背景和民族心理土壤，成為中國式的反烏托邦小說。其中關鍵字「善道」不僅是現代意義上的道德理想主義，其實也與傳統儒家文化中的核心──仁義一脈相承。把儒家文化的道德核心與「文革」的精神文化改造的實驗相聯繫，其本身也暗示了「文革」的封建文化因子。以道德治天下帶來的歷史停滯與悲劇不僅在近代以前的社會進程中，使中華民族陷入「道德天下第一」、物質積貧積弱的境況，而且在社會主義階段的「文革」時期，再次如幽靈般復活于華夏大地，封建性的文化內核包裹在社會主義和革命意識形態的外衣之下，精神治人與領袖崇拜成為鉗制國民靈魂與阻礙社會進步的魔咒。因而，《桃源夢》通過對以道德完善為基礎的理想社會邏輯地演繹出最終毀滅的結局，實現了對「文革」意識形態的反思和對桃源文化傳統的質疑。而且，這種反思也顯然呼應著作品產生的時代語境──對改革開放和現代化的呼喚與憧憬。現代化理論的核心首先是經濟現代化和人性的基本需求的合理性，是對貧窮而高尚的道德烏托邦的反動與扭轉，是飽經了「文革」階級鬥爭之苦的廣大中國人對現代生活

（首先是物質富裕）的一種樂觀想像和要求。所以，反思歷史與呼應現實在這裏是完全一致的。

　　朱學勤先生在 90 年代發表的著作《道德理想國的覆滅》通過對法國大革命的歷史研究，揭示出中國的「文革」與法國大革命在內在理念上的一致即對道德理想國的狂熱迷信與實踐。他指出：衝破極左思潮的束縛已不困難，但衝破極左思潮得以滋生的意識形態框架還是一個步履艱難的過程。[15]在他看來，極左的哲學和文化根源就是道德理想主義和政治集權主義的結合，就是企圖在人間建立天國，是用此岸政治手段追求彼岸理想，建立彼岸世界。這種道德理想只能作為一種精神指向，而不能成為政治實踐，是道德理性而非歷史理性。這種反思應該說是切中了「文革」的意識形態癥結的。前文論及的西方左翼知識份子根據「文革」社會的革命意識形態話語，對所謂紅色中國進行美化和想像，將中國想像成為「毛主義烏托邦」而成為他們批判資本主義現代性弊端的「道德理想國」的活標本。這也成為當今中國的新左派理論家們用「文革」資源來進行現實批判的依據。其實，西方左派們「看到了主義看不到現實；看到了集體看不到集體的專制；看到了人人平等，看不到人人平等的貧困；看到了文化大革命狂熱的理想，看不到這場大革命中理想陷入瘋狂所造成的巨大破壞。」《桃源夢》以文學的形式，通過虛構而自成邏輯的奇幻故事瓦解了道德烏托邦的神話，傳達了深刻的文化反思和現實批判，是中國當代文學中的反烏托邦式的獨特之作。在 80 年代中期，這種思考和探索無疑是對「文革」反思的另闢蹊徑，發人之

---

[15]　朱學勤：《道德理想國的覆滅》，上海三聯書店，1994 年。

未發。同時，這種文化反思，也與當時正在興起的文化尋根思潮有著明顯的關係：從對當代中國歷史的思考，轉而對傳統文化進行批判，現實的悲喜劇的寫作被代之以一種「民族寓言」式的書寫方式。[16]但《桃源夢》的立足點顯然不是對傳統文化的追溯與評判，而是著眼於當代問題——以「文革」為代表的烏托邦政治意識形態得以產生的歷史與文化淵源。這樣看來，從《將軍吟》到《桃源夢》就是作家自然的思考和創作過程，後者也就不再是什麼奇思怪想，而是以寓言小說的形式表達對「文革」的文化反思。

第二節　底層「文革」和文化尋根

陳曉明在《表意的焦慮》序中說：80 年代中期，知青一代作家的「尋根」文學轉向，「並不只是藝術表現形式方面的創新需要，它同時也表徵著知青群體作為歷史主體的思想動機和目標。」[17]的確，有著「文革」經歷的知青作家群在一段英雄主義的熱情而狂躁的書寫之後，隨著傷痕、反思文學的沉寂，也在逐漸尋找新的文學表達和歷史思考，「尋根文學」就是這一尋找的嘗試和實踐。當然，「尋根文學」並非直接起源于對「文革」歷史經驗的重新表達，《表意的焦慮》把它理解為是一代人借文學

---

[16] 戴錦華：《隱形書寫》第 44 頁，南京：江蘇人民出版社，1999 年。

[17] 陳曉明：《表意的焦慮：歷史祛魅與當代文學變革》序第 3 頁，北京：中央編譯出版社，2002 年。

表達的新路徑而擔當歷史主體的潛意識動機使然也不失為一種深刻的論斷。同時，它的外在契機是國內的文化論爭、海外漢學界的新儒學復興的努力以及因表現獨特的民族文化而獲得世界性成功效應的拉美文學（1984 年馬爾克斯《百年孤獨》的漢譯本引起國人極大興趣）。然而，從尋根作家的知青身份和他們的創作歷程看，從他們對「文革」歷史的青春記憶轉向由底層經驗引發的民族文化的思考，又有著清晰的內在發展邏輯。正如徐友漁在談到 80 年代的「文化熱」時所指出的：文化轉向有雙重含義，一，它有不得已而為之的性質，政治訴求轉向文化訴求；二，在泛化和淡化的同時，它的政治訴求具有深化的優點。[18]的確，由政治訴求轉向文化訴求，由批判現實的困難轉而去訴諸傳統清理，這可以看作是 80 年代中期尋根文學思潮興起的內在動因，同時也可以用來解釋這一時期對「文革」的敘事轉向。從切近的歷史記憶和政治控訴，轉向以傳統文化和精神為根基反觀「文革」社會生活現象，從個人記憶轉化為歷史深度的追求，是這一時期許多尋根文學作家的共同目標。它們是尋根文學中的一個重要組成部分，也形成了「文革」敘事新的表意焦點和表現策略。

一、底層「文革」與反煽情

發表于《上海文學》1984 年第 7 期和《中國作家》1985 年第 2 期上的兩部中篇小說《棋王》（阿城）和《透明的紅蘿蔔》

---

[18] 徐友漁：《社會轉型和政治文化》，《二十一世紀》網路版，2002 年 8 月號。

（莫言），作為當時文壇耀眼的文學新作受到廣泛關注，後來被視為「尋根文學」的代表性作品。其實，這兩篇作品以及阿城隨後發表的《樹王》、《孩子王》（合稱「三王」）都是以「文革」時期的社會生活為背景，並且表達了對那段歷史的獨特思考，但在當時以及後來的評論中，人們對「尋根文學」概念的標籤化指認和對作品文體、手法創新的研究，遠遠超過甚至忽略、淹沒了對作品的思想意蘊的充分闡釋。

與前一階段普遍反映「文革」初期的激烈動盪、表達悲怨控訴明顯不同，「三王」等作品主要以「文革」後期[19]的農村生活為敘事對象，從底層社會的物質貧窮與精神荒蕪來切入「文革」政治背景下的社會病症，是它們的共同特徵。同時，社會政治事件已不再是作品的觀照焦點，由政治、道德視角的審判姿態轉變為對精神、文化形態的客觀審視。它們往往是將悲劇性生活題材進行審美轉換，在凋敝的社會境況中發掘民間生活的自在狀態和抵禦苦難的獨特方式，在廢墟般的荒涼生存中提煉出藝術審美的詩化形象。

《透明的紅蘿蔔》以「文革」後期的北方農村生活為素材，但「文革」特有的政治色彩在這裏已是非常模糊淡薄的背景，只是在人物的片言隻語和故事的一鱗半爪中時而顯露出「文革」時期的氛圍和特徵，如被戲稱為「劉太陽」的公社革委會副主任，拿著小本本訓話時把「農業學大寨」、「水利是農業的命脈」等

---

[19] 「文革」作為一個歷史時期，有明顯的階段性變化，從 1966 年風雲突起到 1968 年大規模動盪基本結束，可以視為「文革」前期。1968 年紅衛兵完成政治使命轉向農村，全社會雖然時有運動但基本趨於緩和平穩，所以可稱「文革」後期。

「官話」揉雜在鄉野村話裏；小鐵匠罵黑孩的話：「你他媽的在幹什麼，彎腰撅腚，冒充走資派嗎？」等等。「文革」時期的政治語彙雖然在作品中已經盡可能減少，但各種標語口號卻又化入農民的日常話語表達中，顯露無疑地傳達出它們在農民生存經驗中被普遍的戲謔和嘲弄的情形。莫言說過，他無意於直接揭露什麼，譴責什麼，但作者對生活的真實感受和真切的敘事描繪達到了另一種效果：揭示出「文革」後期鄉村社會的停滯與百姓精神的萎頓，「蒼白的河灘」、「女人們臉上荒涼的表情，好像寸草不生的鹽鹼地」等是「文革」政治下破敗凋敝的鄉村生活圖景的藝術凝聚。正是在這樣一個停滯、荒漠的生存背景下作品塑造了一個精靈般的藝術形象——黑孩。

作為農村視角的「文革」敘事，《透明的紅蘿蔔》顯示了與傷痕、反思文學大異其趣的面貌：這裏有苦難故事，但決不渲染苦難，有政治背景，但完全脫開對政治事件的敘述。作品以一個十歲孩子「黑孩」作為講述的中心，他有著三毛式的外形：「他的頭很大，脖子細長，挑著一個大腦袋顯得隨時都有壓折的危險」；三毛式的身世：失去親娘，父親又遠走關東，飽受後娘的虐待，形同孤兒；三毛式的境況：深秋季節，他還「赤著腳，光著脊樑，穿一條又肥又長的白底帶綠條條的大褲頭子，褲頭上染著一塊塊的污漬，有的像青草的汁液，有的像乾結的鼻血」。在作品的講述中，他從來沒有說過一句話，也沒人知道他的名字，小小年紀就在生產隊作小工：敲石頭，拉風箱。隊長看到他的第一句話就是：「黑孩兒，你這小狗日的還活著？」「我尋思著你該見閻王了。」

　　這是一個典型的苦難題材：原始的勞動方式、低下的生活狀況、荒漠的精神狀態，但作品儘量淡化社會政治背景，既不作三毛式的社會控訴，也不去正面敘述黑孩的悲苦命運，呈現出某種刻意的反煽情意圖[20]，轉而著意表現黑孩對外部世界的無動於衷，對傷痛、苦難的麻木不仁和幻想、心靈世界的神奇活躍。一方面，黑孩具有驚人的苦難承受力和頑強倔強的生命力。他似乎沒有痛覺，面對小鐵匠的粗暴毆打，「黑孩聽到頭上響起一陣風聲，感到有一個帶棱角的巴掌在自己的頭皮上扇過去，緊接著聽到一個很脆的響，像在地上摔死一隻青蛙」；從鐵匠爐裏剛燒出來的鐵鑽，他能伸手抓起來，像握一隻知了，「滋滋啦啦」的響著，手裏冒著黑煙，不慌不忙地走回來；鋼花碰到黑孩的光肚皮上，也軟綿綿地彈回去，在空中畫出一個漂亮的半圓弧，墜落下去。應該說，是作者刻意做出冷靜甚至「冷酷」的敘事態度，把黑孩對肉體苦難的承受講述得極度忍耐、節制，由此折射出貧窮而粗暴的生活對一個孩子的肉體生命的殘酷傷害和剝奪。但作者顯然無意于指認誰是苦難的製造者。

　　另一方面，黑孩不僅以無言表達了對世界的無望，同時非人的生活又養成他超常的心理感受和幻覺世界，他能以自由的心靈和神奇的幻覺抵禦和超越有形的苦難。黑孩有著特別神異的聽覺和視覺功能，他的眼睛和耳朵能捕捉大自然的一切美妙：他能看到河上有發亮的氣體上升，裏面還藏著聲音；他能聽到逃逸的霧氣碰撞著黃麻葉子和莖杆時發出震耳欲聾的聲響，螞蚱剪動翅羽的聲音在他的幻覺世界則像火車過鐵橋。每當面對自然的神奇景

20　許子東：《為了忘卻的集體記憶》第 201 頁，北京：三聯書店，2000 年。

象時，他會忘記饑餓和疼痛，忘記眼前的一切苦痛，嘴角上漾起動人的微笑。最為神奇與美妙的當然是黑孩眼裏那個透明的紅蘿蔔：「透明的、金色的外殼裏包孕著活潑的銀色液體。紅蘿蔔的線條流暢優美，從美麗的弧線上泛出一圈金色的光芒。光芒有長有短，長的如麥芒，短的如睫毛，全是金色⋯⋯」這個神奇的景象是一個美的精靈，它使黑孩從荒涼的現實生存中脫離開來，進入童話般美麗神奇的世界。黑孩正是以內心的自由和對美好事物的想像來抵禦苦難、超越現實的生存困境。金色透明的紅蘿蔔是一種美好的、熱烈的、溫暖的意象，它與荒涼、單調、灰色的生活原色形成強烈的色彩對比，是苦難的環境中人們對歡樂、理想、幸福等的心靈渴望的藝術寫照。

正是以這種超現實的藝術世界，作品含蓄而深沉地傳達了「文革」中人們的苦難與悲劇以及對美好自由的內心渴望。正如當時的評論者所指出的，儘管作者在寫作時，把那種從政治意念出發的東西掃蕩得乾乾淨淨，但因為忠實於生活，恰恰從整體上把當時農村那種氛圍很真實地再現了出來。當時的普通農民的鬱悶心情，苦中作樂，堅韌忍耐，都從人物的活動中表現了出來。[21]而且，這種把現實生活的苦難和精神世界的神奇相對照、相融合的表達方式也已經超越了對特定的社會歷史時空的反映，顯示出作家對人的生存狀態和精神空間的整體思考和象徵。這也是尋根文學作品不同於切近地反映「文革」社會政治的傷痕文學、反思文學的重要方面。

---

[21] 「有追求才有特色──關於《透明的紅蘿蔔》的對話」，徐懷中等，《中國作家》，1985 年第 2 期。

二、文化反思視野中的知青形象

另一位「尋根文學」健將阿城的系列作品「三王」，可以劃歸知青文學的一類，被視為「知青文學轉型的一個標誌」。[22]但這些作品的意蘊和主旨顯然不是對知青群體的或苦難或英雄的經歷表達。或者說，知青在這裏並不具有梁曉聲、孔捷生等作品中的身份意識和歷史負重。「三王」也都取材「文革」後期鄉村生活背景（實際上是知青生活背景），但不再是從政治思考出發，而是從知青和當地農民的日常生活狀態的敘寫中透露出深遠的文化意蘊，並含蓄地折射出「文革」時代的病症，顯示出超越政治和社會批判的文化反思。

《棋王》以知青「我」的視點，講述另一個知青王一生的故事，其中王一生對「吃」的「虔誠」和棋藝的高超是作品講述的兩個亮點：

> 　　列車上給我們這幾節知青車廂送飯時，他若心思不在下棋上，就稍稍有些不安。聽見前面大家拿吃時鋁盒的碰撞聲，他常常閉上眼睛，嘴巴緊緊收著，倒好像有些噁心。拿到飯後，馬上就開始吃，吃得很快，喉結一縮一縮的，臉上繃滿了筋。常常突然停下來，很小心地將嘴邊或下巴上的飯粒兒和湯水油花兒用整個兒食指抹進嘴裏。若飯粒兒落在衣服上，就馬上一按，拈進嘴裏。若一個沒按住，飯粒兒由衣服上掉下地，他也立刻雙腳不再移動，轉

---

22 姚新勇：《主體的塑造與變遷——中國知青文學新論（1977-1995）》第76頁，廣州：暨南大學出版社，2000年。

了上身找。這時候他若碰上我的目光，就放慢速度。吃完
以後，他把兩隻筷子舔了，拿水把飯盒充滿，先將上面一
層油花吸盡淨，然後就帶著安全抵岸的神色小口小口地
呷。

這樣的「吃相」不僅是單個人物饑餓貧窮生活的反映，更是
對那個物質極度匱乏的時代的折射。事實上，知青們在鄉村的艱
苦生活中，最大的興趣也是講「吃」的故事，進行「精神會
餐」。王一生對棋的著迷與棋藝的高超也非常神異，他同時與九
位高手下棋的場面頗有戰場般的熱烈雄壯與驚心動魄：八名地區
棋賽優勝者在現場，冠軍則在場外家中由人傳棋，而王一生則一
人坐定場子中央，同時以盲棋與九人對弈。這場奇異的賽事吸引
了老少婦孺數千人，鬧鬧嚷嚷，喊成一片，從天明殺到夜黑，山
民打著松枝火把，繼續觀戰。最後，八人戰敗退場，那個世家傳
人的冠軍老者也在眾人簇擁下，親自出山。人們紛紛近前要一睹
這個神異的棋場「英雄」，卻見一個瘦小黑魂「孤身一人坐在大
屋子中央，瞪眼看著我們，雙手支在膝上，鐵鑄一個細木椿，似
無所見，似無所聞。高高的一盞點燈，暗暗地照在他臉上，眼睛
深陷進去，黑黑的似俯視大千世界，茫茫宇宙。」

這裏的人物和故事已擺脫了現實生活邏輯，棋和人都已達到
出神入化的境界，王一生的心智超拔與「呆子」外形，癡迷賽棋
又拒絕以不當手段參賽，力拔頭籌又以和收場等等，把爭與不
爭、無為而為，超然物外而又情性充沛融於一體，顯露了人的精
神自由的至高境界對日常生存困境的超越。所以，有評論者指出

《棋王》「寫出了極端的匱乏，更寫出了極端的豐實」[23]，這種豐實不僅是人物精神境界的自由充沛，也是作品看似平淡實則豐厚深遠的文化意蘊。

相對于《棋王》表達的「文革」時期人的精神力量對現實存在的超越，《孩子王》則更多地表現了知青主人公對政治功利主義的「文革」文化（實際上是專制主義文化體制和思維）的疏離與拒絕，顯示了對「文革」政治帶來的教育文化的荒漠和扭曲的批判意識。奧威爾在反烏托邦小說《1984》中有句話：「自由就是說出 2 加 2 等於 4 的自由」，揭示（預言）了在政治專制主義的鐵幕下，常識的、真實的、顯而易見的自明之理，也必將付出堅持和保衛的代價。以此來審視《孩子王》中的知青故事所表達的意義，也極為恰切。知青「老杆兒」短暫的「孩子王」生涯就是對常識、真實的恢復。面對慣於使用語錄、社論八股套話的學生作文，不會認字而嫻于段落大意、中心思想、寫作特點的教學過程，初中三年級連封普通家信不會寫的現實，老杆兒試圖從常識做起，從有用做起，擱置政治化的語文教材（事實上，學生根本沒有教材，據說是沒有紙張印課本，而批判材料卻成堆廢棄），教學生認字、寫最簡單也最有用的話。在不長的時間裏，「老杆兒」使學生的語文知識和能力獲得普遍提高，也真正成為受孩子們喜愛的「孩子王」。然而，他因為堅持常識而違反「常規」，很快就被調離學校，重返山村從事體力勞動。老杆兒也平靜地接受了一切，因為他的內心是無愧無悔的，他做了他能夠、應該做的。不過，和英雄主義氣質的許多知青形象不同，在阿城

---

[23] 基亮：《孩子王》，《當代文壇》，1985 年第 5 期。

的筆下，老杆兒只是一個普普通通的青年，他所做的只是根據常理、符合常情的事，然而，在「文革」時代，常識卻被視為反常，所以他丟了差事。同時，作品也顯示了在那個價值顛倒的社會中，政治話語體系對孩子（民族）的精神世界的嚴重扭曲和恢復、揭蔽的艱難。所以，與其說《孩子王》是所謂尋「根」——返璞歸真的道家之根，還不如說是以常識來對照「文革」時期的文化專制和社會病態。

三、反英雄主義調性

　　「三王」雖然都是以知青生活為題材，但「知青」在這裏也已不再是歷史主體，既沒有英雄主義的崇高感，也不再是對自身命運的憤懣與不平。敘述者的社會角色和道德姿態普遍弱化和淡化，雖然保留了某種歷史參與者的敘事特徵（如知青身份的敘事人）、仍用第一人稱的敘事方式，但「我」不再具有強烈的知青意識，不再佔據敘事中心，只是旁觀者和故事的敘述者和見證人。王一生、老杆兒雖然是知青身份，但顯然已不具有知青的一般社會和思想屬性，成為作家人生和哲學文化思考的承載者，到了《樹王》則進一步把敘事焦點從知青角色轉向普通農民身上。

　　從敘事角度上看，《樹王》把知青生活背景化，知青人物非中心化，作品的「英雄」是一個身材矮小的農民肖疙瘩，而代表時代所崇尚的英雄主義價值觀和「文革」意識形態話語的知青李立卻是作為價值否定的對象。和《棋王》一樣，知青「我」只是作為故事的敘述者和見證人，以「我」的眼光來映照農民肖疙瘩和知青李立的所作所為。肖疙瘩的經歷頗有傳奇色彩：在中緬前

線當過偵察班長，武藝高強，擒拿格鬥樣樣精到，曾參加邊境剿匪榮立集體一等功，只因魯莽傷人被部隊開除，在農場當一名普通農民。在「我」的印象中，肖疙瘩力大而機巧，貧窮而自尊，沉默而倔強，而且對滿山的樹木野獸懷著深深的眷愛與敬畏之情，成為它們的守護者，因而被稱為「樹王」。但「文革」來臨後，他因對砍伐森林有所怨言，被造反派以干擾墾殖事業的罪名揪出來批鬥。另一個重要人物李立則類似于梁曉聲作品中的知青英雄，但在這裏的敘述中已經不是崇高精神的自我表達，而是被外在審視的「他者」形象：「平時修身極嚴，常在思索，偶爾會緊張地獨自喘息，之後咽一下，眼晴的焦點越過大家，慢慢地吐出一些感想。例如『偉大就是堅定』，『堅定就是純潔』，『偉大的事業培養偉大的人格』。」知青英雄在這裏已經變得有些怪異與滑稽。可以說，李立代表的是「文革」社會主流價值觀，而肖疙瘩則是普通百姓的生存態度。

作品展開的是兩種不同意義的「英雄」的意志較量，中心事件就是砍伐那棵高 100 多米、樹蔭占一畝地的巨樹。肖疙瘩以「要砍樹先砍我」的執拗堅決守護著「樹王」，李立則是從「革命」的大業出發，要用「一張白紙好畫最新最美的圖畫」（砍樹造田）；肖疙瘩說：「一個世界都砍光了，也要留下來一棵，有個證明」、「證明老天爺幹過的事」，李立說：人定勝天，人要改造自然，改造老天爺。一邊是革命的雄壯話語，一邊是農民的質樸經驗。從個人意志的較量上，肖疙瘩寸步不讓，李立無能為力，但象徵政治權威的支書出面了，他以「學生們要革命，要共產主義」的政治權威話語擊垮了肖疙瘩，對自然意志和生命存在的精神堅守終究被政治權威意志壓倒。最後，巨樹轟然倒塌，

「山如燙傷一般，發出怪叫，一個宇宙都驚慌了」，肖疙瘩也從此失了魂魄，不久就死去。

在這樣的情節設置中，李立代表的英雄主義價值觀和政治權威合謀，已經演變成壓迫性的、專斷而蠻橫的強力，而肖疙瘩則體現的是對土地、自然的敬畏與守護。「樹王」是樹，也是人，樹的倒塌和人的死亡暗示了「文革」社會（以及更遠的歷史階段）所奉行的英雄價值觀不僅對社會造成極大的傷害，而且也是對自然的破壞、對生命的毀滅。這的確是體現了道家的宇宙觀，不過道家文化只是在映照「文革」的社會現實時才具有了其價值的合理性，所以，與其說作品是尋文化之根，不如說是揭「文革」之弊，是從文化和哲學根基上全面質疑「文革」社會的價值理念。而肖疙瘩也就成了反英雄主義的英雄。類似于 80 年代初知青文學中的英雄類型李立在這裏則成為「文革」意識形態話語塑造出的僵硬、乾癟的形象符號。

從以上的分析可以看出，在阿城筆下，知青有三類：一類是類似梁曉聲作品的悲劇英雄，但在這裏呈現出相反的價值判斷，那種體現「文革」意識形態的知青形象被作為生命扭曲的政治符號，如《樹王》中的李立；第二類是以精神自由和意志獨立而顯示了那個時代精神格格不入的類型，如《孩子王》裏的老杆兒；第三類是知青身份的敘述者「我」，往往是作為某種文化和生命意識思考的代言人。第二類和第三類包括敬畏和守護自然與生命的農民肖疙瘩所體現的內在精神氣質是一致的。作者往往賦予這些人物外形的憨傻、性情的稚拙而內在精神的獨立與自由，與以往知青形象大相徑庭，在他們的身上煥發出反英雄的神奇光彩。這種反英雄的歷史講述就是阿城後來所說的普通人的英雄行為：

「普通人的『英雄』行為常常是歷史的縮影。那些普通人在一種被迫的情況下，煥發出一定的光彩。之後，普通人又複歸為普通人，並且常常被自己有過的行為所驚嚇。因此，從個人來說，常常是從零開始，複歸為零，而歷史由此便進一步。」[24]

可以看出，文化尋根背景下的「文革」敘事作品主要關注「文革」後期底層社會生活，展示「文革」政治背景下鄉村生活的破敗凋敝和精神荒蕪，從文化和精神的層面質疑「文革」乃至此前更長遠的歷史時期所奉行的價值觀念。這些「文革」故事當中，不再出現受害者的苦難傾訴和煽情表達，不再聚焦政治事件和作政治歸罪（如果說黑孩、肖疙瘩等是悲劇性命運，那麼作品也顯然無意於指認悲劇的製造者是誰），而是把底層民眾在那個政治時期的常態生活呈現出來，把「文革」納入到整個人類文化和生存視野中進行反思。這樣的變化當然不是孤立的，而是時代文化和文學的不斷演進帶來的結果。80 年代中期是一個文學逐漸擺脫政治束縛、走向自覺的轉折時代，作者普遍與自身經驗和歷史過程拉開距離，敘事者往往只是一個旁觀者或思想者的角色。對「文革」的敘述已經不再是苦難親歷者的切膚創痛，而是被置放於民族乃至人類文化形態的大視野下進行審視，由控訴走向深思。精神自由與意志獨立的人格形態、反英雄主義的價值取向、關注底層與民間生存等都表明了知青一代作家在以人道主義為核心的時代語境下的精神自覺與價值選擇。同時，在這個被稱為文學自覺的時代，作家對「文革」社會生活的反映形式上，已經不

---

[24] 「阿城：大家對我有誤解」，《北京青年報》2001 年 10 月 12 日，http://www.grassy.org。

再是以具象寫實的方式「再現」，而常常是以藝術虛構與意象營造來傳達社會氛圍；不再是直白地通過人物語言和作者議論傳達意旨，而更多的是通過抽象、誇張、變形等藝術手段，來隱喻、暗示、象徵某種文化和社會思考，人物意象化，主題哲理化，情感內斂化。莫言對「文革」時期底層日常生活和精神氛圍的呈現，阿城從文化和哲學的高度審視「文革」時期由政治意識形態演化的自然觀、人生觀、價值觀的不合理因素等等，從對命運苦難的講述轉向對精神荒蕪的揭示，從政治歸罪轉向文化反思，從而開闢了文學藝術和歷史反思的雙重新境界。

第三節　啟蒙批判與荒誕敘事[25]

　　80 年代以後，現代化作為普遍的社會期待被呼喚與憧憬著。與此相應的是，西方「現代主義」哲學思潮和文學觀念也作為文學的現代化而被廣泛引進和吸收，加上對以往文學傳統的超越與創新需求的驅動，自 80 年代中期以後，「先鋒（新潮）文學」思潮迅速崛起，其主要文學觀念和實踐就是擺脫以往政治意識形態和美學意識形態的框架，強調語言和形式為文學的本體價值。這種文學轉向中的「文革」敘事也表現出新的歷史感和形式的「意義」特徵。

---

[25] 這裏的「荒誕敘事」不僅指作品所反映的事件本身具有荒誕意味，更主要的是指作品的敘事過程的荒誕邏輯和表現形式的非現實性。

　　美籍學者安敏成在其著作《現實主義的限制》中指出：現實主義往往聲稱一個文本能夠鏡子般反映一種外部現實，但實際上，在現實主義模式的所有樣本中都留有運作的痕跡，也就是說，現實或許可以看作為——至少是暫時的——僅是想像的產物，「現實」其實更多的是修辭的而非本質的。而且，所有的現實主義小說都是通過維護一種與現實的特權關係來獲取其權威性的。[26]在 80 年代中期以前的新時期文學中，這種以反映論為哲學基礎的現實主義創作觀念和方法佔據優勢地位，雖然在內容上與「十七年」和「文革」時期不同，但在文學觀念上卻是一脈相承的。在這種文學觀念中，不管是「傷痕文學」、「反思文學」還是「改革文學」，自然也都分得了一種「與現實的特權關係」。80 年代中期以後，隨著文學擺脫意識形態束縛而走向主體性自覺的普遍趨勢，現實主義的創作方法也越來越受到質疑和冷淡，形式轉向、語言轉向成為文學在完成了「撥亂反正」的政治和社會思想功能後的重新起步。在這樣的歷史語境下，一些稍晚于知青作家的文學青年脫穎而出，成為「新潮」或「先鋒」文學的主將，余華和殘雪就是其中的佼佼者。

一、「先鋒文學」中的「文革」敘事

　　以「先鋒」特徵而出現的余華、殘雪顯然無意於對社會歷史的正面反映和價值判斷，他們更多的是通過對文學語言、形式的創新性追求，彰顯現代主義文體特徵，來告別傳統文學觀和意識

---

[26] 安敏成：《現實主義的限制》第 8 頁，薑濤譯，江蘇人民出版社，2001 年。

形態，竭力跳出原有的文學範式，甚至遠離被表現對象的歷史內核。但同時，他們也無法切斷與原表現對象的關係，所以，一些重要作品仍然以「文革」為素材，仍然可看作「文革」敘事。

　　從形式的角度看，余華的《一九八六年》還保留了一個寫實的外殼，而其內核則帶有明顯的魔幻和超現實元素。作品講述了一個奇特的故事：一個研究古代刑罰的中學歷史教師在「文革」初期被造反派抓走，20年後再次回到當年生活的小鎮時，已經是瘋子的他在街頭用自己的身體演示墨、劓、荆、宮刑、淩遲、大辟等古代酷刑。這是一個典型的「文革」悲劇故事，也是那個瘋狂政治時代的縮影和回聲。但余華並不正面講述歷史老師的命運過程，而是著力展示人物在瘋狂狀態下的心靈和幻覺世界。在「文革」已被普遍忘卻的年頭，只有這個「瘋子」依然生活在對過去的恐怖記憶中：

> 　　他看到一個人躺在街旁郵筒前，已經死了。流出來的血是新鮮的，血還沒有凝固。一張傳單正從上面飄了下來，蓋住了這人半張臉。那些戴著各種高帽子掛著各種牌牌遊街的人，從這裏走了過去。他們朝那死人看了一眼，他們沒有驚訝之色，他們的目光平靜如水。仿佛他們是在早晨起床後從鏡子中看到自己一樣無動於衷。

　　通過瘋子的記憶和印象過濾，我們能真切地感受到「文革」初期的場景與氛圍：受害者對生命消失的冷漠和平靜表明鮮血和死亡是那個時代的日常事件，這一刻的死亡事實隨時可能在下一刻降臨到另一個人的身上，當年的歷史教師就是在這種恐懼和恍惚中被造反派帶走的，瘋狂是他保全自己肉體生命的最後庇護

所。同樣，作品對歷史教師被抓、失蹤、瘋狂的過程都沒有正面
敘述，而是精細描繪人物在政治恐怖下的心理感受和反應：當他
看到路上的鮮血和陳屍，聽到他人被拷打和失蹤的消息，看到同
事被戴上高帽遊街，他的本能反應是想到也許就要輪到他了；當
看到那些被剃陰陽頭、胸前掛著馬桶蓋的女人時，他的恐懼在於
「總是害怕妻子美麗的辮子被毀掉，害怕那兩隻美麗的紅蝴蝶被
毀掉。」值得注意的是，歷史教師的心理反應不是階級意識而是
同樣的「人」的意識支配下的自然邏輯，是對應該有著同樣的尊
嚴、人格和生命權的人被侮辱和剝奪的社會生存狀態的恐懼。所
以，在這樣的「文革」講述中，我們看到的是歷史面目就不是個
人的苦難因為與國家、民族一同受難而帶上了神聖的光環，表現
了普通人出於生命和人格防護本能而產生的卑微、恐懼乃至瘋
狂，這本身就構成了對「文革」的反人性、反人道的映照。在這
裏，我們看到的是「文革」政治恐怖對個體生命的摧殘和損害，
是於國家、民族等宏大話語之外的個體歷史敘事。所以，有論者
這樣評價：《一九八六年》是「中國文學的重大事件，尤其是
「文革」題材和知識份子題材文學的重大事件」，因為它是站在
人道主義和個人主義的立場來認識和反抗「文革」，一反「傷
痕小說」（如《傷痕》、《班主任》和《靈與肉》等）「用國
家意識形態掩蓋苦難表像、整合自己的苦難體驗」。[27]從這個意
義上說，《一九八六年》中講述的「文革」形態走出了傷痕、
反思文學中的集體主義話語模式，體現了 80 年代中後期主體性
話語姿態。

---

[27] 摩羅：《論余華的〈一九八六年〉》，《文藝理論研究》，1997 年第 5 期。

　　作品最觸目驚心的是對瘋子恐怖自殘的過程與場景的真切描寫。當一個瘋狂的時代似乎遠去時，他依然生活他所熟悉的古代刑罰和所經歷的「文革」暴力之中，在狂亂幻覺中演示著施刑與受刑的雙重角色：

> 　　他嘴裏大喊一聲「剿！」然後將鋼鋸放在了鼻子下面，鋸齒對準鼻子。那如手臂一樣黑乎乎的嘴唇抖動了起來，像是在笑。接著兩條手臂有力地擺動了，每擺動一下他都拼命地喊上一聲：「剿！」鋼鋸開始鋸進去，鮮血開始滲出來。於是黑乎乎的嘴唇開始紅潤了，不一會兒鋼鋸鋸在了鼻骨上，發出沙沙的輕微摩擦聲。……他的臉開始歪了過去。鋸了一會兒，他實在疼痛難熬，便將鋸子取下來擱在腿上。然後仰著頭大口大口地喘氣。鮮血此刻暢流而下了，不一會兒工夫整個嘴唇和下巴都染得通紅，胸膛上出現了無數歪曲交叉的血流，有幾道流到了頭髮上，順著發絲爬行而下，然後滴在水泥地上，像濺開來的火星。他喘了一陣氣，又將鋼鋸舉了起來，……隨後用手將鼻子往外拉，另一隻手把鋼鋸放了進去。但這次他的雙手沒再擺動，只是虛張聲勢地狂喊了一陣。接著就將鋼鋸取了出來，再用手去搖搖鼻子，於是那鼻子秋千般地在臉上蕩了起來。

　　瘋子在幻覺中是酷刑的施行者，而事實上自己是受刑者。他對古代酷刑的演示不僅是對「文革」的政治恐怖的隱喻，而且也暗示了「文革」暴力與歷史表像的重合，而參與者也就是在受害與施害的惡夢泥潭中殊難區分，「文革」在某種程度上

也可以理解為古老民族肌體的一次自戕和自殘。這樣，作品雖然沒有歷史過程的正面講述，卻在典型的歷史場景片斷與高度凝聚的意象濃縮中，以新穎獨特的方式和個人化立場通向對「文革」政治的批判。

相對於《一九八六年》，殘雪的《黃泥街》在形式與語言的「轉向」上走得更遠。如果說前者在突破傳統的現實生活邏輯時尚保留了寫實的外形，那麼殘雪的《黃泥街》則完全拋棄了現實主義的敘事邏輯，構造了一個斷裂破碎而又意象密集的「文革」敘事迷宮。

作品描繪了一個在「我」的記憶中真切存在、卻又無人知曉的黃泥街，這是一個巨大的垃圾場般的世界，人們生活在蒼蠅、蚊子、蛆蟲、毒蛇橫行肆虐的環境中，與糞便、瘋狗、臭屍為伍，發生著鬼剪雞毛、老鼠咬死貓、人腳長出雞爪等怪異事端。人既像蛆蟲一樣骯髒、醜陋，又如瘋狗般相互撕咬、殘害，既昏睡不醒，又捕風捉影，相互窺視、猜疑、告密，遮遮掩掩、躲躲藏藏……在這樣怪誕的講述和描繪中，作品又不時夾雜著許多標誌著「文革」背景的特有政治語彙：「千百萬人頭落地」，「有人說造反派的勢力不可抵擋」，「目前的中心任務是抓一小撮」，「路線問題是個大是大非問題」……局部場景和話語的真實感與整體結構的非現實、反邏輯，帶來荒誕而奇妙的表現效果，把社會政治的極端荒謬化為表達形式的非常態、非理性。其中對「文革」社會的氛圍和精神狀貌的「意識流」式的呈現既具有極端的荒誕色彩，同時又有獨特的象徵效果：

　　一出太陽，東西就發爛，到處都在爛。

　　菜場門口的菜山在陽光下冒著熱氣，黃水流到街口子了。

　　一家家掛出去去年的爛魚爛肉來曬，上面爬滿了白色的小蛆。

　　自來水也吃不得了，據說一具腐屍堵住抽水機的管子，一連幾天，大家喝的都是屍水，恐怕要發瘟疫了。

　　幾個百歲的老頭小腿上的老潰瘍也在流臭水了，每天挽起褲腳擺展覽似地擺在門口，讓路人欣賞那綻開的紅肉。

　　有一輛郵車在黃泥街停了半個鐘頭，就爛掉了一隻輪子。一檢查，才發現內胎已經變成了一堆漿糊樣的東西。

　　街口的王四麻子忽然少了一隻耳朵。有人問他耳朵哪裏去了，他白了人家一眼，說：「還不是夜裏爛掉了。」

　　在這種誇張無稽的密集意象描寫中，使有形對象的「腐爛」產生出一種穿透性隱喻效果，構成對「文革」社會中文化毒素的沉渣泛起、人性惡症的空前釋放的隱喻和象徵，如同魯迅筆下的「紅腫之處，豔若桃李，潰爛之時，美如乳酪」式的無名腫毒，聞一多詩中在腐臭的垃圾上開出桃花的「死水微瀾」。而且，這樣的醜陋與腐爛意象顯然超越了對「文革」社會的政治批判和否定，顯示了作者對「文革」社會環境下人的生存處境的極度厭惡與焦慮，明顯地具有對西方現代派文學中的荒原意識和「惡之花」式的思想與文學資源的移植痕跡。

二、由「人民」話語到「國民」批判

按米勒的說法，「敘事就是對已發生的事情或已經開始發生的事情進行整理或重新整理、陳述或重新講述的過程。」[28]那麼，可以說，余華、殘雪的這些「先鋒」作品是對「文革」歷史的「重新講述」，這種重新講述最為突出的首先表現在敘事邏輯的非現實性，亦即超現實主義的敘事形態，對歷史內容進行高度抽象、變形與濃縮，顯示了對新時期初文學的現實主義創作方法和直露的社會政治表達的反動。同時，這些重新講述「文革」的「先鋒小說」，在獨特的表現形式背後傳達出的意義也跳出了傷痕、反思文學的既有模式，提供了新的文學表現和歷史觀察的視角。對「文革」的政治控訴與道德譴責的模式已普遍淡出，而對「文革」的社會文化和心理土壤——國民的精神批判成為一個新的焦點。

在余華、殘雪的作品中，「文革」作為歷史事件與具體場景已經隱去，只是以總體氛圍和象徵性意象暗示出來的，作品聚焦的中心也不是歷史舞臺上動作、表演的個人，而是群體的人，亦即國民或民眾。與撥亂反正時期把群眾作為道義和正面力量的化身完全不同，在這樣的歷史敘述中，群眾不僅是政治的受害著、見證人，也是直接參與者、製造者。歷史的罪惡不再只是為幾個權力投機者和陰謀家所專有，而是渾渾噩噩、蠅營狗苟的整個國民、整個民族的共同「創造」。

---

[28] 轉引自許子東《為了忘卻的集體記憶》第 199 頁，北京：三聯書店，2000 年。

　　所以，在《一九八六年》中，與慘不忍睹的瘋子自殘形成強烈反差的是小鎮居民的歡快情緒，自然時間上的冬去春來與人們心理上的快樂幸福共同渲染出 80 年代初的時代氛圍，在人們的生活和意識中，災難與痛苦似乎已經完全消失了。作品反覆渲染這種反差與對比，一方面是瘋子的無家可歸、血腥自殘，另一方面是小鎮居民的「幸福」生活圖：

> 　　他們愉快地吃著，又愉快地交談著。所有餐桌旁說出的話都是那麼引人發笑，那麼叫人歡快。於是他們也說起了白天見到的奇觀和白天聽到的奇聞。這些奇觀和奇聞就是關於那個瘋子。
>
> 　　那個瘋子用刀割自己的肉，讓他們一次次重複著驚訝不已，然後是哈哈大笑。於是他們又說起了早些日子的瘋子，瘋子用鋼鋸鋸自己的鼻子，鋸自己的腿，他們又反覆驚訝起來。還歎息起來。歎息裏沒有半點憐憫之意，歎息裏包含著的還是驚訝。他們就這樣談著瘋子，他們已經沒有了當初的恐懼。他們覺得這種事是多麼有趣，而有趣的事小鎮裏時常出現，他們便時常談論。這一樁開始舊了，另一樁新的趣事就會接踵而至。他們就這樣坐到餐桌旁，就這樣離開了餐桌。

　　瘋子的自戕慘狀在小鎮居民的「幸福」生活中只是作為茶餘飯後的趣事被驚訝、被談論，「沒有半點憐憫之意」。相應地，與對瘋子的記憶與幻覺世界的精細描繪不同，作品中的小鎮居民是以群體面目出現的，他們是圍觀者、行人，是在電影院、咖啡館尋找和享受物質快樂的人群。對於這些與瘋子相對的「正常」

人群，作品凸現出來的鏡頭不是一個個面目而是一雙雙在街道上匆匆行走的腳，是向街道兩旁湧動的人流，如墨汁般的人影，如群聚的麻雀。他們熱鬧而無聊，快樂而冷漠，正是魯迅筆下的愚盲的看客形象，與魯迅作品中反覆展示的冷漠、麻木、健忘的國人靈魂並無二致。顯然，作品在看似冷靜乃至冷漠的敘事中，含蘊著深沉的悲涼、刻骨的痛心和憤懣。

可以說，瘋子的形象是作者有意識地把一個災難瘋狂的時代陰影推向人們的視線之中，來揭示民眾對歷史的健忘和淺薄的樂觀，戳穿我們這個民族的文化心理的缺陷：歷史沉重感和懺悔意識的匱乏。因為，「歷史由記憶整形，失卻記憶則意味著歷史的消逝」，[29]因而瘋子對「文革」歷史的清晰記憶和這段歷史在廣大國民記憶中的消逝構成了一個涵蘊豐富的象徵和極大的諷刺，它指向了整個社會現實和國民精神如同魯迅所塑造的阿 Q 般，「忘卻這件祖傳的寶貝發生了效力」。在這裏，瘋狂與清醒、個人與群體、歷史與現實構成了對立而統一的關係，顯示了對撥亂反正時代主流話語的反動。因而，《一九八六年》在高度濃縮的藝術形象中釋放著深廣的歷史內涵和尖銳的現實批判，具有真切的時代氛圍和深廣的文化心理的雙重批判效果。它以看似精細的現實生活描繪，穿越生活真實與魔幻藝術的界限，不僅以對「文革」瘋狂和恐怖歷史的高度藝術概括和象徵而顯示了新的文學風采，更是對 80 年代普遍存在的過於樂觀的時代心理和文學表達的嘲諷。

---

[29] （俄）別爾嘉耶夫：《人的奴役與自由》第 172 頁，徐黎明譯，貴州人民出版社，1994 年。

　　與余華的國民批判相呼應，殘雪也在高度變形與誇張的敘述形式中揭示出「文革」中的社會氛圍和國民精神的狀態，與「腐爛」意象相呼應的是「昏睡」意象：

> 　　黃泥街的市民老在睡，不知睡了好多個年頭了……走廊邊上，屋簷底下，到處是睡咪咪的眼睛，半張開的豬肝色的大嘴，綠頭蒼蠅在其間爬行，蚊子在其間哼哼。時常那夢做得好好的，老鬱的破嗓子忽然大叫一聲：「開會啦！」這才驚醒過來，拍打兩下，走到會場裏去。一進會場，起先還眼睜睜地聽著，聽久了，眼珠就漸漸渾濁起來，身子骨也軟酥酥的了。乾脆就勢朝別人身上靠去，那被靠的人又就勢朝另外的人身上靠去，於是五六個一堆，七八個一堆，鼾聲如雷。直到領導講到有關厲害的大事，如：「就在我們這些人裏面，有人養著貓頭鷹！」「蝙蝠一案必要查清！」「牆上已經現出血滴……」等，這才一驚，嚇一大跳，用力去推靠在身上的人，那人也嚇一大跳，直起來，揉了半天眼，嘟嘟噥噥地埋怨著，睜圓了小眼睛來聽。但睜不到半分鐘，眼珠又昏濁無光了。

　　黃泥街市民的精神狀態如同魯迅描繪的「鐵屋子」裏由昏睡入死滅的情形，是民眾蒙昧不覺的隱喻。一方面，他們是盲目的生存者，對現實的生存困境缺乏清醒的判斷與覺悟；另一方面，他們又會為某種神秘的「光」或子虛烏有的狂想而陷入興奮與苦惱的交替之中。作品中敘述了一個稍有連貫的事件：一個叫「王子光」的人出現在黃泥街，引起了人們的莫名的興奮，有人斷言「王子光的形象是我們黃泥街人的理想，從此生活大變樣。」而

接下來的情形是：「從後一個文下來那天起，S 的人們就像患了偏癱症，一式地側著身子走路了。坐下去也不敢坐穩，睡覺也是各人想避開別人，躲躲藏藏，也不敢與人攀談，即算要攀談，也隔開老遠掩住半邊臉。」這些印象式的「文革」記憶在高度變形的語言外殼下，讓人聯想起「文革」初期狂熱、盲目的群眾激情和政治運動中人與人之間關係的緊張而恐慌。黃泥街人的昏睡、蒙昧與狂熱、緊張，構成了對「文革」時期整個民族精神狀態的象徵。由此，作品也發散出這樣的思想資訊：「文革」在某種程度上就是整個民族的一場荒唐大夢，是尋找神秘「理想」而陷入狂熱與恐怖的政治夢。

如前文所述，在 80 年代初的傷痕、反思文學中，不管是作為知識份子精神力量源泉的淳樸的「人民」形象（王蒙、張賢亮等筆下人物），還是作為極左政治受害者的「農民」形象（高曉聲、古華等筆下人物），可以說大都是作為一種集體意識形態演繹下和民粹主義道德想像下的「人民」話語，具有天然正當性，是與極左政治相對立的人性與文化符號。然而，到了 80 年代中後期，在余華、殘雪的「文革」敘事中，「人民」已變成了「國民」，是受社會政治力量統治而又與之合謀的社會土壤。相應地，作家從人民的代言人角色變成了對國民的精神啟蒙與批判，在文學精神上體現了回到「五四」、回到魯迅的新姿態。這種意識形態話語的背後設定則是把「文革」作為封建性的專制與愚民歷史，不僅在政治上否定這段歷史，而且解剖與揭出國民精神和文化心理上的歷史痼疾，在新的意義上來一次「現代化」精神啟蒙與解放。因而，在超越國家意識形態對文革的「撥亂反正」的定性框架的同時，又回應和配合了「現代化」這一新的主流意識形態話語。

三、形式「先鋒」的意義及其限度

　　傑姆遜指出：「審美行為本身就是意識形態的，而審美或敘事形式的生產將被看作是自身獨立的意識形態行為，其功能就是為不可解決的社會矛盾發明想像的或形式的『解決辦法』。」[30] 也許，我們也可以將余華、殘雪等的形式創新看作對某種矛盾的「想像的或形式的解決」。在新時期以後的文學隊伍和創作歷程中，王蒙等右派作家和梁曉聲等知青作家在撥亂反正的政治背景下，憑藉對國家歷史的大動盪與大轉折的切身體驗，譜寫了大歷史的宏富篇章和時代英雄的青春詩篇。但是，右派作家帶著母子式依附文化心態，把經驗中的苦難、荒謬解釋成歷史的偶然出軌；知青作家則大多數是避開歷史反思而固執地自我證明。他們雖然在「文革」歷史的反思方面顯示了豐厚的實績，但往往因為內在於歷史過程本身而缺少相應的歷史理性。余華、殘雪等作家作為後來者，他們對「文革」的記憶與講述顯然無法在歷史經驗實感方面與前輩作家比肩，不過，這種「缺憾」在 80 年代中後期的文學形式和語言轉向中恰好找到了觀念正當性。而那種印象、斷片式的歷史表達卻也走出了歷史親歷者的情感和意識形態局限，擺脫了把「文革」簡單歸罪於少數人的道德譴責模式和政治批判模式，從整個民族文化弱點在國民精神中的深層積澱出發，反思「文革」的歷史文化土壤，把魯迅開創的文學啟蒙和歷史批判精神納入到「文革」反思中，顯示了「文革」敘事的新形式和新意義。

---

[30]　（美）弗‧詹姆遜：《政治無意識》第 67-68 頁，王逢振、陳永國譯，北京：中國社會科學出版社，1999 年。

　　其次，他們在對「文革」歷史的重新講述的同時，也清醒地發現「文革」作為歷史而淡出現實生存的時代必然。《黃泥街》中「我」對黃泥街的真切記憶與描述和尋找的最終失敗（沒人知道），《一九八六年》中小鎮居民對災難歷史的遺忘以及對和樂而庸常的現實生活的沉浸，正暗示了「文革」歷史對現實存在的遠離，表明一個民族的歷史記憶的喪失成了無可挽回的趨勢。所以，與其說它們是對「文革」歷史的講述，毋寧說是歷史記憶的殘夢斷片，在重述歷史的同時也把那段歷史埋葬了。所以，當時人們對這樣的文本解讀更多的是遠離其中的社會歷史背景，而把那些或殘忍或荒謬的意象文字上升到對人的生存境況的整體批判與哲學思考的層面，在現代主義的理論框架中加以闡釋與推崇。

　　當然，文學不是歷史的附庸，對歷史反映的程度與思考的深度也並不是文學價值的唯一尺度。先鋒作家以對歷史以及社會的逃離為其文學追求的起點，在當時的文學情境中具有擺脫意識形態束縛的意義，儘管這一點他們也不可能真正做到。但不論是余華還是殘雪又顯然對「文革」歷史存有言說的欲望，他們在對語言、形式的追求中，還沒有徹底放棄講述歷史的衝動，因而對他們講述歷史的好壞高下的評判也在所難免。簡單地說，《一九八六年》中講述「文革」的個人主義立場沒能與形式的追求上達成一致，作品對血腥、恐怖的身體傷害過程的冷漠而逼真的描繪，不僅在引起閱讀的震驚效果（陌生化追求）上走得太遠，同時也因對純粹的生理殘害細節和過程的刻意描寫，過濾掉了任何情感因素，產生的閱讀反應只是停留在一種純生理的恐怖和窒息狀態，因而又削弱和抵消了人性、人道意義的表達效果。《黃泥街》在形式上走得更遠。作者把「文革」社會生活進行切割、打

亂、變形，再以非邏輯、反秩序的形式把這些碎片組合起來。敘述的煞有介事卻又莫名底裏，對話的形式下卻是人物自說自話、互不相干，而每一個人的話語也時常或毫無意義，或單調重複。雖然我們透過破碎、斷裂的語言外殼，耐心地作一番猜謎尋寶似的研讀，還是可以發現作品在歷史表達上的總體方向和一定的新增因素，但顯然，作者並非著意于對「文革」的經驗表達，也不可能真正切中「文革」歷史的要害。以「文革」時期的社會症候作為素材，以個人的經驗和感覺世界作為焦點，對存在主義哲學觀作文學的演繹，並在語言和文體的方式上處心積慮地製造一種特異、怪誕乃至震驚的效果才是《黃泥街》造成文學影響的主導因素。而這種既講述歷史素材又放棄對歷史深度追求的矛盾，實際上也顯現出 80 年代中後期的「文革」敘事困境，但它們在文學語言形式轉向的契機下，恰好找到了一個正當乃至優越的文學觀念性的依據，同時在把「現代派」認作文學上的「現代化」的時代，這樣的形式炫奇和追新逐異又被理論界所鼓勵與慫恿。

然而，文體的「先鋒」表像掩蓋不了對歷史理解的有限和貧乏，對存在感受的過分偏執與單一，作為要素的存在主義文學觀念和表現荒誕意識的形式技巧，未能獲得很好的轉換與組合。所以，我們看到，《一九八六年》最具震懾性效果的是瘋子的生理自殘而非精神變異；《黃泥街》在中篇小說的篇幅裏，並沒有相應的豐富內涵和複雜意義，只是骯髒、醜陋的物象展覽和意象堆積，最初的閱讀新異感隨著篇幅的拉長而產生簡單重複帶來的疲勞與厭倦。也許，荒誕、無序的表述可能通向對那個荒誕、無序的社會狀態的整體象徵，但大量蕪雜、無解的夢囈式語彙無法產

生閱讀的整體感受和交流渴望，因而，它們對「文革」的有限思考也就變得更加稀薄和無效了。

當然，「每一種對歷史的文學表述方式僅僅是為文學提供了一種角度，一種聲音。而任何角度、任何聲音對小說的發展都不無意義。」[31]余華、殘雪對「文革」的重新講述走出了依附式文化心態和自我證明式歷史姿態，以客觀化、外在化的社會批判立場，為「文革」敘事的推進提供了新的內容和形式因素，由「人民」話語到「國民」話語的轉換，症候性地對應了80年代後期文化語境的變遷。但對以語言和技術為中心的「陌生化」效果的極端追求，對表現的真切和深度的漠視，使得在新時期無法探討和追問的「文革」問題，在他們的作品中依然無法切入深處，因而余華們無意于也不可能成為「文革」敘事長途中真正有份量的作家。

第四節　苦難意識與人性自省

在文化尋根和形式轉向相繼登場成為熱潮的80年代中後期，另一些作家則游走在文學潮流之外，執著於歷史、社會、人生、人性的反覆思考和深切追問，繼續把對「文革」的記憶與思考作為文學創作的出發點，並把「文革」放到20世紀整個民族歷史乃至人類的大歷史背景下進行考量和審視，探究動盪歷史下人性的

---

[31] 劉成友、徐清：《新歷史小說的哲學困境》，《理論與創作》，1996年第1期。

複雜而隱秘的形態。張煒的《古船》和鐵凝的《玫瑰門》就是這一方面的優秀代表作，它們擺脫了政治意識形態演繹下的歷史圖式，力圖展現歷史的原生樣態和大政治背景下的人性狀態，成為這一時期「文革」敘事最有份量和深度的作品。

一、苦難、暴力與罪感

災難與苦難在表層形態上是相似的，都是指生命的嚴重受損害和帶來的痛苦，相比之下，前者主要指客觀事實，後者更強調主體的精神體驗。所以，李銳說過：「有貧困而沒有苦難，再貧困也沒有文學意味。貧困是一種客觀狀態，苦難是一種人心體驗。在『溫柔富貴之鄉』的榮寧二府，看不到半點貧困，但卻讓你看到了思接千載的苦難和悲傷」[32]，其間的道理是相同的。李銳所說的榮寧二府的苦難，不只是「溫柔富貴之鄉」的最終「樹倒猢猻散」的客觀事實，更是指其中人的情感與心理體驗的苦痛與悲涼以及由此產生的悲劇審美效果。同樣，我們看到，《古船》和《玫瑰門》從表面上延續了傷痕文學的傳統，對政治狂潮引發的「文革」暴力與人生災難再次進行正面展示，但作品更多地展示災難性事件對個人心理和精神造成的創傷和痛苦體驗。

如《古船》裏老隋家在「文革」中的遭遇：作為開明資本家的隋迎之到了「文革」狂飆突起時，他本人遭到暗害，家屬也難以倖免。被抄家、沒收房屋之外，他的妻子茴子自焚身亡，兩個

---

[32] 李銳：《重新講述的故事──代後記》，《無風之樹》第 204 頁，瀋陽：春風文藝出版社，2003 年。

孩子被吊起來抽打，女兒被霸佔。這些在傷痕文學中反覆被講述
的「文革」悲劇故事在《古船》裏不是作為災難事件被正面展示
或控訴的，而是作為人物心靈歷史的背景和淵源；主人公也不再
是「文革」政治的直接受害者，而是少年時代目睹了「文革」的
暴力、經受心靈的創傷，因而終生難以擺脫過去的精神陰影和族
群苦難意識，以至於這種陰影和體驗時常被一些現實偶然契機所
攪動和連帶出來。所以，作品有這樣一個情節：到了改革開放的
年代，一張客觀敘述「文革」期間打殺事件的舊報紙卻喚起了隋
見素強烈的情感反應：

> 　　一九六六年八月××市××縣發生大規模殺害「四類
> 分子」及其家屬的事件……鬥打、亂殺事件日益嚴重。由
> 一個大隊消滅一兩個、兩三個，發展到一個大隊一下子打
> 死十來個甚至幾十個；由開始打殺「四類分子」本人發展
> 到亂殺家屬子女……全家被殺絕。自八月二十七日至九月
> 一日，該縣的十三個公社四十八個大隊，先後殺害「四類
> 分子」及其家屬共三百二十五人，最大的八十歲，最小的
> 僅三十八天，有二十二戶被殺絕……

　　雖然一個時代或一部分人所經歷的創痛與苦難，在另一個時
代或另一部分人眼中只是泛黃的報紙和冷漠的數字，但這樣的報
紙和數字對於經歷者卻好比再次揭開心靈深處的瘡疤，露出鮮血
淋漓的傷口，喚起了主人公隋見素對自己家庭的強烈震撼與痛苦
記憶，成為他現實行為的情感根源。而《古船》講述歷史的獨特
之處就在於不僅記錄外部災難歷史，而更多的是內在苦難心靈史
的展示。

　　《玫瑰門》的中心故事是「文革」政治暴力帶來的人生災難
和心理苦難，作品講述的是少女眉眉在「文革」時期的童年記
憶：姨婆司猗頻因養父曾是國民黨士兵（已在戰爭中陣亡）而被
抄家、遊街、跪煤渣，獨生子席捲了她的積蓄後又為了與之劃清
界限，還把半鍋熱油澆在她的心口，把母親餵養他的乳頭燙掉了
一個；工人階級的羅大媽一家不僅佔有了婆婆司猗紋的大房子，
還為了一塊被貓叼走的豬肉，就以「階級鬥爭新動向」為口實，
對「姑爸」唯一的「伴侶」大黃貓進行一次又一次的吊打乃至肢
解，還伴以縴夫號子似的歡快吆喝；半夜裏，「造反有理」的口
號聲、被打者的慘叫聲，使人們最後的避難所──床上也失去了
安全感，舅舅莊坦在恐怖的吼叫、慘叫中失去性能力，進而在被
屠宰的幻覺中讓熱鍋燙死……和《古船》相似，這一切不是作為
災難展示和控訴的對象，而是作為眉眉少女時代心靈的一個個創
傷和震驚記憶，構成人物精神成長的生活歷程。

　　正如一位評論者指出的：如何面對「文革」暴力？這不只是
如何看待一個歷史事件的態度問題，也不只是個人與歷史的關係
問題，它與我們如何認識自己的生存狀態、具有怎樣的文化理想
和精神價值直接相關。[33]與傷痕文學的災難敘事不同的是，《古
船》和《玫瑰門》的苦難意識還體現在不是從受害者立場對政治
事件及其執行者進行控訴性講述，而是從某種文化理想和精神價
值出發，審視那個歷史階段人們的日常生存狀態，以旁觀者和見
證人（隋抱朴和蘇眉的童年記憶）的視角對那些凌辱、摧殘人的
生命的暴虐和獸性行為作精細乃至放大的正面展示，以人道之光

---

[33] 摩羅：《論余華的〈一九八六年〉》，《文藝理論研究》，1997 年第 5 期。

燭照出歷史深處的人性毒菌，以道德基準審判政治催生下的罪惡。因而，苦難就不僅是受害者的冤屈和苦痛，而是作為整體的、同類的「人」對「文革」政治暴力侮辱人的尊嚴、殘害人的生命的道德審判，從而表達了強烈的人道主義精神關懷。

　　因而，在展示暴力與苦難的同時，《古船》和《玫瑰門》並沒有進行外部歸罪，而是由此生髮出強烈的人性自省和道德懺悔意識，如《狂人日記》般替整個族群、整體的人承受精神磨難和自我審判。如在隋抱樸的記憶中，少年時代親眼目睹的場面：民兵們把地主的女兒折磨致死、並從地下挖出屍體、剝光衣服、割掉乳頭、陰部插上一顆紅蘿蔔……這一震驚記憶使他對人的殘忍與醜陋面目有了強烈的、終生難以擺脫的罪惡感：「這像一粒帶血的種子，埋在我胸口，一埋就是幾十年。我為咱們整個兒人害羞，這裏面有說不清的羞愧勁兒、恥辱勁兒。」隋抱樸的情感反應，是未被意識形態話語覆蓋的人的情感，不論地主的女兒還是農民的女兒，她們都是作為女性的人、應該受到保護的弱者，所以，他說：「我不是恨哪一個人，我是恨整個的苦難、殘忍……」正是以人性和人道的立場反觀窪狸鎮上發生過的所有苦難和罪惡，他為一切受難者感到痛心和焦灼，為罪惡製造者感到慚愧和羞恥，也為擺脫罪惡、走向救贖而苦苦思慮和求索。他對歷史的深重罪孽感和對《共產黨宣言》所繪製的理想社會的嚮往，雖然是意識形態化的社會理想，但顯然不是對「文革」意識形態的繪飾，而是通向廣大的愛、正義和公正的烏托邦理想，具有宗教式的道德懺悔意識和天國福音般的救贖激情。

　　同樣，在《玫瑰門》中，不管是姨婆的受難，還是姑爸的被折磨，以及達先生被批鬥，在眉眉的眼裏，沒有所謂階級的區

分，他們都是人，是有著尊嚴、人格和生命價值的個人，所以，
每一個個人的受難都會引起眉眉的恐懼、顫慄乃至要逃離人間的
心靈渴望：「她的靈魂只發生著震顫，這由人給予她的震顫使她
不能不逃脫人類，為了這逃脫她必須自顧自地向前走，她堅信這
走一定能變作飛。」這種逃脫人類的心靈渴望同樣是一種把人作
為共同體而產生的罪惡感。這些以肯定人的個體價值和尊嚴為核心
的歷史講述，使得「文革」暴力的反人性的性質得以充分暴露。

二、人性的「惡之花」

對 70 年代末 80 年代初的「文革」敘事作品，潘婧的《抒情
年代》曾作過一個概括：「我們懷著怨憤批判社會，批判時代，
把自己放在受害者的位置上，輕而易舉地擯棄了責任。當文革結
束後，幾乎所有的人都選擇了受害者的姿態。」[34]《玫瑰門》、
《古船》對「文革」中苦難和罪惡的表現並沒有絲毫減少，但它
卻成功地走出了傷痕文學、反思文學的敘述模式，拋棄了那種
「受害者」的姿態，拒絕了苦難宣洩和政治控訴，而是從人性自
身的解剖出發，以心靈的審視和審判的態度透視那段特殊年代的
人性場域，從而形成了對一代人靈魂自審和人性黑匣子的曝光式
的「文革」書寫。具體地說，它們不是從直接受害者的角度出發
進行政治批判和道德譴責，而是以成年以後的人道主義理性對童
年和成長創痛的記憶進行清理，展示和反思在那場社會劫難中人
性的「惡之花」，從而開從人性惡的立場反思「文革」的先河。

---

[34] 潘婧：《抒情年代》第 129 頁，北京：作家出版社，2002 年。

　　《玫瑰門》裏，無論是造反派，還是小院裏的住戶，在「文革」這一特殊的舞臺上無不盡顯自私、殘忍的人性原形。作為群體出現的造反派對孤身一人的半老女人「姑爸」整治的場景讓讀者認識了什麼叫殘忍、什麼叫充滿創意的迫害：「打、罵、罰跪、掛磚也許已是老套，他們必須以新的方法來豐富自己的行動。因人制宜，因地制宜。人是姑爸這個半老女人，地是這間西屋這張床。他們把人搬上床，把人那條早已不遮體的褲子扒下，讓人仰面朝天，有人再將這仰面朝天的人騎住，人又揮起了一根早已在手的鐵通條。他們先是沖她的下身亂擊了一陣，後來將那通條尖朝下高高揚起，那通條的指向便是姑爸的兩腿之間……」這裏所展示的是沒有面目、只有動作的「人」對「人」的殘害，是真正意義上的「人」性的喪失，人變得比野獸還要殘酷野蠻。不僅是這些造反小將以殘害為樂，就連作品中屬於正面的女性形象竹西也在那種瘋狂政治時代參與了打人隊伍，而且還絲毫未因打科室主任的耳光而愧疚，相反，「她的手掌因打人而變得紅脹、火熱，一種被壓抑了的欲望終於得到些許釋放。」通過這樣的敘述和心理展示，作品剝離掉了造反、革命的政治外衣，抖露出人的惡魔性和「文革」政治行為中的情欲宣洩因素。

　　如果說《玫瑰門》中造反派整治姑爸的「因人制宜」、「發明創造」駭人聽聞，那麼《古船》中造反派趙多多對「資本家婆娘」茴子的淩辱也毫不遜色。面對抗拒抄家、沒收房屋而自焚的隋迎之的遺孀茴子，平日就對她心懷妄念而不能得手的趙多多，在這個被焚燒得快要斷氣的女人身體上動起了手腳：

　　　　趙多多挽挽衣袖，示意讓他們（民兵）把抱朴（孩
子）拽住，登上炕對茼子說：「我讓你臨死前也帶不走一
件好衣服！」說著就用力地往下脫茼子的細綢衣服。茼子
扭動得越來越厲害，衣服都緊緊地擰在了皮肉上。趙多多
罵著，打著她的頭，還是用力地脫。……

　　　　最後趙多多還是脫不下來。他起身去找來一把銹蝕的
破剪刀，插進衣服下鉸著。茼子扭動著，他每鉸一下就發
出「嗯」的一聲。不斷有皮肉被鉸破，鮮血染紅了多多的
手。衣服鉸完了，茼子也漸漸平靜一些了。趙多多把她身
上最後的一根布絲也撕下來，布絲粘了手上，他罵著，
用力地甩著手。

　　　　茼子一動也不動了，躺在了炕上。她的身體雪白雪
白。皮膚被鉸過的地方，血水凝住了。隋抱朴大睜了眼
睛。趙多多大罵不止，一邊前前後後仔細地看著赤裸的茼
子。看了一會兒，他咬咬牙，又罵了幾句更難聽的話，然
後慢慢解開了腰帶。

　　　　趙多多照準茼子的身體撒起尿來，兩手搖動著，把尿
從頭撒到腳……

　　這殘暴、醜惡的獸性發作還是當著茼子的孩子──少年隋抱
朴的面發生的，所以他對人性罪惡的驚恐與記憶，永遠留在了靈
魂深處，成為終生難以擺脫的陰影，也使他深深地背負上人的原
罪和懺悔意識。

　　這些對生命、對尊嚴的輕慢行為，這些殘害生命的「技巧」
和「發明創造」，都是原有的苦難宣洩和政治控訴的「受害者」

模式難以承載的。正是在具體的歷史情境中對人性的重新估價，對人性惡的深入挖掘，使《古船》、《玫瑰門》的「文革」敘事超越了對「文革」的政治反思的單一維度，顯示了前所未有的沉重。「文革」苦難當然是一種政治的罪惡，但也可被視為人性的罪惡。在這裏，我們看到了政治對人性的腐蝕和異化而助長了人性之惡，人性的醜陋被政治合法化而施虐無忌，政治也因人性的陰暗面而加劇了殺傷力。正如捷克作家赫拉伯爾在接受諾貝爾文學獎時所說：「人們往往只譴責『暴行的殘忍』而沒有注意到『暴行被實施時的輕率』。」事實上，「暴行被實施時的輕率」遠比「暴行的殘忍」更「殘忍」，更震撼人心。[35]《古船》與《玫瑰門》敘述「文革」的獨特與深刻處正在於，它們不僅展示了「暴行的殘忍」，也同時指向「暴行被實施時的輕率」。在這種雙重指向中，「政治」的「文革」與「心理」的「文革」互動共生，軒輊難分。

三、受害者與大眾的「非無辜性」

如果說傷痕、反思文學中的人道主義內容，主要是對廣大底層民眾的善良與正義的天然預設，那麼，在這裏，不管是被壓迫者的暴力還是普通小人物的傷害，在特定政治環境下表現出的人性裂變同樣觸目驚心而耐人尋味，普通人乃至被壓迫者的人性形態與政治暴力並非絕然對立而有時卻是微妙的同構與合謀關係。

---

[35] 陳家琪：《請將這當作一種沉默的呼喚》，轉引自崔衛平：《積極生活》第 3 頁，北京：中國人民大學出版社，2003 年。

　　《玫瑰門》的中心人物是眉眉的外婆司猗紋，在她的身上，作品細緻入微地顯示了自我表現、自我擴張的人性本能在「文革」的政治氣候下的特有形態。官宦家庭出身的司猗紋有著一顆永不「定格」的靈魂，這個就其出身而言原本是「革命對象」的人，卻讓歷次的革命運動成為她自我展示的契機和舞臺。「文革」初期，在「要革命的站出來，不革命的滾他媽蛋」的口號聲中，在小將們抄家打人的恐怖氛圍中，她「站出來」了。她不是等待被抄家，而是給紅衛兵組織寫了一封措辭懇切的信，主動請求他們來沒收家裏的房屋、傢俱，還精心策劃演出了一幕挖掘祖先留下的財寶獻給組織的假戲，故弄玄虛地表現自己的思想進步和積極改造；為了討好「內查外調」人員、表示自己的「革命覺悟」，她煞有介事地編造同父異母的妹妹司猗頻的海外關係（編造其已在戰場陣亡的養父去了臺灣，她非常清楚在那個年代這一謊言會有什麼後果）；她熟背領袖語錄和報刊社論，動輒以革命群眾的姿態、專拿最高指示收拾一切不利於她的人，包括家人；一旦情形不利時，便出賣與她密切合作唱樣板戲的達先生，痛悔自己的思想改造不夠、差點上當等等。對於小院乃至胡同裏的政治「權威」羅大媽（工人階級），她既巴結討好又暗中較量，迎合著又不屑著，審時度勢，見好就收，發揮了她的所有智慧、見識與才能，還不惜把兒媳竹西當犧牲品，把外孫女眉眉當工具，精心設計捉姦拿贓（羅的兒子與寡居的竹西）的好戲，以使敵手不得不理虧氣短。就這樣，司猗紋在胡同裏的政治變幻中翻雲覆雨，不僅沒有被「革命」，還獲得讀最高指示、報刊社論、代表街道參加樣板戲比賽的政治資格，直至籌畫著飾演列寧夫人、幻想受江青接見等等。她以這種迎合、投機的態度在政治變動中自

我保護，又施害於人；順應中有利用、迎合中有褻瀆；被政治塑造也利用政治自我膨脹，使許多人受難的政治運動成了她宣洩私欲、滿足私利、獲得權力的舞臺和工具。荒誕乖謬的政治和自我膨脹的人性連袂演出了一幕幕可悲可笑的活劇。作品以一個普普通通的家庭婦女在「文革」中的日常表演，對人性中那種種不易覺察的黑暗進行反省和批判，也把政治與人性的微妙關係演繹得淋漓盡致。

相比較《玫瑰門》通過單個人物的心理行為展示「文革」政治環境下普通人的自我保護又自我膨脹的人性吊詭，《古船》則是通過底層大眾的、群體的人性黑洞顛覆了傳統意識形態對「人民」正當性和正義性的話語言說。在《古船》中，充滿暴力和苦難的「文革」並非作為一個特定和封閉的政治時期，而是從 40 年代到 80 年代近半個世紀的民族滄桑史的一個段落，是無數次暴力運動中人性醜陋展覽的一個斷面。從當年還鄉團的血腥屠殺，到農民的殘酷報復，從民兵淩辱地主女兒的屍體到農民割下地主身上的肉，從三年困難時期的饑餓難當、把破爛的蚊帳塞進嘴裏的慘狀，再到「文革」中造反派的殘忍與無恥行為，等等，無不充滿了血腥、殘暴、卑劣、醜陋、污穢的歷史鏡頭，人性的惡在暴力政治和權力爭奪中，獲得了合法、正當的發洩渠道。當年國民黨還鄉團用鐵絲穿進村民的鎖骨、一個晚上把 42 個人活埋在紅薯窖裏的行為當然是血腥、殘暴的獸行，這個恐怖的場景發生在隋抱朴七歲那年，日後一直成為終生纏繞著他的一場惡夢。然而，在合法性政治──革命政權與意識形態的支持下，土改中農民毫無理性地報復與殘害地主的情形，當年的革命者、「文革」中的造反派趙多多對自焚身亡的「走資派」妻子茴子屍體的淩辱與糟

蹊等等，作為殘暴、卑污、醜陋的人性形態和對生命的侮辱和殘害的性質與前者並沒有什麼區別。因此，可以說，「以理性和道德的觀點審視革命，未免天真，因為革命總顯示非理性和無道德。按革命的非理性的本性來說，於其中發揮作用的是自然的、無理性的力量。這類東西極易蟄伏於大眾。」[36]正是「大眾」的暴力和非理性在包括「文革」時期在內的民族劫難中演繹了人性的醜陋與陰暗，和政治的非理性互相紐結並釋放出摧毀生命和尊嚴的罪惡力量。這也正是《古船》所揭示的歷史深刻性與複雜性所在。大眾的人性惡打破了革命意識形態下的「人民」神話，也使得那種把「文革」歷史歸罪於少數陰謀家和道德敗壞者的「文革」敘事顯露出簡單與虛妄。

　　同時，和傷痕文學把苦難直接歸罪於「四人幫」、政治投機者或道德卑劣的具體個人以及善惡相報的模式不同，《古船》和《玫瑰門》中的災難製造者或以無名的群體出現（造反派群體，民兵），或者施害者並非陰謀政治的受益者（司猗紋既是受害者，又是害人者），或害人者並未因政治的轉向而受到應有的懲罰（造反派頭頭趙多多在改革開放中又成為農民企業家）。歷史在這樣的講述中呈現出豐富複雜的形態，既不是道德二分可以豁然分明的正邪營壘，也不是從亂到治的歷史進步。暴虐而無恥的趙多多並沒有如善惡相報的道德期待那樣受到歷史的懲罰，相反，他在「文革」結束後的農村改革中，承包了粉絲大廠，成了農民企業家和改革時代的標兵。《玫瑰門》則無意于講述「文

---

[36]　（俄）別爾嘉耶夫：《人的奴役與自由》第 168 頁，貴州人民出版社，1994 年。

革」前後人物命運的變遷史，但主人公司漪紋（包括其他人物）
的命運顯然不在善惡相報的因果鏈條上展開，她的自我表現的本
能在「文革」結束後又換上了新的形式。「文革」中，她憑藉著
政治智慧成為小院中有知識、有覺悟的「革命」婦女；「文革」
後，她則是一個衣著入時、有教養的外婆。在蘇眉成名後，她千
方百計把自己和蘇眉聯繫到一起，以引起外界對自己的關注；癱
瘓在床上的她還裸著下身與蘇眉談兩伊戰爭、蘇美裁軍……可以
看出，《玫瑰門》、《古船》對當代歷史的重述打破了《芙蓉
鎮》、《許茂和他的女兒們》等一批傷痕、反思小說中呈現的民
間道德的模式，對政治動盪中的人性因素作理性審視，把人的自
覺和文化的提升納入到整個民族的拯救與再生的希望遠景中；對
「文革」前後歷史的整體性探究，打破了 80 年代撥亂反正式的國
家意識形態話語對「文革」的定性。

　　相應地，《古船》、《玫瑰門》的歷史敘事跳出了正與反、
進步與反動的二元對立思維模式和線性進步的歷史話語體系。
《古船》的敘述者反覆強調，那些深刻烙印在人們記憶中的災難
與恥辱卻在「鎮史」（正史）記載中要麼極為簡略，一筆帶過，
要麼幾經刪改，直至完全抹掉。也就是說，在經過文字（政治意
識形態）篩選、過濾的歷史文本（鎮史）中，暴力、血腥、醜惡
的污垢已被藏匿、抹去，權威歷史也就意味著失去了民族經驗的
具體性和完整性的純淨、光整而乾癟乃至虛假的歷史敘事。羅
蘭‧巴特說過：歷史陳述就其本質而言，可說是一種意識形態的
產物，甚或無寧說是想像力的產物。[37]因為，社會記憶作為政治

---

[37] 轉引自洪子誠：《問題與方法》第 299 頁，北京：三聯書店，2002 年。

權力的一個方面被以往的意識形態機器牢牢掌握著,而「我們對現在的體驗,大多數取決於我們對過去的瞭解;我們有關過去的形象,通常服務於現在社會秩序的合法化」。[38]可以想見,取代人們的苦難、醜陋記憶的,是鎮史上過去四十年的勝利、進步、光榮的歷史譜系。《古船》正是對權威(政治)意識形態歷史話語的揭蔽和歷史複雜性的還原,展示出階級鬥爭和政治進步的話語背後包裹著的一個封建性質的權力易位和家族爭奪歷史。這樣,將階級鬥爭當作歷史發展根本動力的社會歷史觀被改寫,而代之以權力、利益的爭奪與苦難、復仇的殘酷循環史、殘害與暴虐的罪惡史。而「文革」也只是這樣的歷史過程的一個組成部分,政治狂潮下裹挾的人性惡與權力爭奪的面目也就昭然若揭了。

應該說,《古船》、《玫瑰門》並非以「文革」歷史過程作為敘事中心,前者對整個中國現代歷史災難性與複雜性的重新講述,後者對女性生活和心理的解剖,是它們各自的主要文學追求。但它們又都或把「文革」社會現象作為歷史過程的一個組成部分,或以「文革」為人物心理展開的主要社會依據,對歷史的複雜性、人性的黑暗面的解剖無不滲透了作家對「文革」歷史的獨特思考。對「文革」政治暴力與人生苦難的道德審視,對政治狂潮下人性的醜陋與污穢的審判,以及對歷史罪惡的自覺承擔,使得對「文革」歷史的反映被納入到整個民族現代史的整體思考中,從政治控訴走向對人性的反思與懺悔。這種懺悔意識不同於

---

[38] (美)保羅・康納頓:《社會如何記憶》導論第 4 頁,納日碧力戈譯,上海人民出版社,2002 年。

那種外在的控訴和批判，敘述者不是把自己外在於歷史、外在於罪惡，而是作為一個同類承擔人的罪感，如「被吃」與「吃人」的歷史罪感纏繞著知識份子化的隋抱朴（作家思考的代言人），見證大人們種種受害而害人行為的眉眉，也充滿了作為人的罪惡感和懺悔意識。對於他們，苦難與罪惡已經不只是個體受害者對個體施虐者的控訴與譴責，而是人物（包括作者）對人類犯下的罪孽的群體承擔，從而把外在的政治批判內化為民族和人類的自我審判乃至宗教般的末日審判，體現了詩人約翰‧鄧恩所說的生存倫理：「每個人的死都與我有關，因為我包孕在人類之中。所以，別去打聽喪鐘為誰而鳴，它為你敲響！」正是這種民族乃至人類群體意識的自覺，使得《古船》和《玫瑰門》在反思「文革」政治中的人性狀況的同時又超越了它，而昇華為人性和人類的自我反省和靈魂自覺。

同時，對普通人和所謂大眾的人性惡的表現，對革命、進步歷史背後的血腥暴力過程的展示則打破了長期以來主流意識形態塑造的「人民」神話和權威歷史話語，體現了 80 年代中後期知識份子與傳統意識形態的疏離和以人道主義為核心的新的思想自覺。而且，它們也遠離了荒誕敘事的歷史虛無與把歷史斷片作為普遍生存狀態的悲觀絕望，在對歷史和人性的深層追問中洋溢著強大的人文主義關懷，對人的尊嚴和價值的維護、對民族擺脫歷史沉痾的渴望和對人性自覺自救的呼喚使得作品在沉鬱冷峻的基調中散發著 80 年代特有的理想主義色彩。

這種人性自省和心靈懺悔還開啟了個人道德自律和人性自覺的先河，並在 90 年代以後得到進一步延續和發展，成為「文革」歷史和個人記憶的一個重要線索。如鐵凝在《玫瑰門》之後繼續

從人性的角度進入「文革」歷史記憶，在另一部「文革」背景的
小說《大浴女》中表現出更加濃厚的原罪和救贖的宗教性情結。
在世紀之交，一些堅持人道精神寫作的小說作品和紀實性回憶文
章一起共同形成了一場不大不小的懺悔潮流。

第五節　紅衛兵視角的敘事變調

　　80 年代中後期，在憧憬現代化的政治文化背景下，「文革」
作為逐漸遠去的歷史已經不再具有 80 年代初那樣的講述效應，似
乎前一段對「文革」的政治定性和文學批判已經了結了這一歷史
的舊帳。然而，對於這段歷史中的特殊角色──紅衛兵（特別是
那些曾經叱吒風雲、獨領風騷于一時的紅衛兵頭目）來說，在否
定這段政治史的同時如何進行自我價值評估卻一直是個難以擺脫
的精神困境。這不僅是對他們的歷史定位問題，而且是關係到他
們在現實中的信仰、價值觀和生存倫理的問題。所以，這一時
期，儘管正面反映「文革」初期政治運動的作品很少，但紅衛兵
身份作家的自述式創作卻顯示了與這個普遍情形的不同。
　　如前文所述，最初的紅衛兵敘事作為傷痕文學的一部分，把
紅衛兵作為「四人幫」政治陰謀的犧牲品，從而達到政治控訴效
果。此外，還往往截取紅衛兵武鬥事件中的片斷，以戰爭英雄的
模式來塑造紅衛兵身份的主人公形象，並以理想主義、英雄主義
的價值判斷給這一群體加以定位，從而把對「文革」政治的歷史
否定與對「文革」先鋒──紅衛兵群體的精神肯定奇妙地統一起

來。這就是「新時期」初以《楓》、《重逢》為代表的紅衛兵敘事的總體思想風貌。《晚霞消失的時候》的發表率先開啟了對紅衛兵現象進行反思與懺悔的文學道路，以人道主義和理性思考來反觀紅衛兵運動中的盲目破壞、虛妄熱情和人性缺失。自此，英雄主義和人道主義的價值立場就構成了紅衛兵視角「文革」題材作品的兩大主要敘事路徑。在 80 年代中後期，這兩種路徑繼續延展，同時也發生了新的變調。

一、紅衛兵形象的「英雄傳奇」

讓我們先看看一段場景描寫：晚上九點。在一列由上海開往北京的特快列車上，一個神秘的年輕人與尾隨而來的搜捕者展開了鬥智鬥勇的較量。已經退到了最後一節車廂了，眼看就要無路可走，年輕人在沒有停穩的列車車尾跳下站臺，撒腿狂奔。這時，一個挎著槍的執勤者截住了他，用閃著寒光的鋒利三角刺刀和黑森森的槍口對準了這個可疑者。接下來是盤問、查證件，青年人機智應對，並掏出一包高級香煙遞給對方，就在後者將香煙放在鼻孔下貪婪地嗅時，小夥子一側身軀，將全身力氣凝聚在兩隻合併的手掌，朝對方脖頸奮力一劈，然後飛快跳上開動的列車。他兩手抓住筆直的車門鐵扶手，雙腳踩在窄窄的鐵梯上，就這樣，列車馳上了一座黑森森的大鐵橋，又馳過了懸崖峭壁，隨著長嘯的汽笛聲和強勁的呼呼夜風，機車發出撕碎夜風的怒吼……

這樣的驚險場景有點類似好萊塢影片中的飛車走險的情節鏡頭，這類作品的主角通常是機敏過人、智勇雙全的孤膽英雄。然

而，上面這段文字的主角卻是「文革」題材長篇小說《瘋狂的上海》[39]中塑造的一位上海紅衛兵領袖蘇東曦的精彩歷險場面。故事大致是這樣的：「文革」初期，張春橋在原上海市政府機構被沖決後攫取了統治大權，然而，在不斷革命、造反有理的「文革」政治浪潮中，他也同樣面臨著群眾政治和各路造反勢力的歷史純潔性和權力正當性的審核和監督。在衝擊原政府中有功的上海大學生「紅革聯」一方，懷著虔誠捍衛「文革」的責任感和忠於領袖的激情，在 1968 年的第二次「炮打張春橋」事件失敗後，以蘇東曦為首的紅衛兵運動頭領帶著張的歷史劣跡材料，和張春橋假造「聖旨」（領袖指示）以鎮壓學生力量、並殺人滅口、毀屍滅跡等罪證，分別乘火車和飛機赴京告狀，所以有了前面引述的一段文字。蘇東曦以機敏和勇敢飛車脫險，躲過了前來搜捕的敵對勢力，成功地到達目的地──北京。然而，當年輕人再次來到當年無比幸福地接受領袖檢閱的天安門廣場時，看到的卻是滿目蕭條與恐怖的景象：到處是解放軍的槍刺、皮靴，上訪告狀的政治賤民，逃避武鬥的外省工人、農民，他們蜷縮著身子，在四月的寒風中瑟瑟發抖……再加上一路上目睹的血戰、屠殺、奪權，年輕人陷入痛苦的思考之中，並對自身的行為和使命產生懷疑：

> 憂心忡忡的蘇東曦將目光越過空曠的廣場，投向廣場盡頭迄今已有五百年歷史的天安門城樓，投向東面的歷史博物館，又移向西面的人民大會堂。歷史──人民，人民──歷史，多災多難的中華民族呵，因襲著何等沉重的歷

---

[39] 胡月偉：《瘋狂的上海》，成都：四川文藝出版社，1986 年。

史沉痾，蹣跚著前進，徘徊；再前進，再徘徊；再前進。
年輕的紅衛兵第一次想到徘徊、反覆的經歷是否太多？人
民付出的代價是否太大？留與歷史太多的辛酸、血淚？艱
難前行的人們是否應該卸下自己的背負，打開看一看包袱
裏有什麼，該不該將陳舊的破爛扔掉一些再向前去？

　　年輕人的疑問、沉思到覺醒的精神歷程是以悲劇性結局為代
價的。在他終於進入中南海，把揭露張春橋的材料交給了紅衛兵
的支持者和偶像江青後，接待他和處理這些材料的卻是張春橋本
人，蘇東曦最後的希望破滅了，他終於悟出了自己以及千百萬紅
衛兵作了權力交易的犧牲品的真相。伴隨著頭腦清醒的是精神大
廈的崩潰，在前來逮捕的士兵給他戴上手銬的剎那，他奪過士兵
腰間的手槍，對準自己的胸膛扣動了扳機……他的同伴們也是傷
的傷、被捕的被捕和逃亡的逃亡。

　　這部有著英雄傳奇模式的小說以「文革」時期的真實人物張
春橋、王洪文及其後臺江青、葉群以及上海造反派中的各派頭頭
為原型，以 1968 年 4 月第二次「炮打張春橋」事件為主要內容，
以驚心動魄而錯綜糾葛的情節設置來揭露「文革」中的政治權力
鬥爭的血腥而醜陋的內幕。從作品的總體框架上看，它依然延續
了新時期初期的政治揭露和批判的模式，以較為宏大而具體的歷
史事件來揭批「四人幫」。但值得注意的是作品對紅衛兵形象的
塑造。

　　在作品的價值判斷中，紅衛兵主體力量顯然是作為正義化身
和悲劇英雄而被突出講述的，儘管盲目的崇拜與迷信使他們的靈
魂受著囚禁，顯出教徒般虔誠而虛妄，但在瘋狂攫取權力的整個

社會動盪中，也只有他們是為著崇高的理想和真誠的信念，紅衛
兵形象燭照出那些在權力的魔杖下喪失羞恥心與人性的「卑鄙的
政客」們的虛偽與冷血。對紅衛兵領袖蘇東曦的塑造更是如眾星
捧月般：冷峻有力的外表，冷靜成熟的頭腦，執著深沉的信念，
最美麗的女生對他情有獨鍾，等等。另一個大學紅衛兵頭目乘風
的見風使舵、投機嗜權，也只是對這個「英雄」人物的襯托，最
後的覺醒和自殺進一步強化他的崇高與悲壯。總之，在那個從上
到下都為了爭奪權力的瘋狂歲月，在「權力的欲望叫很多人紅了
眼、鐵了心，他們可以不顧羞恥、不顧生命、不顧一切……」的
怪誕背景下，只有紅衛兵形象顯示出正義、純潔和高尚的色彩，
他們的蒙昧與迷信也只是他們的悲劇，不是他們的錯誤，最後的
失敗與犧牲更是昭示了那個時代政治層的骯髒與罪惡。這就是作
品對紅衛兵歷史角色的塑造與定位，作品在創作方法、情節構架
和語言形式上，都可以看成是「文革」前「十七年」文學創作中
革命英雄傳奇模式的翻版。

二、紅衛兵精神的多重變奏

　　如果說《瘋狂的上海》在正面展開「文革」政治鬥爭中凸現
紅衛兵的英雄主義和理想主義色彩，那麼《金牧場》[40]則抽去了
紅衛兵的「文革」歷史內核，從個人的生命歷程和精神體驗出
發，為抽象的英雄主義和理想主義奏響了一部情緒更加充沛而悲
愴的交響樂曲。

---

[40] 張承志：《金牧場》，北京：作家出版社，1987 年。

　　《金牧場》在幾種時空的錯落顛倒和幾種敘述語言的變體中，在繁複、纏繞的幾重線索的交錯敘事中，講述了一個赴日訪問學者在破譯蒙古文中古文獻《黃金牧地》的殘本過程中的精神思索和對大都市東京的心理抗拒歷程，其中不斷穿插主人公過去的人生與精神履歷：紅衛兵武鬥與串連時期的記憶、內蒙古草原的知青生活歲月以及在天山腹地考察的見聞感思，把四條線索交叉敘述，呈現出複調多聲部的交響樂式的結構理路。透過看似繁蕪、混雜、乃至晦澀的敘事文字表像，其實不難把握它的情感與思想核心，那就是對不同時代、不同民族和不同地域的人們尋找黃金牧地——理想境界的精神和生命歷程的讚美與頌揚。在這裏，理想和對理想的英雄主義的追求構成了所有生命歷程和精神世界的核心價值和意義：草原母親在苦難無邊的生活中所顯示出的堅韌和力量來自她對阿勒坦‧努特格神奇草場和溫暖家鄉的理想化記憶和遷徙決心；一群少年紅衛兵在「文革」期間對暴力、流血過程中的恐懼心理的克服和模仿紅軍長征中對艱難困苦的戰勝，源于對前輩英雄神話的崇拜和理想主義、英雄主義信念的支撐；穆斯林楊阿訇的先人因抗拒強暴而被全部剿殺，但那種為理想世界而不屈不撓的鬥爭精神則如火種般綿延不絕。這樣，紅衛兵的經歷與精神就被嵌入對理想、生命和意義的不斷追求的敘事鏈條中，呈現出悲愴而崇高的情感基調。同時，作品表明，主人公「我」對信念、理想的追求正是從紅衛兵時期得到開啟和確立，後來的知青、考古、訪學等經歷不過是青春時代理想精神的延續，因而在《金牧場》中，紅衛兵角色和精神也就成為理想與英雄的代名詞。

　　實際上，《金牧場》以及張承志的許多其他作品就是把紅衛兵運動作為青春的證明，血性的證明，人類九死不悔地追求理想

中的黃金牧地的證明來高歌的。所以，他在日文版《紅衛兵的時
代》中文序中說：「我畢竟為 60 年代──那個時代呼喊了一
聲……我畢竟為紅衛兵──說到底這是我創造的一個辭彙，為紅
衛兵運動中的青春和叛逆性質，堅決地實行了讚頌。」[41]在《金
牧場》中，紅衛兵主人公兼敘述者「我」也滿懷激情地說：「人
心中確實存在過也應該存在一種幼稚簡單偏激不深刻的理想。理
想就是美。殘缺懵懂面對青春夙願是最激動人心的，是永生難忘
的美好的東西。讓卑污者嘲笑吧。我蔑視一切卑污齷齪的生命。
讓急流拋棄和超越我吧。我以真正的異端為驕傲。」這樣的狂放
不羈、激情洋溢的話語無疑是激越悲壯的，甚至令人感動的，但
把它放回到作品所講述的紅衛兵經歷的具體過程中，就顯出了殘
酷與猙獰的面目：

> 皮帶上黯淡地閃著一層濕濕的光亮。它挾著一股狠狠的
> 風，「呼呼」地撕開鈍重的空氣。這條皮帶和那些帶掛環和
> 雙排扣眼的銅頭武裝帶不同。它靈捷快速。清脆的啪啪聲中
> 藏著一絲顫抖，我甩甩頭，我蔑視這種顫抖。……人要愛憎
> 強烈，人也有無畏勇敢的恨。……我突然暴怒起來，我把濕
> 透了的皮帶掄得呼呼作響。大海也在暴跳怒罵，也在閃閃發
> 光地掄著他那一根。關隘就這樣度過了，簡單而殘酷。我開
> 了這輩子的打戒。第一次我就打得這麼狠。那堆稀泥慢慢不
> 再蠕動。大海走出屋子，浴進外面強烈的陽光裏。大海的樣
> 子多麼英武，我想到。（第 126 頁）

---

[41] 轉引自張志忠：《歷史之謎和青春之誤》，《社會科學論壇》，2002 年
　　第 1 期。

　　拳頭、自行車鏈條、木棒像雨點。擊打肉體的鈍硬震著手掌。血濺起來了。心裏的恐懼像魚躍出水面又潛入水底。尖叫和憤怒在發洩著皮膚以內的一切一切。絕對不容侵犯的極限模糊成單純至極的猛力。尖叫聲出現了恐怖的閃閃亮光。心在碰上那閃光時痙攣過一瞬。猛擊出去的剎間在批判著自己的軟弱。受傷的一瞬意識到了一丁點結局的恐怖。報復同時是消滅自己的軟弱和恐懼。人在搏鬥中突然變了一個人。哪怕惡也罷。哪怕惡、兇惡、殘忍的惡、畜生的惡。……我一頭撞在一個人胸上，他一把搡開了我。我舉起自行車鏈條時我認出了他是我小學時的同班同學，但是我狠狠地把那鏈條劈下去了。（第 295 頁）

　　前一段文字是紅衛兵模仿長征的道路上，「我」與同伴大海對當年打過紅軍戰士的乾瘦老人的懲罰，後一段文字是兩派紅衛兵的武鬥混戰場景和「我」的心理過程。所謂的「愛憎強烈」和「無畏勇敢」正是在「幼稚簡單偏激不深刻的理想」和英雄主義觀念演繹下的道德變異，它支配和放縱了主人公的殘忍與惡的一面，使得他克服和逾越了人性的道德、心理底線，把對同學的殘忍傷害轉化為英雄壯舉的想像，把恐怖的暴力當作堅強有力的標誌。這正如別爾嘉耶夫所說：「當人的邪惡注入那種被判為理想的和超個體的價值，即集體的真實性時，邪惡就轉換成善良，甚至還轉化成責任。」[42]

---

[42] 尼古拉·別爾嘉耶夫：《人的奴役與自由》第 142 頁，徐黎明譯，貴陽：貴州人民出版社，1994 年。

　　當然，講述當年紅衛兵行為者的心理真實和歷史狀態本無可厚非，問題在於講述者在事過 20 年後的價值立場和情感取向。顯然，這裏的人物行動是政治操縱下的所謂英雄主義價值觀帶來的生命傷害與人性扭曲，作者只客觀展示心理過程而回避了對這種英雄文化模式和背後的權力支配的歷史解析和清理；偏執地複製和延續暴力血腥的「英雄」歷程，同時又巧妙地抽掉「紅衛兵精神」的歷史內核，而把它轉換為某種抽象和普遍的價值準則，以對抗現代化和都市化過程中的世俗庸常文化的精神原點，把對暴力的崇拜轉化為對文明、秩序等現代社會規範的弊端不滿的心理能量。應該說，從這一點上來說，作品是有意義的而且成功的，但正如一位論者指出的，「要清算『文革』、破解歷史之謎的一大要害，在於粉碎青春的神聖化，自我的神聖化」[43]，張承志無疑在講述紅衛兵所從屬的那段混沌歷史時，在不無錯覺的情感記憶中使這一群體自我神聖化了，這不僅剔除了對自我的審判可能，也把這一代人的歷史角色的尷尬與歷史本身的荒謬狡黠地擱置與抹去了。

　　精神分析學認為，英雄主義的追求是人的普遍本性，在兒童時代表現得最為直截了當，青年時期最為強烈，是人的生命衝力的文化實現（表現為自我價值感）。所以貝克爾說：「世俗英雄主義的粗魯（無論是凱撒還是他的模仿者們），或許使我們戰慄，然而他們並沒有過錯；過錯在於社會造就自身英雄主義體系的方式，在於被社會允許去扮演各種角色的整個的人群。英雄主義衝動本屬自然，而承認這種衝動則屬坦率。」每一種文化都有

---

[43] 張志忠：《歷史之謎和青春之誤》，《社會科學論壇》，2002 年第 1 期。

自己的英雄系統，每一文化系統是世俗英雄詩的戲劇化，每一系統為不同英雄主義的表演規定了角色。[44]貝克爾從人的心理本能引發的文化理解至少可以啟示我們對「文革」造就英雄主義的方式本身的思考。同時，我們還可以進一步追問：在「文革」中，人們對於獲取英雄主義感而從事的活動，在多大程度上是自覺的而不是非理性的？是真實的現實需求還是虛幻的歷史假面抑或未來神話？紅衛兵的英雄主義追求最致命的癥結就在於他們的英雄模式是前人創造的戰爭英雄神話，並非現實社會的自然需求，所以，他們的行為表現為一種模擬性的、帶有濃重的遊戲色彩的偽英雄主義，但卻因政治文化和社會文化的一元性、絕對信仰和盲目崇拜，而具有了幻覺的真實。換句話說，是社會文化中的戰爭英雄神話給定了人們的英雄主義實現模式，但他們卻是身處在一個和平時期人為製造的內部衝突的社會環境裏，被置放在一種政治操縱的陰謀中。這種歷史與現實的落差，觀念與實在的錯位，使得紅衛兵一代的英雄主義內驅力成為一種盲目燃燒的瘋狂能量，帶來的只能是毀滅而不是創造，只能是毀滅世界並進而毀滅自我。

三、平民化的紅衛兵敘事

　　和以理想主義、英雄主義定位紅衛兵群體的作品不同，梁曉聲的《一個紅衛兵的自白》（以下簡稱《自白》）以半自傳體的

44　（美）恩斯特・貝克爾：《拒斥死亡》第 6 頁，林和生譯，北京：華夏出版社，2000 年。

形式對紅衛兵運動作出了平實而質樸的個人講述，可以稱之為平民化心態的紅衛兵敘事。

《自白》的獨特之處在于作者從普通人的日常生活態度出發，揭示出普通紅衛兵成員的心理動機。與一般認為紅衛兵行為主要是出於領袖崇拜和理想信念之類不同，梁曉聲以自己的真切體驗和切近觀察，認為紅衛兵行為還來源於個人功利和實用的心理動機，而非單純的個人崇拜和信仰力量。作品多次指出，「我」包括其他許多中學生參加「文革」的真實心理是：「據說，今年的高中和大學錄取，要實行政治表現第一、分數第二的原則。」而政治表現的主要標準就是在「文革」運動中的表現，所以，「我得『鬧革命』。不『鬧革命』不行。不『鬧革命』將來『革命』成功我不會有好鑒定。好鑒定是非常重要的！無論升學還是找工作，它都是非常非常重要的！一個人是否積極參加這次『無產階級文化大革命』，是衡量一個人真革命還是假革命的分水嶺。」因此，在那個最具英雄主義色彩的行動（集體臥軌以阻攔進京的列車）中，「我」的表層動機是響應中央的號召、保護毛主席的身體，但實際心理是「我預想著『文化大革命』結束後，這一行動肯定是我的政治鑒定上很『革命』的一筆。我認為值得。」這種表白打破了以往的理想主義主導話語，把紅衛兵行為背後的個人利益和心理動機真實地表達出來，以普通人的人性真實而非意識形態裝飾正視歷史與自我。所以，作家進一步議論到：「僅僅認為『大串聯』是崇拜心理和熱愛之情的必然結果，實在是過於理想化過於浪漫化的評價。倘吃、住、行需自己破費，當年到北京的人可能連大會堂還坐不滿。」這也正道出了這樣的群體心理現象：群體對領袖的「利用」有時很少考慮到領袖

個人，而總是考慮滿足他們自己的需要和欲望。[45]《自白》從普通人的生存需求層面解釋「文革」的社會心理，從而揭示了「文革」的複雜性和參與者心理動機的多樣性。

此外，《自白》對「革命時代」的青春期性心理的涉獵則是對紅衛兵視角文革敘事又一重要開拓。由於 80 年代初的道德禁錮，當時的紅衛兵題材作品普遍回避青春期性愛心理，或以非性化講述作為道德純潔的證明，如《楓》強調盧丹楓和李紅剛這對戀人連手都沒拉過，以此表明他們的道德純潔與情感美好；《晚霞消失的時候》中的男女主人公也只是精神氣質的相互吸引，並且最後通過南珊之口表達了對以愛情為幸福歸宿的人生觀的否定。與這些作品的顯著不同在於，《自白》對紅衛兵心理的展示還涉入到這個群體特殊的年齡與心理特徵，不僅從社會政治和意識形態角度，而且從青春期生理和心理的角度揭示這一特殊群體行為的深層奧秘。

比如，在抄家物資倉庫裏，紅衛兵（少年）們如同進入了阿里巴巴的山洞，那裏不僅是遊戲狂歡的天堂，而且成了他們初窺性愛世界的秘密據點：假扮的「風騷女人」引起男孩子們的性愛意識衝動，為爭奪「情婦」而「決鬥」，群體擠壓在假女人身上「過癮」，等等。當倉庫外面的世界正進行著翻天覆地的「革命」時，這一群看倉庫的紅衛兵們卻在掩飾和羞恥感中，情不自禁地對性文學書籍《肉蒲團》「精讀細讀」，一方面大罵「太他媽的黃了」，一方面又愛不釋手，顯露了在那個蔑視人性的年代

45　（美）恩斯特・貝克爾：《拒斥死亡》第 158 頁，林和生譯，北京：華夏出版社，2000 年。

頑強釋放與不無扭曲的性心理。所以，作者議論到：「我們那一代，當年個個都是精神壓抑者和性壓抑者。政治家們只牢記不忘當年紅衛兵們的造反行徑，卻不敢或不願承認，社會從我們的童年到我們的少年，對我們實施了何等嚴重的「異化」教育！它幾乎抽掉了我們的性別，視我們為中性。……因而，他們本能地將「文化大革命」當作一次天賜良機。他們的一切個性，一切才情，一切精神，一切自我表現的欲望，便都從同一個被巨人的大手提起的社會閘口沖決而瀉了。」由此可以推理，那些狂暴瘋狂的行為在英雄主義的表層意識下，是否還有著性的壓抑與釋放的效應？顯然，在作品的情節敘述和心理分析邏輯下，這是不可排除的人性和心理因素。

　　作品還有一個非常動人的情節：在「大串聯」的夜晚，異常擁擠的進京火車上，「我」和一名面目可愛的十七歲女孩處於不得不臉對臉、胸貼胸的狀態，儘管腦子裏湧動著《肉蒲團》中的性狂亂影像，卻沒有做出半點「不軌」的舉動，「與我對她所產生的那些念頭相比，我對她的舉動簡直拘謹到了『坐懷不亂』的地步！」所以，「我不承認我的行為『不軌』（指偷偷吻對方的睡熟的臉）。我永不懺悔。」真實的性心理和拘謹的性行為構成紅衛兵作為青春生命的特殊形態，用作品的話來說就是「最激進的革命理論和最封建的性觀念，像兩股繩子擰在一起，擰成紅衛兵頭腦中的一根弦。」作品對紅衛兵行動的深層心理和潛意識因素作出了真切的探索。然而，有趣的是，這裏分明存在著對當年「拘謹」行為的道德肯定和對其作「最封建的性觀念」的理性批判的裂隙與矛盾。

除了平民化敘述姿態和性心理分析之外,《自白》並未走向對紅衛兵行為的自我反思道路,而是從另一個角度把紅衛兵作為被動受害角色,並通過故事講述與直接議論為紅衛兵行為的正當性與純潔性作辯護。

這種辯護首先表現在,對於普遍為人們否定和批判的紅衛兵抄家毀物等破壞行為,在《自白》的講述和分析中卻構成紅衛兵美德的依據,因為:

> 在抄家運動中,究竟有多少金錢和財寶,從一代紅衛兵手中而過?這是無法計算的。但是我敢斷定,從中佔有的紅衛兵,是為數極少的。他們抄,他們毀壞,他們以「革命的名義」闖入一個個富有的家庭,如同強盜。但他們的目的不是為了掠奪。不是為了佔有。他們相信那是很「革命」的行動。「文化大革命」也慫恿和鼓勵他們的行動。說到底,他們還是為了表現自己。表現自己的「革命」性。而在他們的「革命」行動中,他們努力想要表現出的,乃是他們認為自己優秀的可貴的一面。但他們的行為和行動映照在歷史的「哈哈鏡」中,使他們的整體形象不可能不是扭曲的,堂吉訶德式的,甚至是醜陋的,野蠻的,令人痛恨的。(第202頁)

這裏的邏輯是,雖然紅衛兵的抄家、毀壞談不上正當合理,但他們沒有掠奪、佔有財物,他們只是以此達到自我表現,表現自己的「革命」目的,所以是可以理解的,可以原諒的。這樣就以動機和目的的美好(雖然這仍然值得懷疑)掩蓋和淡化過程、手段與後果的野蠻性與破壞性,以「政治正確」和心理的真實推

演出道義的良善和道德的純潔，也與前文所述的以「革命」行動來獲取政治分數的心理動機不相吻合，更把「文革」借紅衛兵之手實施對個人的尊嚴、財物等的野蠻剝奪以及對生命的殘害等法西斯行徑悄悄抹去了。如果說醜陋、野蠻、令人痛恨是歷史後來的鑒定，那麼錯與罪在於歷史的「哈哈鏡」，在於詭異多變的政治本身，而直接行為者的紅衛兵自然擔負不了歷史的責任。顯然，在這種辯解的邏輯背後潛藏的是對歷史罪感和道德壓力的勉強回應和解脫企圖。

　　其次，《自白》依然在很大程度上是把紅衛兵的狂熱與盲目視為英雄主義和理想主義，而且認為：「紅衛兵在『文化大革命』最初的一切行為，一切行動，都只不過是自我表現，自我證明而已，參雜著壓抑長久的充分的發洩，走向極端的英雄主義，對歷史的變態的挑戰意識，扭曲到妄想地步的社會責任感。他們還根本沒有考慮到有什麼投機的必要性，也還根本沒有學會投機。」在這一段議論文字中，用意識形態的塑造、自我表現的欲望、社會責任感以及沒有投機心理等解釋紅衛兵行為，在看似客觀的分析中，一方面進行社會批判，另一方面為作者所經歷和從屬的這一特殊群體作道德的辯護和心理的自辯。而實際上，這種以個人崇拜和精神奴隸為前提的英雄心理與行為，是「實現領袖為他們提供的幻想，這幻想許諾他們去英雄般地改變世界」，是一種廉價的英雄主義，「這種英雄主義之所以廉價，是因為他們並非出自內心的呼喚，並非得之於自身的勇氣。」[46]從這個意義

---

[46]　（美）恩斯特・貝克爾：《拒斥死亡》第 160 頁，林和生譯，北京：華夏出版社，2000 年。

上，《自白》又從平民敘事中回歸了英雄敘事的老路，只不過更加理不直氣難壯。它對於紅衛兵運動的講述交織著理性審視、心理分析和歷史辯護的多重性。

四、英雄還是野獸？

　　相比之下，另一個「自白」——安文江的《我不懺悔——一個紅衛兵司令的自白》[47]則在回憶和記述作者作為上海紅衛兵頭目的經歷中，在狂熱的歷史場景的複製中展開對自我的精神反省。如在記述了那段政治時期特有的一次豪邁演說辭的結尾，「我」大聲吶喊：「有毛主席撐腰，我們就是最強者！白色恐怖，我們不怕！反革命帽子，我們不怕！拎著腦袋幹革命，砍頭不過碗大的疤」，作者進而不無沉痛地自我解剖和嘲諷到：「何等的壯烈喲！遺憾的是我們徒有滿腔赤誠，脖頸上只頂著被極左控制的靈魂。」作者進而把紅衛兵比喻為西班牙鬥牛：「鬥牛是悍勇且可悲的。鬥牛士用大紅布挑逗它，撩撥它，它野性勃發噴著鼻息低著腦殼高翹彎角，衝撞、踢達、搏殺。結果是長矛戳入背脊，短劍穿透心臟，在狂熱的歡呼聲中訇然倒下！」這是一代紅衛兵領袖在經歷了政治的吊詭和歷史的滄桑後的自我解剖和理性覺醒，敘述者不再躲在英雄主義的精神屏障後面作自我心理安慰，而是直面曾經輝煌一時的紅衛兵英雄行為背後的精神奴隸的悲哀。包括對紅衛兵組織內部的介紹也鮮明地打上自我解剖的印

---

[47] 安文江：《我不懺悔——一個紅衛兵司令的自白》，《東方紀事》，1989年第5期。

記：「封建宗法觀念體現在紅衛兵組織裏是對頭頭的絕對服從，這是愚盲、迷信的擴展下移，是喪失獨立人格的紅衛兵對強權的不自覺依附。」作為精神奴隸的另一面，必然是人格獨立的喪失，作品在紅衛兵運動過程的講述中貫穿著自我反思和自我批判的精神，正面袒露了紅衛兵英雄主義精神表象下的內在靈魂，昭示出理想主義與英雄主義不過是時代抖出的「紅布」和個人的自我幻覺。

　　此後的紅衛兵題材作品大都放棄了自我反省的努力，張承志的《紅衛兵的時代》（日文版）被稱為「原紅旨主義」，吳文光的《革命現場 1966》、詠慷的《青春殤》（作家出版社 1998）更多的是「青春的喧嘩和騷動」，對歷史的反思則淺嘗輒止，缺少追根究底、拷問靈魂的精神。[48]對「文革」歷史和紅衛兵運動的回顧和文學表達，應該建立在什麼樣的價值基點上？這依然是一個文學的也是歷史的、思想的課題。

　　另一個相當有意味的現象是，紅衛兵身份的作者普遍對抄家、打人乃至殺人等暴行的描寫往往很少或很簡略，程度也往往很輕，如《楓》、《重逢》、《瘋狂的上海》、《一個紅衛兵的自白》、《金牧場》等，而在非紅衛兵身份的作者筆下，則常常突出紅衛兵行為的瘋狂、殘暴，詳細描寫他們殘害、破壞行為的過程與細節，如《玫瑰門》裏那些毆打、殘害無辜者的紅衛兵是以無名的群體面目出現的，作品只是從外部敘寫他們的動作行為，特別是詳細描寫他們的暴虐殘害過程與方式，展示他們在階級鬥爭的名義下發洩私憤、奪財害命、釋放壓抑等獸行劣跡。紅

---

[48] 張志忠：《歷史之謎和青春之誤》，《社會科學論壇》，2002 年第 1 期。

衛兵形象幾乎成為人性的殘忍、醜陋的化身。正如巴金老人在
《隨想錄》中所說的：「那些『造反派』、『文革派』如狼似
虎，獸性大發，獸性發作起來還勝過虎狼。連十幾歲的青年男女
也以折磨人為樂，任意殘害人命，我看得太多了。」[49]季羨林先
生在《牛棚雜憶》中說得更直白：「我覺得，『革命小將』在
『文化大革命』中自始至終所搞的一切活動，不管他們表面上怎
樣表白，忠於什麼什麼人呀，維護什麼什麼路線呀。這些都是鬼
話。要提綱挈領的話，綱只有一條，那就是：折磨人。這一條綱
領，貫徹始終，無所不在，無時不在。」[50]

　　視角和立場的不同帶來如此差異巨大乃至截然相反的判斷，
這其中的原委大體有以下幾個方面：

　　第一、作者的身份不同。突出紅衛兵是政治犧牲品和捍衛理
想的英雄的，往往是有著紅衛兵經歷的作者，作為親歷者的體驗
和情感決定了他們的敘事形態往往對殘害與破壞等記憶的淡忘和
回避，對激情和犧牲的刻骨銘心。心理和記憶的機制本身就有它
的選擇性，這種歷史和自我的記憶選擇也許是在無意識之中完成
的，但正如《人啊！人》裏孫悅所說：「你們對自己也是只記住
對自己有利的歷史，而要抹去和篡改對自己不利的歷史。」[51]把
紅衛兵造反派講述成類似納粹衝鋒隊、殘害和破壞的野獸的作品
則往往是受害者或者沒有紅衛兵經歷的後來者。他們的講述注重
對殘害過程和暴力本身的描寫，在價值判斷的差異之外，還有追
求閱讀震驚和「陌生化」效果之嫌。

---

[49] 巴金：《隨想錄》第 852 頁，上海文化出版社，2000 年。
[50] 季羨林：《牛棚雜憶》第 133 頁，中共中央黨校出版社，1998 年。
[51] 戴厚英：《人啊！人》第 14 頁，廣州：廣東人民出版社，1980 年。

　　第二、前者在其親歷和經驗的講述之中，其背後的價值設定是理想主義和英雄主義的框架，是由集體主義意識形態塑造成的崇高價值觀和美學觀，除了為一代青年的犧牲鳴不平之外，還在悲劇英雄的塑造中寄託和蘊涵著對某種在現實中已經失落、難以重建的崇高感的虛擬和建構，張承志的講述尤為明顯。旁觀者、受害者或後來者身份作者的講述，其背後則是人道和理性等的價值取向，是在個人的人格、尊嚴、財物、自由等具有天然正當性的人道主義話語支配下的歷史和人性觀照，在對殘暴與野蠻的凸現中傳達現實的人道和理性籲求。

　　第三、80 年代初的紅衛兵敘事，其普遍的時代語境依然是革命的天然正當。紅衛兵行為的悲壯性與崇高感則來自對革命本身的真誠和勇敢，在革命的名義下，所有暴力與殘忍就具有了正當的心理邏輯和悲壯的外在效果。而後來的講述者處於告別革命、躲避崇高的新意識形態背景下，革命的殘酷、血腥和破壞成為作家們講述紅衛兵事件的認知前提，所以，在這樣的語境下，紅衛兵的行為往往更多地被燭照出瘋狂、野蠻和獸性的一面。

　　不管怎樣，面對一個歷史和民族大事件時，我們是否還可以引入一個參照：當魯迅在揭開傳統文化「吃人」的真相時，他清醒地發現和承認自己同樣屬於「吃人」者之列（「我也未必不吃了人肉」這種「罪」的自覺），所以魯迅的文學被日本思想家竹內好稱為「贖罪的文學」[52]。可以說，正是這種勇敢的承擔才使魯迅乃至一個民族的文化精神在對待歷史和民族過去的反思中具

---

[52] 轉引自伊藤虎丸：《戰後中日思想交流中的〈狂人日記〉》，李冬木譯，《新文學》第三輯，第 41 頁，鄭州：大象出版社，2004 年。

有了更新生長的可能性。而張承志代表的紅衛兵心態與精神則相反，他們在拒絕正視歷史中的真實自我的同時，也就失去了精神的生長可能。因而，與其說《金牧場》是「在紅衛兵的狂熱中打撈忠誠和信仰，在知青的歲月中讚美青春和熱血」，在「精神的自由長旅」上高蹈遠行[53]，不如說是在青春神話和歷史幻覺中拒絕了前行的路徑。至於《瘋狂的上海》對紅衛兵領袖的美化與傳奇化更是作家文學想像和價值判斷的合謀。而且對歷史距離的過於貼近而帶來的偏執與扭曲是這些紅衛兵題材小說的共同弊端（雖然程度不同）。哈威爾說：「如果我們不能同這些歷史事件保持一定距離，同我們自己保持一定距離的話，那麼我們就不能擔當自己的歷史角色，不能作出我們應該作出的犧牲……」[54]這種通過同歷史保持距離而擔當歷史角色的文學表達可能至今還只是一個良好的願望和期待。

小　結

　　如果按照時間的階段性來強行疏理「文革」敘事史，就會遇到一個非常棘手的問題，即 80 年代中期以後，「文革」歷史幾乎被創作和評論界普遍擱置和冷淡，小說中以「文革」為題材或背景的作品只有屈指可數的幾篇（部），而且也明顯地被處理成模

---

[53] 朱向前：《生命的沉入與升騰——重讀〈金牧場〉及其評價》，《當代作家評論》，1995 年第 1 期。

[54] 《哈威爾自傳》，第 45 頁，北京：東方出版社，1993 年。

糊的遠景。所以，本論題在處理「文革」敘事史的階段特徵上，也顯得勉為其難。但這也正顯露了當代文學和文化在對待「文革」這一重要歷史話題和資源的態度上的起伏變化。事實上，「文革」並非真正在作家記憶和社會文化中消隱了，也不是已經喪失了它的思想表達和藝術表現的價值，而是另有緣故。分析起來，大概有以下幾個方面：第一，前一階段的傷痕、反思文學，使整個民族的情緒鬱結已經得到充分的宣洩，為新的政治轉向提供合法性的功能也已經實現，所以到 80 年代中期以後，「文革」歷史已經不再成為民間話語和意識形態話語所需要的主要資源。第二，隨著思想解放的慣性深入，對「文革」的反思逐漸導向對整個體制和傳統意識形態的懷疑，並很快受到主流意識形態話語的干預和遮蔽。[55]所以，在國家意識形態和民間文化心理的互動配合下，「文革」成為需要被遺忘而且人們樂意忘記的歷史陳跡。這樣的文化心理自然也潛在地影響著文學創作的總體趨向。第三，傷痕、反思文學作品由少數的開風氣之先到大量複製而產生創作的平庸和停滯，因而，回避和淡化「文革」實際也是對這一題材的過多、過濫的不滿和逆反。第四，隨著朝野一致的對現代化的呼喚，「現代主義」的文學觀念成為與之呼應的主導風氣，傳統的現實主義精神和手法被普遍貶抑和不屑，對社會政治內容的有意逃避和對語言、形式的創新追求成為 80 年代中期以後的主導文學潮流，因而社會歷史內容被大多數創作者有意識地放棄了。

---

[55] 少數敘事作品如劇本《苦戀》、《假如我是真的》，小說《飛天》等因涉及到政治體制，很快遭批判而且被主流批評遮蔽。因而，後來的文化尋根其實就是「文革」政治敘事難以深入後的必然轉向，雖然具體的思潮還有其他的資源與契機。

　　在這樣的社會文化心理和文學語境下，我們看到對「文革」的敘事形態與思考方向也呈現了新的變異。

　　一、由「文革」動盪期轉向「文革」常態，即「文革」後期的社會生活現象，從日常生存狀態中映照「文革」政治體制下底層生活的生存困境與精神荒蕪。因而，這一時期涉及「文革」時期社會生活的作品明顯地淡化政治色彩，而著意展示普通人的生活狀態和精神世界，以個體的而非民族、國家、人民等宏大視角來折射、透視那段政治生活對廣大底層社會的深刻影響。

　　二、從政治訴求轉向文化反思，從切近的歷史記憶和政治控訴，轉向以傳統優秀文化和精神為根基，反觀「文革」社會文化現象，審視「文革」時期由政治意識形態演化的自然觀、人生觀、價值觀的不合理因素，政治控訴與歸罪意識逐漸退隱，由政治、道德、歷史的審判轉向文化、精神的反思和審美的觀照。

　　三、普遍擺脫了把「文革」簡單歸罪於少數人的道德譴責模式和政治批判模式，走出了歷史親歷者的情感和意識形態局限（紅衛兵敘事除外），顯示了更多的歷史理性和人性光芒。特別值得一提的是，這一時期最有份量的「文革」敘事作品《古船》與《玫瑰門》體現了中國文化傳統中所缺乏的原罪－懺悔與人性反省意識，是知識份子人道主義話語的典型文本。這種精神自覺與人性懺悔也是 80 年代知識份子精英道德立場和啟蒙主義思想意識的集中體現。與此相對照，紅衛兵視角的「文革」敘事則多半是在歷史的幻覺中自我美化，懺悔與反省意識嚴重缺失。

　　四、普遍繞開對「文革」真實事件的直接反映，調動了文學的藝術虛構和想像功能，或以完整的寓言或以局部的暗示，發揮了文學的隱喻和象徵效應，從民族心理、群眾心理、文化根源、

哲學依據、人性基礎等多方面進行了富有意義的探索，對「文革」政治及社會生活的多重性、複雜性、多樣性作了更多的揭示。

　　然而，總體來說，80 年代中後期，隨著經濟現代化的逐漸推進和整個社會的普遍樂觀期待，「文革」作為歷史陳跡被普遍冷淡與遺忘了。文化和文學領域在努力擺脫以往意識形態傳統和審美傳統的路上疾馳競走，在回到語言、形式的文學本體論觀念支配下，「新潮」、「先鋒」、「新歷史」、「新寫實」等文學潮流依次登場。「文革」作為政治和意識形態極強的題材內容當然不會被文學追新潮流所看好。前文所涉及到的數量不多的作品，大多也並非著意于「文革」歷史本身。在經過了一段相對沉寂和醞釀之後，到 90 年代以後特別是世紀之交，「文革」作為現代中國人難以回避和真正忘卻的歷史創傷記憶又再次在文學敘事作品中大量重現。

第三章　解構與懺悔

——世俗化和「告別 20 世紀」語境下的 「文革」敘事（1992-2002）

　　自 90 年代以來，80 年代知識份子所呼籲的「現代化」的一個重要內容——市場經濟，以前所未有的速度降臨中國大地。這帶來了中國經濟持續高速的增長，也同時帶來了諸多新的社會問題。80 年代曾結為一體的中國知識界由於對這些問題著眼點的不同，開始出現巨大的分化。所謂「保守主義」、「自由主義」、「新左派」等不同思潮出現了激烈的交戰。與此同時，曾被王蒙概括為「躲避崇高」的八九十年代之交一種文學中的反精英傾向，隨著各種社會資源的紛紛資本化和市場意識形態的確立，也迅速滲透和彌散在社會生活的各個領域，一種以利益化、世俗化、平民化等為特徵的大眾社會文化伴隨著「全球化」、「現代性」的口號和文化資本的運行而大行其道。盛行於 70 年代末和整個 80 年代的理想主義、英雄主義以及啟蒙主義、人道主義等價值觀受到挑戰或淡漠，而代之以實用主義、改良主義、消費主義、享樂主義等。欲望合理化、文學消費化、審美喜劇化等也成為世紀之交文學領域的主導語彙和基本特徵。

　　在這樣的社會文化背景下，「文革」作為一段歷史記憶，呈現出新的意義和形態。一方面，隨著市場經濟帶來的社會不公、貧富懸殊、信仰危機等社會文化問題，90 年代以來在民間文化心理中又升騰起一種懷舊情緒，紅衛兵精神、知青情結、老三屆文化、「紅太陽」歌曲等大量與「文革」社會相關的心理文化現象，形成新一輪「文革」研究與表達的熱點，關於「文革」的個人回憶錄、紀實性作品紛紛出現。另一方面，隨著世紀之交的到來，知識界對整個 20 世紀歷史進程進行回顧總結與重新反思，激進的革命意識形態和革命手段受到質疑，經驗理性和自由主義得到推崇，「文革」作為極端革命的怪胎再一次受到理性的批判，文學界也出現了一批回歸政治的和社會的視角並正面、全面敘述「文革」歷史過程的長篇作品，如王蒙、柯雲路等文壇巨匠紛紛以長篇或長篇系列小說來重新講述「文革」或「文革」前後的社會歷史風雲。不同以往的是，這種重新講述對「文革」最高層的權力運作關係的披露與社會各階層在革命的名義下爭奪權力的展示是前所未有的。同時，以閻連科、王小波等為代表的後起作家以非理性欲望來解釋「文革」這場政治運動，並對之進行喜劇性解構、反諷式歸謬和多視角的敘述方式、多樣化的文體形式是這一時期「文革」敘事的顯著特點。與此同時，打破那種童年和青春的純潔神話，翻檢在「文革」中扭曲的成長記憶，對政治恐怖中弱小者的施惡和犯罪進行自我暴露，展現了這個「無神」時代一些知識份子的懺悔意識的覺醒、對靈魂清潔和自我救贖的執著；以民間價值為本位來觀照「文革」社會生活的多樣形態，又開啟了「文革」敘事的新境界。可以說，經過了時間的沉澱和轉入市場經濟初期的沉寂，在世紀之交的普遍回顧與瞻望中，「文

革」作為 20 世紀我們民族重大的創傷性歷史經驗又再此獲得了文學表達和文化關注的重要契機。

第一節　權力鬥爭：破譯「文革」的新密碼

如果說，90 年代以後文學的命運受到市場這只巨手的操縱，當下寫作、欲望寫作、個人化寫作、身體寫作等等現象如時尚展覽般一一登場又迅速隱去光彩，那麼在這樣的市場喧囂中，一些堅守文學的歷史責任和嚴肅意義的作家則以另一種創作，顯示了這個時代精神張力的另一極。其中對「文革」這段極具沉重感和複雜性的歷史事件的重新表達形成了一個獨特的文學和文化亮點。它們既是 20 世紀即將結束之際知識份子的歷史情結和思想結晶的自然表達，也是對消費性、速食性文學創作橫掃市場的一個無聲的拒絕。當然，這些文學表達自身也不可避免地打上了這個時代的文化與精神烙印。其中一個重要標誌是：這個時代的「文革」敘事摒棄了以往普遍的政治路線、意識形態的反思角度，而把從上到下的權力欲望、權力鬥爭作為解讀這段歷史的關鍵密碼。

一、作為「歷史」的「文革」

在中國歷史上，各朝代史書一般都是後一朝代人編修的，本朝往往不修史。這是因為切近的時間距離和權力利害關係會影響

對歷史材料的選擇和對歷史是非曲直的客觀判斷,而且不可避免的歷史評價也可能給寫作者帶來禍端,所以,羅蘭‧巴特說:愈是接近自己的時代,歷史學家話語行為的壓力愈大。[1]其中的道理是一致的。「文革」作為社會學和政治學研究對象,從「文革」時期就已經開始,當年的「就是好,就是好,就是好」的強勢話語到後來的「民族浩劫」的政治結論,是一個巨大的歷史反差。對這一歷史的文學表達則在政治結論之外,呈現出更加豐富的歷史面貌和多樣的價值判斷,特別是 70 年代末到 80 年代初的文學把「文革」作為主要敘事對象,產生了影響力極大的傷痕、反思文學,構成了極具時代色彩的當代文學和文化的話語景觀。但如前所述,新時期的「文革」敘事大都是從「文革」經歷者特別是受害者的角度進行情感傾訴、道德譴責和政治批判,當事者的經驗局限和政治語境的限制是非常明顯的。80 年代中後期是「文革」敘事相對沉寂的階段,在全社會對現代化的普遍期待中,「文革」仿佛完全成為歷史的遺跡被人們淡忘。然而,沉寂也意味著新的醞釀,因為「文革」作為現代化進程的參照和背景,作為當代中國政治和文化問題顯然並沒有失去意義。真正作為「歷史」的「文革」敘事,只有經過了相當長時間的冷卻和沉澱,經過歷史理性和獨立思考的熔煉,才成為可能。因此,90 年代以來,隨著大量「文革」回憶錄、「文革」檔案資料的整理輯錄、各種角度的「文革」歷史研究成果等的發表出版,建立在歷史檔

---

[1]　羅蘭‧巴特:《歷史的話語》第 51 頁,《符號學原理》,三聯書店,1988 年。

案、歷史材料的基礎上，對「文革」作較為客觀、理性的文學表達也就順理成章了。

柯雲路《芙蓉國》的寫作就是建立在掌握歷史資料與保持歷史距離的基礎上進行的。作者在談到這部篇幅宏大的作品時說，他為了寫作這部作品，花了 20 多年的時間收集、閱讀了大量「文革」歷史資料和研究成果，寫下一份幾十萬字的「文化大革命大事剖析」的理論札記。[2]可以說，《芙蓉國》是在充分掌握歷史資料的基礎上，試圖「揭開文革的紅蓋頭」，把這段複雜而詭異的政治歷史的運作過程、高層內幕展示給後人。作品一方面通過文學虛構與藝術想像塑造了社會各階層形形色色的人物形象，另一方面，又把正面展示「文革」歷史中的真實人事作為重心，包括對於「文革」十年中主要政治事件的敘述，對重大政治運動、場面、會議的描寫，堪稱繪製「文革」政治風雲、敘寫各階層行為心理的全景式作品，歷史的演義性和藝術的虛構性相輔相成。

首先，作品對「文革」十年的全過程採用了類似編年史的敘述方法，在紛繁複雜、變化多端的政治運動鏈條中選取了其中影響重大的事件與場面，在縱向上概括了「文化大革命」全部重大歷史事件與歷史過程，在橫向上描寫了從上層到底層、從京城到鄉村的各個階層和各種場面，人物涉及最高層領導集團、老幹部、知識份子、青年學生、農民、工人等，通過眾多人物跌宕起

---

[2]　作者在《芙蓉國》的開頭自述中寫到：「作為老三屆的一個普通成員，我曾親歷了『文化大革命』的全過程。又由於一份思想的執著，在『文化大革命』中曾努力地做過各種社會調查。近年來，有關這一階段歷史的更多資料、素材被逐漸披露、整理和出版，也有了更多的對『文化大革命』的討論與研究，我對此也做了盡可能詳盡的收集。」柯雲路：《芙蓉國》，北京：中國電影出版社，2000 年。

伏的命運、生生死死的感情糾葛，展示了那段歷史中形形色色的
人格與心理，反映出中華民族在這十年中經歷的社會動盪與權力
爭奪、盲目狂熱與犧牲覺醒。特別是對最高權力集團內的政治鬥
爭、權力更迭、發動者與跟隨者、打擊者的錯綜而微妙關係的正
面表現，突破了以往的題材禁區，填補了「文革」敘事的重要歷
史空白。作品對「文革」關鍵人物毛澤東、劉少奇、鄧小平、彭
真、林彪、江青、葉群、張春橋等的行為與心理的表現，對紅衛
兵運動的發動、演變、派性、主張、辯論、結局等的展開，都凸
現了清晰的歷史軌跡和忠實的史料意義。如果說以往的「文革」
敘事只是歷史的片斷、某個局部或者碎片，那麼《芙蓉國》則試
圖還原和描述完整全面並且內在邏輯分明的「文革」全史。

　　其次，「文革」作為「歷史」的敘述還表現為作者的客觀還
原歷史真相、揭示歷史因果關係的創作企圖。從敘事者的主體姿
態上看，既不是簡單地否定和批判「文革」運動，更不是把「文
革」帶來的災難完全歸結于林彪、「四人幫」，把他們妖魔化、
漫畫化，而是對發動者、參與者、利用者的欲望、心理、動機、
表層意識與深層無意識等人性因素作冷靜、客觀的揭示，把「文
革」作為一段由社會矛盾和個人意志、意識形態分歧和權力利益
爭奪等綜合因素形成和爆發的歷史加以記錄、整理、審視，追尋
這段複雜歷史的脈絡和邏輯，對主要人物展開心理描寫和人性分
析，在歷史空白處進行合理化想像和虛構，撩開意識形態話語的
煙幕而露出其中人性的深層動因，包括對高層政治運作中的人性
揭密。加上對各種史料、文獻、回憶錄等間接材料的運用，力圖
還原歷史和人性本身的原初樣態，使得這部小說走出了當事人的
視角和價值判斷局限，在一定程度上帶有所謂「信史」的客觀、

理性色彩和史家的筆法和眼光。正如恩格斯所指出的：「無論歷史的結局如何，人們總是通過每一個人追求他自己的、自覺預期的目的來創造他們的歷史，而這許多按不同方向活動的願望及其對外部世界的各種各樣作用的合力，就是歷史。」[3]《芙蓉國》對「文革」的全程歷史的展示正體現了這種歷史「合力」論的具體化和形象化。

再次，為了實現對歷史事實的客觀表達意圖，作品採用的是80年代中期以後普遍受到冷落的非常傳統的現實主義的創作方法，力求把歷史的脈絡與邏輯真實具體地展示出來。相應地，作品採用了「綜合」或多視角的敘事方式，實際上是全知的傳統視角，但在表現層次上不再拘泥於以人物行動和故事情節為中心的傳統模式。作品一方面偏重政治角度和政治主題，大量展示政治活動，另一方面，「歷史的演義性和小說的虛擬性以及歷史大事記感是一同進入讀者閱讀視野的。」[4]作者不做政治判斷，也不做道德判斷、歷史判斷和評論[5]。作品對參與組成「文革」歷史的社會各階層人物作心理境遇的還原，特別是對人物深層心理乃至無意識層次的深入開掘，對領袖人物作為「人」的心理欲望的分析與展示，打破了長期以來籠罩在領袖身上的神話光環和迷信色彩，也擺脫了把「文革」歸罪於少數人的解釋模式，表現出把這一段歷史作為研究對象的某種理性姿態和闡釋自信。

---

[3] 《馬克思恩格斯選集》（第4卷）第248頁，北京：人民出版社，1995年。
[4] 米沙：《一種歷史怎樣走進生活》，《中華讀書報》，2000年4月12日。
[5] 柯雲路：《芙蓉國》序第3頁，中國電影出版社，2000年。

二、權力鬥爭：破譯「文革」的密碼

　　和以往的「文革」題材作品相比，《芙蓉國》最為引人注目的對高層政治運作中權力因素的集中表現，對權力的追逐、維護、操縱、打擊等成為作品敘述的核心內容。如果用社會學的術語來解釋的話，所謂權力就是某些人通過控制、主宰他人產生預期效果的能力。不懈地追求主宰控制他人和事，這就是權力欲。而「政治是發生權力鬥爭從而強行（──著重號系原文所標注）制度化和合法化（作為制度化的依託）的舞臺。」[6]《芙蓉國》對「文革」歷史的重新敘述不僅是對政治領域的全程展現，更重要的是對其間的上層政治鬥爭的複雜性和政治主體的權力欲、權力鬥爭的揭密和曝光。

　　鄧小平在 80 年代對「文革」發動者的評價是：「毛澤東同志發動這樣一次文化大革命，主要是從反修防修的要求出發的」，是好心辦了壞事。[7]這種評價顯然帶有明顯的時代語境特點和某種政治意圖，而隨著直接當事人的逐漸隱去，重新解釋歷史人物包括領袖人物成為必然。正如伯恩斯所說：「要想瞭解領袖的實質，需要瞭解權力的實質，因為領袖是一種特殊的權力形式。」[8]《芙蓉國》對「文革」主導者的心理分析和揭示，正是對領袖與權力、領袖與群體、領袖與民眾的關係進行探索。而它

---

[6]　（美）鄧尼斯・朗：《權力論》第 70 頁，陸震綸等譯，中國社會科學出版社，2001 年。

[7]　溫樂群、黃偉：《巨人對巨人的評說》第 91 頁，遼寧人民出版社，1997 年。

[8]　（美）詹姆斯・麥格雷戈・伯恩斯：《領袖論》第 13 頁，劉李勝等譯，中國社會科學出版社，1996 年。

的文學價值也正表現為對政治風雲人物的心路歷程、情感意志、深層意識、人性奧秘作出了較為細緻深入的透析，把領袖以及其他政治漩渦裏的人物作為活生生的、人間煙火孕育的「人」來塑造。

比如，「文革」初期，當劉少奇等派工作組進駐一些高校開展「文化革命」，而指揮者自己卻遠離首都到南方省市周遊，作品在記述這位元最高領導人行蹤的同時對他的心理動機作出了這樣的分析和議論：

> 在中國，其實沒有多少人真正理解他的深謀遠慮，也沒有幾個人真正理解他眼中的世界是什麼樣，甚至沒有人理解他為什麼經常願意住到南方，而不願留在北京。中南海明明是他的首府，但實際上，他在中南海遠得不到他在杭州、在武漢、在上海、在長沙得到的隆重待遇。

> 在中南海，他是最高領袖，有足夠的服從、足夠的保衛、足夠的服務，然而，這裏的人對他太熟悉了，一切司空見慣、按部就班了，就連警衛見到他的機會都比較多。根本不像外地，在杭州，在武漢，總有一些誠惶誠恐、分秒不離的崇拜與服務保衛著自己。那裏的每一個省市領導、軍區領導都會日夜圍繞在身邊，以此為重任。服務員一見到他，都如展開的鮮花般露出羞怯的興奮。整個世界更靈敏地反映著他的意願，到處一觸即動。

作品表明，正是這種權力欲促使他一方面號召打到一切權威、沖決一切羅網，另一方面卻鼓勵人們神化自己的權力，也決

不允許任何人對他本人的權威構成挑戰[9]。正是在這種隱秘心理支
配下，「一想到文化大革命，毛澤東眼前最先冒出來的總是兩個
人。一個是劉少奇，一個是彭真。劉少奇總是目光有點發直地看
著別處，無論他如何回憶，都難以在記憶中出現一個劉少奇正對
自己的面貌。另一個出現的人物就是彭真。這個和自己身材一樣
高大的人物倒總是在記憶中正對著他，他那張長大的臉，很高的
髮際，常常給你古代人紮束起頭髮的感覺。彭真的桀驁不馴是更
令他不快的。離開理論的思考，文化大革命就變成一副把彭真、
劉少奇這兩個人物趕下臺的畫面。」我們知道，「文革」政治的
一大歷史特徵就是意識形態話語對社會精神領域的全面覆蓋和掌
握，「繼續革命」、「反修防修」、「保持紅色江山永不變
色」、「揪出走資本主義道路的當權派」、「兩個階級、兩條道
路的鬥爭」等等宏大政治概念和標語口號鋪天蓋地，「文革」以
其話語強勢和宣傳壟斷在整個社會建立起了強大的合法性、正確
性和崇高性。然而，隨著歷史人物的隱去和政治影響的淡化，這
段歷史的政治謎團在各種解讀中顯示出新的眾多的內涵。《芙蓉
國》所要揭示的是：最高領導人對其下屬的表面服從而實質有所

---

[9]　1965 年，毛澤東和斯諾談話時，承認中國確有「個人崇拜」，認為，當
　　時有理由「個人崇拜」。1970 年，斯諾再次與毛澤東交談時說，在我們
　　1965 年進行談話的時候，許多權力——各個省各個地方黨委內，特別是北
　　京市黨委內的宣傳工作的權力——他都管不了了。正因為如此，他那時曾
　　說需要有更多的個人崇拜，以便鼓勵群眾去摧毀反毛的、黨的官僚機構。
　　後來，斯諾通過當時中國的其他高級負責人證實，1965 年 1 月 25 日，而
　　不是在此之前，毛澤東決定，劉少奇必須下臺。參見《美國友好人士斯諾
　　訪華文章》，三聯書店，1971 年。

保留的行為乃至表情、心理的反感與排斥，構成了他發動「文革」的重要動因。

　　《芙蓉國》對「文革」發動者的心理分析和人物心理自白，不禁讓人產生對歷史的偶然性的深思。正如對法國大革命時期的兩位重要人物丹東和羅伯斯庇爾的矛盾，一般歷史學家認為是因為他們關於自由的不同觀念導致了後者把前者送上斷頭臺，而德國文學家和思想家畢希納則在他的劇作《丹東之死》中傳達了另一種解釋：丹東以個體享樂自由和自然生命權利為自己與妓女縱樂辯護，而羅伯斯庇爾則是個面孔蒼白、身體瘦削的陽痿病患者，羅伯斯庇爾的革命似乎是由於生理的壓抑[10]，從而把革命理念的分歧轉化為個人好惡趣味甚至生理形態的差異。同樣，在柯雲路的講述中，把發動者的權力控制欲望和不斷尋求新鮮生命、新鮮事物的趣味作為深層心理動機，撩開那場政治「革命」的神秘外衣，露出意識形態道袍下「沉重的肉身」。這是對宏大的「繼續革命」意識形態話語的強力解構，更是對領袖神話與個人迷信的成功顛覆。

　　當然，「文革」作為一場全民族的政治運動，不只是發動者的事情。實際上，所有追隨者、參與者、投機者在作品的心理分析下無不顯露出各自面目不同而實質一致的權力欲望。陰冷的林彪、張狂的江青、愚妄的葉群、狡詐的張春橋、粗鄙的王洪文等等，這些「文革」時期的風雲人物無不從各自的權力、利益乃至情欲出發，在堂皇的「繼續革命」幌子下盡顯野心、伎倆和陰謀

10　（德）格・畢希納：《丹東之死》第 92 頁，傅惟慈譯，人民文學出版社，1986 年。

詭計，無不以攀上權力結構的金字塔上層而吹捧、勾結、明爭暗鬥。在這裏，歷史真正走進了人們的生活，大事件大人物全然是溶解於其中。《芙蓉國》從人的具體性出發，解剖他們政治行為背後的心理、情緒、欲望、潛意識動機和歷史起落的人為性、偶然性、複雜性，剝離掉被歷史煙幕覆蓋、被時代氛圍神化了的巨人、偉人、強人、奸人等形象屏障，還原他們作為有血有肉、有七情六欲的正常人的心理和生活邏輯。正如作品所說：「每個人都處在歷史潮流中，可能信仰這個或那個主義。每個人又都是飲食男女，有著再庸俗及瑣碎不過的欲念與活動。每個人又都在裝模作樣和赤身裸體地折騰。」欲望尤其是對權力的欲望是作者詮釋「文革」歷史奧秘的關鍵字。

　　應該說，對「文革」期間上層領導集團內的權力鬥爭的揭示，是作者對這段離我們不遠的歷史進行的大膽探險，顯示了難得的勇氣和膽識。不過，把所有歷史人物進行等量齊觀，一味地放進人性的大熔爐裏冶煉，看似客觀、公正，卻忽視了對歷史是非和人性美醜的判別。其實，同樣是掌握權力，但在不同的政治意圖和政治實踐中，是非、正邪顯然應當有所區分。權力失敗者並非天然佔有道德上的優勢，正如權力掌控者也並非必然是道德卑下者。這段歷史的複雜性也正在於此。

三、從權力漩渦到思想「異端」：紅衛兵思想者的心路歷程

　　作為一場特殊的政治鬥爭，「文革」初期的主要角色是上層領導和廣大青年學生，這樣兩個群體的配合與利用，掀起了衝擊所謂「官僚體制」又波及全體國民的「革命」狂瀾，所以試圖反

映「文革」全貌的《芙蓉國》一方面正面講述上層權力鬥爭，另一方面，又以一群紅衛兵人物為主要虛構角色，以他們的情感、經歷、命運的變化來帶出「文革」十年的起落變化軌跡，並帶出「文革」社會生活的方方面面。

如果說前文所述的紅衛兵形象往往是傳達某一種價值觀和主體姿態（理想主義、英雄主義、犧牲品，人道主義、懺悔者）的載體，那麼，《芙蓉國》講述的則是形形色色的紅衛兵形象，這裏有懷著個人英雄主義的心理動機投身「文革」的盧小龍，有虔誠相信革命而最終成為犧牲品的黃海、田小黎，有野心勃勃而毫無原則、殘暴嗜血的政治打手馬勝利，也有依附邪惡而自我保護的懦弱者李黛玉，還有被「文革」大潮席捲吸引而終於對大起大落的權力鬥爭格格不入的觀望者沈麗，等等。至於「文革」策源地的北清大學造反派頭頭呼昌盛、武克勤等更是政治狂潮製造出的權力與欲望的狂人，作品著力揭示了他們在「文革」政治話語背後隱藏的個人私欲、心理扭曲乃至人格病態。

「文革」打亂了一切固有的秩序和穩定，也攪動了一切受壓抑、非理性的欲望、意念和潛意識，各種隱秘、潛在的心理、情結、下意識在一個高度亢奮而瞬息萬變、翻手為雲覆手為雨的權力組合與變化中變得膨脹而放肆，「文革」也為人的多種欲望提供了一個非常態的滿足釋放的契機。所以，大雜院出身的大學生馬勝利出於對知識份子、幹部出身同學的嫉妒與仇恨，對美麗而柔弱的「資產階級小姐」的征服的渴望，他擁護「文革」，不遺餘力地充當造反派組織的嘍囉和打手；政工幹部武克勤因丈夫早衰而帶來的性壓抑，因學識粗疏而在「反動學術權威」面前缺少權威感，所以，「文革」初起，她第一個跳出來，成為第一代造

反派領導；包括那個長相矮小而醜陋的女中學生朱立紅出於一種
由自卑反彈出的亢奮，在紅衛兵運動中格外賣力，以把黑五類子
女特別是漂亮的女生踩在腳下為快，等等，這些帶著各自身心缺
陷和欲望壓抑的人物在攪亂正常秩序的「文革」動盪中都格外地
亢奮而活躍，都帶上自己的隱秘動機和無意識能量匯入了這場
「革命」洪流。作品在這樣的情節與人物塑造中表明，和一些上
層政治人物從各自的權力和利益出發、在這個權力再分配的機會
中覬覦或膨脹著個人的欲望與野心一樣，其他各個階層的參與
者、活躍者，更是在各自或隱或顯的欲望的支配、膨脹中爭奪撕
咬著。所以，當年那個「就是好」的「文革」其實是人性陰暗的
大暴露和非理性的大爆發，「自私、恐懼、怯懦、自卑、狂妄、
殘忍、狠毒、猥瑣、專制、見風使舵，還有人性深處對權力的敬
畏、崇拜與恐懼，還有性方面的各種各樣變態的東西。中國傳統
文化在人身上的積澱。『文革』不是一個人造出來的，從心理上
說，是民族內在心理結構壓抑著的力量的總爆發。」[11]

　　正是從人的內在心理真實出發，《芙蓉國》塑造了不同於以
往的紅衛兵主人公盧小龍形象。這是一個在「文革」初期中一舉
成名而最終又被政治拋棄的紅衛兵領袖形象，是革命意識形態塑
造出來的個人英雄主義追求者。大字報、大辯論的革命狂潮激發
了這個幹部家庭出身的大學生的表現衝動，在反工作組的學生運
動中他脫穎而出，成為被上層賞識的紅衛兵學生領袖，這慫恿和
鼓勵了他在不斷變動的政治風雲中進一步鋌而走險。標新立異的
政治舉動不僅使他獲得政治榮譽、迅速成名，還使他獲得異性的

---

[11] 老愚：《柯雲路為什麼隱姓埋名？》，http://book.sina.com.cn/longbook。

注目和青睞，對心目中的美麗姑娘沈麗的愛情又激發了他的政治
參與的激情和勇氣，政治和愛情成為他人生輝煌的兩翼，但在變
幻莫測的政治運動中，他很快就受到冷落乃至拋棄，他下農村、
進監獄、搞社會調查、當建築工人，等等，盧小龍經歷了漫長的
追求、幻滅、痛苦、求索和覺醒、成熟的人生和心理歷程。

　　當盧小龍作為一個學生造反派領袖被上層政治權力拋棄後，
個人英雄主義促使他不是像一般學生或狂熱或無奈或盲目地去
「上山下鄉接受貧下中農再教育」，而是主動集結和帶領一批青
年學生到農村去，以科學、文化和實幹精神獲得了農民的尊重和
信任。因參加過北京紅衛兵組織的一次反林彪聚會而被打成反革
命分子遭到囚禁和毒打而逃出後，他不是為個人的得失而思慮，
而是用兩年多的時間，在躲避通緝的流浪式的農村生活中，作了
大量具體詳細的社會調查，從而滿懷社會責任感地撰寫出那篇給
他及家人帶來災難的長篇調查報告，直至後在鐵路局建築工地上
成為一個有組織能力又有實幹精神的青年工人。在這個人物身
上，體現了紅衛兵一代人的種種複雜性和成長的過程：真誠的熱
情和時代氛圍的攪動，政治參與的表層動機和獲取權力、滿足自
尊、吸引異性等潛在心理，對領袖的崇拜與個人自我表現的欲
望，前期盲目的革命行動與後期對社會現實深入瞭解後的清醒與
社會責任感……作品對這個紅衛兵造反派領袖的形象塑造顯示了
政治的嚴酷與人性的豐富，在複雜歷史的再現中更突出地展示了
人物的心理、欲望、情感、理性等多層次精神世界，可以說是個
立體的、豐滿的人物形象。

　　同時，作品對盧小龍形象的塑造剝去了純粹英雄主義和理想
主義的話語煙幕，也避開了懺悔、批判、揭露的立場，而是力圖

在還原歷史過程本身的方向上揭示這一群體的總體脈絡、歷史必然性、自身的人性弱點，以合乎人性和心理的內在邏輯透視出紅衛兵運動的歷史角色、個人動機、以及分化、變異直至走向真正的異端思想——對政治體制的反思、對領袖人物的獨立判斷的全部歷史過程與心理過程。而且，以盧小龍為主人公進行「文革」歷史解剖也體現了作者在歷史污穢中看到了另一種社會進步和歷史轉向的可能性，因而沒有陷入權力鬥爭籠罩一切的歷史虛無主義陷阱。

四、底層社會的權力爭奪與「文革」的歷史基因

　　如果說柯雲路在《芙蓉國》中正面講述了「文革」高層領導人的權力鬥爭，那麼，他在另一部「文革」題材小說《黑山堡綱鑒》中，則展示了「文革」政治背景下底層社會的權力爭奪與更迭。

　　《黑山堡綱鑒》在結構形式上別出心裁，借鑒了中國史書中綱目類樣式，以「綱」、「目」和「批註」三個層次（「綱」為梗概，「目」為詳細內容，「批註」則是對人物的分析與歷史資料的引述）來構築起「黑山堡王國」的興衰歷史，把現實的權力爭奪和古代帝王的統治術進行比照，以歷史分析與現實再現的雙重結構揭示了「文革」政治鬥爭與中國封建歷史文化的淵源關係。

　　如前所述，80 年代一批農村題材反思「文革」的作品如《芙蓉鎮》、《許茂和他的女兒們》等都是以普通百姓和政治受害者為主人公和道德出發點，一方面控訴「文革」極左政治路線對普通百姓的傷害，另一方面，把具體罪責歸於少數「文革」得益

者、造反起家的投機者，造反派人物往往作為「四人幫」的爪牙和道德邪惡卑下者。《黑山堡綱鑒》則從敘事角度和政治思考兩方面完全走出了這個模式，以鄉村造反派頭目、「文革」得益者劉廣龍為中心角色來進行「文革」敘事。整個作品就是記述這個新生政權的頭領在十年統治中的翻手為雲覆手為雨式的權力行為。

劉廣龍在「文革」初期造反起家，把老領導趙明山作為走資派打倒後，從一個普通農民一躍而成新生政權的第一把手——大隊革委會主任，並很快吞併了東山、西山兩個大隊，組成「黑山堡王國」。這個窮山溝裏生長出的土皇帝並非草包司令，也並非80年代作品中所塑造的造反派角色那樣要麼張牙舞爪、不學無術，要麼相貌醜陋、道德敗壞，相反，劉廣龍是個山溝裏的「秀才政治家」。他念過高中，種過地，還在縣裏當過幾天通訊員。他既懂得一般百姓的需求、習慣、心理，又具備他們沒有的文化、才幹和野心，所以在「造反有理，革命無罪」的政治背景下，他迅速崛起了。他不僅奪權有力，而且掌權有方。深通權力之道的他，一方面大搞唯一中心論、權力一元化，早點名，晚總結，牢牢樹立個人的絕對權威；另一方面，他又從古代史書典籍中研究、借鑒歷代帝王駕馭權力、統治民眾的方略手段，利用身邊一些追隨者的權力欲望，通過權力的賞與罰、放與收，搞封權、分權、制約、平衡等權力制禦術，而處於權力中心的劉廣龍則充分享受著權力帶來的滿足和快感。正如鄧尼斯·朗所說：「謀求權力通常更多地作為獲得其他滿足，諸如財富、性滿足、聲譽以及一般地說大量可貴經驗的手段。控制他人的絕對權力，正如我們看到的，的確是獲得幾乎一切欲望對象的普遍有效手

段。」[12]的確，劉廣龍因為控制了權力而獲得財富（他的物質生活顯然比一般百姓富裕得多，饑荒時期他和其他幹部依然有糧有肉）、性滿足（他不斷把年輕漂亮的女人找到他的單獨的辦公室「個別談話」）、聲譽（黑山堡最高統治者的權威和地位）等一切欲望對象。這也就是權力被維護與爭奪的奧秘。

　　同時，權力的掌控在黑山堡王國（正如在文革時期的整個中國社會）又並非一成不變，而權力的快感也正來自不斷的變換與爭奪。所以作品中有這樣一段話：「在研究黑山堡歷史時，我們沒有發現誰是真理的化身，就像我們沒有發現誰是罪惡的化身一樣。黑山堡的歷史就是黑山堡這個大山環抱的王國內上萬人共同做的一場昏頭昏腦的遊戲。遊戲爭奪的目標似乎只是一樣東西：權力。」可以說，在劉廣龍統治時期，凡是權力所波及的人物，沒有一個不蠢蠢欲動，又無一例外地沒有好下場。比如知青頭領張力平，帶領著一百六七十名大中學生從大城市來到黑山堡插隊落戶，一方面懷著建設新世界的衝動，另一方面也模仿劉廣龍建立起知青王國，搞早集合，晚學習，由他來發表宏圖大略、統一思想，要「按照張力平的構思，這一百六七十人的隊伍紮下根去，就像一百多棵樹一樣，抓住了很廣大的一片土地。」他在劉廣龍搞「武死攻文死諫」的運動（劉廣龍式的小型文革）中，通過大字報、大批判的形式，搞垮了西山、東山的權力中心，並企圖一鼓作氣，直搗劉廣龍政權，但很快被後者一網打盡，張力平為首的知青大部分被作為新的牛鬼蛇神、反革命集團受到批鬥、

12　（美）鄧尼斯‧朗：《權力論》第 279 頁，陸震綸等譯，中國社會科學出版社，2001 年。

管制、勞改。又比如下鄉幹部頭領魯峰，在旱災時期擔任休養生息總指揮時，放手搞生產，頗見成效，也在無形中逐漸發展自己的權力，結果被劉廣龍利用批孔孟的時機把他批倒、整跨。還有劉廣龍政權的得力幹將羅元慶在旱災後全面執掌大權、又利用上級不滿劉廣龍的時機發動「政變」自立為「王」、分封權力，而後劉廣龍反戈一擊、奪回權力。在這些權力鬥爭中失敗者無一例外地都被打成反革命或反革命集團：羅元慶自殺，馮二苟發瘋淹死在水渠裏，魯峰被打成癱子也很快死了。小小的黑山堡王國就這樣不斷上演著你方唱罷我登場的殘酷廝殺的政治鬧劇，而所有鬧劇背後都是由領袖劉廣龍調度和主宰著。所以，作品中有這樣一段話：「在研究黑山堡歷史時，我們沒有發現誰是真理的化身，就像我們沒有發現誰是罪惡的化身一樣。黑山堡的歷史就是黑山堡這個大山環抱的王國內上萬人共同做的一場昏頭昏腦的遊戲。遊戲爭奪的目標似乎只是一樣東西：權力。」這顯然具有隱喻意義，表達了作者對整個「文革」歷史的全新理解。

　　當然，劉廣龍的統治沒能持久，「紅彤彤的世界」也很快瓦解。這個高度一體化的權力和資源控制體系以及不顧環境和條件的濫砍濫伐、造田開荒、改天換地運動，在隨後的自然災害面前變得顯得極為野蠻、荒唐而且脆弱。乾旱、饑荒帶來許多百姓的死亡，劉廣龍為了維護自己的政權形象而強行阻止逃荒、乞討更使百姓強烈義憤。因為山上的樹都被砍掉，殘存的樹根也被挖掉，保存兩千多年的留孟槐被連根挖掉、燒毀，所以連續暴雨很快造成山洪爆發，群眾冒雨靜坐請願示威，要求讓生產經驗豐富的禹永富官復原職、領導大隊抗澇秋收，又被劉廣龍以民兵的槍桿高壓和廣播的精神分化清洗鎮壓下去，結果人怒天怨，爆

發山洪、地震、山體滑坡、泥石流,黑山堡遭到滅頂之災,全部滅亡。

　　作品一開始就交待了這個黑山堡有著悠久的歷史,黃帝床、始皇石、留孟槐等先賢聖人留下的足跡和傳統,表明這個山溝世界並非蠻荒野民,它實際上是我們這個有著幾千年封建歷史的古老民族的一個縮影。這裏發生的一切既是文革政治背景下中國鄉村社會的一部分,又延續著自古以來帝王統治民眾的傳統智慧。所以,作品中的紀年方式也是歷代帝王的傳統如廣龍元年、廣龍二年、廣龍三年……作者說他在創作中「始終感覺在穿透什麼」[13],「整個故事是一個符號,它象徵著什麼,說明著什麼」[14],並以他的文化思考「中國封建文化二十四本位及其他」作為背景資料。顯然,作者想要穿透的就是中國封建文化的根脈與餘緒,發掘在黑山堡王國的興衰起落中封建專制和權力掌控的秘密要訣,以古代史書典籍中記載的商鞅的嚴刑峻法、鄭莊公的老謀深算、孔子的治民思想、孫子的練兵之術等作為劉廣龍統治黑山堡王國的法寶,揭示出這個獨裁鐵碗人物橫行大山十年並使之毀滅的根本實質就是封建帝王意識和制禦權力之術。他玩弄權力和玩弄女人無不以帝王治理天下為範本,小小的黑山堡是一個地地道道的封建王國,這個王國得以建立和維持是「文革」這個特殊的政治背景;同時,劉廣龍在黑山堡搞的「軍事化＋廣播化＋自給自足＝紅彤彤的世界」的政權模式,表明以高度組織化的社會形式、單一的意識形態話語灌輸和封閉的農業經濟形式

13　《黑山堡綱鑒》第 305 頁,花城出版社,2000 年。
14　同上,371 頁。

來實現所謂純而又純的社會主義的「文革」政治思維的虛妄。至此，作者完成了從基層權力爭奪和封建歷史文化淵源的角度闡釋「文革」的又一藝術表達，與《芙蓉國》相互呼應，相互補充。因此，我們自然會產生這樣的感歎：「文革進行了兩千年！」[15]

與《黑山堡綱鑒》相似，90 年代另一部以「文革」為背景的長篇小說《一朝縣令》（南台）中的水泉縣可以說是黑山堡王國的另一個版本，只不過作品的中心故事是代理書記曹兀龍及一批權力追逐者的「官場現形記」，他們圍繞著縣委書記這個職位和常委班子人選的問題展開明爭暗鬥、拉幫結派、蠅營狗苟，利用「文革」政治的上層風向轉變及時排除異己、搶奪權力，結果是一場黃粱夢。那個放羊長大的代理縣長同樣是個揮舞權力鞭子的獨裁者。其他如王蒙的《狂歡的季節》也反覆揭示了「文革」中的權力動機和爭奪醜劇。

如前所述，70、80 年代大量的「文革」敘事作品在講述一個個政治受害者的悲劇命運和情感創傷的同時，往往把罪責指向林彪、「四人幫」或其他投機者、少數壞人、極左路線等等，並且以上層與下層的脫節隔絕來解釋民間苦難的根源，自然地呼應了撥亂反正的新意識形態話語。世紀之交出現的《芙蓉國》、《黑山堡綱鑒》以及《一朝縣令》等重新敘述「文革」的長篇作品，顯然構成了對以往這些歷史理解和闡釋模式的揭蔽，它們展示的權力在不同層次上的「變奏」試圖表明：上層權力鬥爭是「文革」的根本原因，下層的利益、欲望、野心則是「文革」帶來普

---

[15] 馮驥才在紀實性「文革」敘事作品《一百個人的十年》有一篇題為《「文革」進行了兩千年》，它以一個人的「文革」前後經歷的自述表達了對借革命之名達到個人權力與利益的歷史怪圈。

遍禍害的基礎與土壤。同時，「文革」也決不僅僅是極左政治路
線的問題，不是社會主義政治的方向偏離與偶然失誤，而是父本
位、官本位的封建文化作為民族集體無意識的演繹，幾千年封建
文化和歷史是其基礎和土壤。

　　巴爾扎克在《人間喜劇》前言中聲稱，自己僅是法國歷史的
書記，因為那時的文學觀認為，歷史是作家所能達到的至高境
界，「真實地再現了歷史」是對一個作家和作品的最高讚譽。
《芙蓉國》、《黑山堡綱鑒》等建立在歷史資料和人性理解的基
礎上，試圖展示宏大歷史過程、追求歷史真相的意圖以及看似客
觀寫實和心理分析的手法等，似乎又讓我們重新想到這些文學觀
念和評價體系。但新歷史主義認為，「歷史是解釋的而不是發
現的結果，歷史研究者永遠只能構設歷史，而不可能復原歷
史」[16]。那麼，歷史題材小說則更是一種歷史敘事，敘事就意味
著歷史帶上了作者的想像、虛構包括對歷史人物和事件的價值判
斷。所以，儘管《芙蓉國》等從創作意圖和表現手段都力圖以真
實再現歷史為旨歸，然而，事實上，「敘事話語並不是還原歷史
的工具，敘事話語中的種種修辭無不打上作家個人歷史判斷的印
記。」[17]揭示權力意志以及其他非理性因素在「文革」政治中的
主導作用，並把這種權力操作和古代帝王統治術相比附，當然不
失一種對「文革」歷史奧秘的新發現和新解讀，它比那種簡單歸
罪少數人和單純批判極左路線式的「文革」敘事要憂憤深廣，但
在這樣的講述中，把包含著政治、經濟、歷史、文化、心理等多

16　徐賁：《走向後現代與後殖民》第 47 頁，北京：中國社會科學出版社，
　　1996 年。
17　南帆：《文學的緯度》第 240 頁，上海三聯出版社，1998 年。

種因素的「文革」運動過程和社會生活事件以及集常人的欲望好惡和傑出人物的思想意志為一體的領袖人物都作為權力爭鬥和非理性支配的產物，也顯然出現了另一種偏頗和簡單化。把權力意志和權力鬥爭強調到一個不適當的位置，視為支配歷史運行的主要因素，這也是 90 年代以後的政治文化語境的產物。傳統意識形態和宏大歷史觀念被普遍懷疑和解構，歷史的必然性、規律性等被偶然性、人為性所代替。可以說，權力欲望作為人們想像歷史的核心詞不僅是對「文革」而且普適於所有的歷史對象，成為這個時代知識份子解讀歷史的主要和共同符碼。雖然，柯雲路試圖以經典現實主義的手法揭示「文革」政治的歷史過程和人性真相，體現了 90 年代以後越來越衰落的歷史本質主義的精英姿態，但他還是不自覺地陷入了這個時代的欲望話語模式中。

第二節　「告別革命」和性話語狂歡

「革命」作為二十世紀中華民族圖強奮進和政治選擇過程的主題詞，長期以來已經與進步、發展、理想、美好等一起成為正面價值的代名詞，激勵過一代又一代政治家、知識份子以及廣大普通民眾為之前仆後繼，不惜犧牲青春、熱血直至生命。然而，經過了「文化大革命」這個號稱「繼續革命」和「永遠革命」的十年，「革命」的光環遭遇了空前的幻滅。撥亂反正時期把「文革」解釋成革命走入誤區、歧路，是對革命的偏離和歪曲，即在延續革命的天然合理與正當的邏輯前提下反思和批判「文革」。

90 年代以後，隨著市場經濟的全面到來，隨著對一個世紀以來中國社會歷程和現代化道路的重新回顧和思考，知識界越來越多地產生了對一切激進主義、浪漫主義、空想主義和「革命」的反思、質疑。改革、漸進、經驗、理性則相應地受到推崇與肯定。所以，在重新審視二十世紀中國所走過的道路和所作的政治選擇中，出現了對激進的法俄革命傳統的檢討、對漸進的英美革命傳統的重視，以及對胡適、顧准等改良主義、經驗主義思想者的重新發掘，其中李澤厚的《告別革命》是 90 年代以來自由主義思潮的醒目標誌。他認為：我國二十世紀就是革命和政治壓倒一切、排斥一切、滲透一切甚至主宰一切的世紀。二十世紀的革命方式給中國帶來了很深的災難。革命，常常是一股情感激流，缺少各種理性準備，「激情有餘，理性不足」。他表示：我不太相信上層建築革命、意識形態、文化批判這套東西能使中國問題得到解決。要改良，要進化，不要革命；為了十二億人要吃飯，不論是何種名義，都不能再「革」了。[18]應該說，這種脫離歷史的具體性而否定一切革命的看法不無偏頗之處，但它卻代表了 90 年代以來相當一部分知識份子的思想傾向，它們是對市場經濟發展的社會需求和「文革」災難性後果雙重思考的產物。

　　對「革命拜物教」的否定，「告別革命」、解構「革命」的合法性、神聖性是 90 年代以後思想界的一個全新信息。與此同

---

[18] 李澤厚、劉再複：《告別革命──回望二十世紀中國》第 66 頁，香港：天地圖書有限公司，1997 年。作者在序言對「革命」作了一個注解：「我們所說的革命，是指以群眾暴力等激烈方式推翻現有制度和現有權威的激烈行動（不包括反對侵略的所謂「民族革命」）。」

時，一批重新講述「文革」歷史的小說作品也以全新的面貌呼應和構成了這個時代特有的政治文化理念。

一、戲謔與拆解：王小波的「革命」敘事

借用日本學者丸山真男關於「大政治」與「日常政治」的概念區分[19]，王小波的「文革」敘事顯然屬於「日常政治」，即在「文革」特有的全面政治化的社會背景下小人物的日常生活故事，它們集中於《黃金時代》、《似水流年》、《革命時期的愛情》等作品，雖然其中所涉及的關於「文革」的素材非常豐富：革命大批判、知識份子受迫害、紅衛兵武鬥、知青下放、進工廠等等，但所有這些「文革」事件都不是作為「大政治」被正面呈現，而是統統由一個帶有叛逆氣質、頑劣逍遙的少年（或青年）王二講述出來的、「文革」政治背景下的日常生活故事。這個王二是不同身份的同名人物，但精神氣質是一致的。少年王二常常惡作劇、打群架、逃學、交女朋友；在雲南當知青的王二與女醫生陳清揚「搞破鞋」被批鬥；在街道小廠當工人的王二因打傷別人受到「幫教」，等等。選擇這樣一個人物來講述「革命」時代即「文革」時代的故事，就自然而然地給講述對象定下了一個戲謔與喜劇的特殊基調。

對「文革」時代特有的荒誕不經的事件的講述，早已出現了大量的優秀文本，而王小波的獨特性在於他既不作啟蒙主義的暴

---

[19] 孫歌：《文學的位置——丸山真男的兩難之境》，《學術思想評論》第 3 輯，遼寧人民出版社，1998 年。

露性批判，也不是道德主義的憎惡乃至客觀性的分析，而是通過王二的既玩世不恭又不失智慧與人性的講述中，對所謂「革命」邏輯和價值觀的悖謬進行了延伸與放大，使其中貫穿的意識形態凸現出荒謬與滑稽。

比如「革命時代」的受虐狂心理就是王小波反覆戲謔與嘲弄的對象。《革命時期的愛情》中，謝惠敏式的革命青年（團支書）X海鷹與「幫教」對象王二的「愛情」就打上了「革命」的怪誕烙印。從小就看慣了革命電影的X海鷹，看到革命戰士被敵人捆起來嚴刑拷打，她就叫鄰居小男孩把她捆在樹上，扮演受虐的英雄，秘密工作、拷打、虐殺使她魂牽夢繞。所以，當她和「落後」青年王二發生性愛關係時，也是非常奇特的：X海鷹讓王二把自己綁在棕繃床上，把對方想像成日本鬼子，作出很堅強的樣子，口中還念念有詞：「你來吧，壞蛋！壞蛋，你來吧！」性愛偷歡時的心理體驗居然和革命者受難時的堅貞不屈形象相互疊映，因而原本不符合「革命」青年道德規範的行為在這樣的轉換中就具有了合法性乃至崇高色彩，與王二的性愛也因具有了「革命」的形式讓她著迷，福柯式的性倒錯話語與革命的怪誕思維奇妙地結合在一起。「革命」邏輯對日常道德和心理的扭曲形態，使得「革命」的道德符號下露出畸形變態的受虐狂心理。

在圍繞「文革」政治對身體的控制與逃逸、審訊與供認、窺視與暴露的想像中，王小波又以性的赤裸與率真展示並瓦解了嚴正而荒謬的革命道德邏輯，充滿了對一本正經的「革命」話語的肆意戲謔和嘲弄。這在《黃金時代》裏表現得最為突出。知青王二無法證明年輕漂亮的女醫生陳清揚不是破鞋，就索性讓她做個真正的破鞋，因為「實際上我什麼都不能證明，除了那些不需證

明的東西。」在那個無理可講的年代，他選擇了遊戲和逍遙。結果他以二十一歲尚未瞭解女人為理由，說動對方為了「偉大的友誼」而幫助王二完成男人的使命。這種「跳出手掌心」式的心理和行為方式，是對那種無理的道德控制的嘲弄和逃逸，對個體權力的自我掌控和維護。富有諷刺意味的是，作為「反革命淫亂分子」，王、陳二人卻享受專業作家般的待遇，吃住在招待所裏，一遍又一遍寫性「作案」交代材料，而政治權威化身的軍代表、團領導則在反覆閱讀他們的材料中獲得觀淫和窺視的滿足，這種「生涯」最終又以陳清揚在交代中承認愛上了王二而被中止，性被觀賞而愛情卻被視為真正的罪惡。這不僅暴露了這些「革命者」的醜陋而虛偽的靈魂，也使前面的審訊、定罪的正義性轟然倒塌。

至於王陳二人把被批鬥叫做「出鬥爭差」，在批鬥會上和大家一起振臂高呼：「打倒王二！打倒陳清揚！」每次「出鬥爭差」之後總要以性狂歡來娛樂和補償，「革命」群眾以鬥破鞋（政治儀式）來取樂（性）的景觀，等等，更是對「革命」正當性的戲謔與拆解，鬥與被鬥、看與被看的「和諧」和相互需求使悲劇轉變成喜劇，讓一切「革命」道統難以作偽；而被鬥的「破鞋」也很愉快，因為她就像登臺演戲的演員般被觀賞，更何況她意識到自己是當地被鬥過的破鞋裏「最漂亮的一個」。蔑視和壓抑性的道統在性話語的肆意狂歡中被盡情褻瀆和嘲弄，暴露出那個神化時代的道德尷尬，肯定了個體生命的自由和價值。

這種施虐與受虐奇妙配合的喜劇在《似水流年》中更為突出：造反派把李先生剃成大禿瓢，在他的頭上舉行打大包的比賽。他們不是賽誰打的包大，而是賽誰打出的圓。被打者李先生

則「伸著脖子，皺著眉，臉上的表情半似哭，半似笑，半閉著眼睛，就如老僧入定。好幾個人上去試過，他都渾然不覺。直到那位曾令他龜頭血腫的鳳師傅出場，他才睜開眼睛。只見鳳師傅屈右手中指如鳳眼狀，照他的禿頭上就鑿，剎剎剎，若干又圓又亮的疙瘩應聲而起。李先生不禁朗聲讚道：還是這個拳厲害！」而對於施虐者鳳師傅，王二則嘲諷地議論到：「鬧了一回紅衛兵，他幹這點壞事，不算多。鬧納粹時，德國人殺得猶太人幾乎滅了種。要照這麼算，鳳師傅只打屁股，還該得顆人道主義的獎章。」與正面控訴的文字相比，這種強烈的反諷與喜劇性的歸謬，以表面輕鬆的黑色幽默手法將「文革」的殘酷與野蠻揭示得淋漓盡致，在戲謔與嬉笑中摧毀了「文革」的「革命」謊言，暴露出其荒謬絕倫、虐殺人性的面目。

在王小波的「文革」題材作品中，「革命」一詞的使用頻率極高。在他的文學詞典裏，「革命」的意思就是怪誕、荒唐、神奇、魔法，是一切非理性的代名詞。比如關於豆腐廠工人王二莫名其妙地被懷疑、捉拿、「幫教」，王二解說到：「當時是革命時期。革命的意思就是說，有些人莫名其妙地就成了犧牲品，正如王母娘娘從天上倒馬桶，指不定會倒到誰頭上；又如彩票開彩，指不定誰會中到。」王二看到紅衛兵武鬥中時常出現的死人場景，想到「在革命時期裏殺掉了對方一個人，就如在工商社會裏賺到了十幾塊錢一樣高興。在革命時期自己失掉了一個人，就如損失了十幾塊錢，有點傷心。」知青王二回憶當年書生氣十足的李先生從海外回國、滿懷熱情參與「文革」，結果在幹校看守大糞遭到當地農民的毒打，玩世不恭如王二對此也不禁義憤填膺：「堂堂一個 doctor，居然會為了爭東西和人打起來，而這些

東西居然是屎，shit！回到大陸，保衛東，保衛西，最後保衛大糞。如果這不是做夢，那我一定是屎殼郎轉世了！」，這不僅是對人物單純、天真地追求「革命」的極大嘲弄，更是對「文革」時期的荒誕現實的尖銳諷刺。其他如「革命時期中大彩的人可能都是電流下的蜻蜓」，「我像一切生在革命時期的人一樣，有一半是虐待狂，還有一半是受虐狂，全看碰見的是誰」等等，還有從加西亞・馬爾克斯的《霍亂時期的愛情》聯想到「革命時期的愛情」、「革命時期的發明」、「革命時期的痔瘡」等大量詞語換用，對以往價值標準中神聖、嚴肅的「革命」話語給予了盡情的揶揄、戲謔與反諷。

其實，在這些看似戲謔和遊戲的「文革」故事中，王小波並沒有滑進歷史和道德虛無主義的泥潭，而深蘊著嚴肅的社會思考。作品依據的是理性與非理性、專制與自由、真理與謊言等二元對立的思維方式，映照出「文革」意識形態的專制、荒謬、虛妄。同時，王小波的意義更突出地在於他站在了一個新的歷史和道德的基點上，對「文革」歷史的講述走出了悲劇式的慣常路子，為這一荒謬、怪誕的歷史找到了新的敘事形式，這就是一反是非分明的道德與政治言說，而是把荒誕無理的現象進一步放大、變形，以喜劇歸謬的方式凸現「文革」歷史的怪誕與荒謬，從其內部邏輯上進行延伸進而達到解構的效果。

與解構相適應的，是王小波的那種被稱之為狂歡化的文體形式：以糞、尿、屁、屁股、生殖器、痔瘡等大量不登大雅之堂的意象，以惡作劇、逃學、打架、性行為等被傳統意識形態和價值觀念斥之為落後、反動的故事情節，加上人物的玩世不恭、語言行為的荒唐滑稽等構成一幅與那個神話時代完全背離的圖景，以

喜劇和狂歡的小說風格，給那個荒誕的時代找到恰當的、相適應的文體形式，「把原有的人們愚昧地奉為圭臬的東西發配至下水道，令其速朽」[20]，完成了對「革命」的一切嚴肅、神聖性的無情解構和嘲弄。有趣的是，王小波在對「文革」的非理性事實的戲謔式講述中卻慣常使用嚴格的邏輯推理文字（理性），從而與那個毫無理性和正常邏輯的年代構成有趣的反差。第三人稱與第一人稱的交錯使用，也使得文體顯得隨意輕鬆，活潑有趣。

　　同時，王小波的「文革」敘事還時時潛藏著對 80 年代「文革」題材作品的嘲弄，正如有評論家所指出的：他「跳出了其同代人的文化怪圈，似乎他一勞永逸地掙脫了同代人的文化、革命與精英情結，從而贏得了絕大而純正的精神自由……他正是在拒絕遺忘的同時，拒絕簡單的清算與宣判。他凝視著那段歲月，同時試圖穿透歲月與歷史的霧障。」[21]我們看到，王小波講述的「文革」故事不是對「文革」歷史之謎的解答，而是對「文革」邏輯的戲謔與解構，同時也是對以往「文革」敘事模式的反叛。如《革命時期的愛情》中，當大學教師的王二父親挨整後主動申請入黨和懺悔改造，《似水流年》裏李先生因受難而得到線條的愛情等等情節是對張賢亮作品的戲仿，但在這裏人物不是被正面肯定，而是作為受虐狂人格心理典型，受到嘲弄和反諷。對於 80 年代以理想主義標榜的紅衛兵敘事，在頑童王二的講述中，則化為一場技術含量低下的遊戲：「從六七年春天開始，我長大的校

20　崔衛平：《狂歡 詛咒 再生》，《積極生活》第 94 頁，北京：中國人民大學出版社，2003 年。
21　戴錦華：《智者戲謔──閱讀王小波》，《當代作家評論》，1998 年第 2 期。

園裏有好多大喇叭在哇哇地叫喚，所有的人都在互相攻擊，爭執不休，動口不動手，挺沒勁的。但是過了不久，他們就掐起來了。對於非北京出生的讀者必須稍加解釋：蛐蛐鬥架謂之掐。始而摩翅做聲，進而摩鬚挑釁，最後咬作一團，他們掐了起來，從揮舞拳頭開始一個文明史。」所謂理想主義、英雄主義在這樣的敘事話語中遭到毀滅性解構。

二、「革命狂人」的鬧劇：解讀《堅硬如水》

在王小波的「文革」敘事中，「革命」與性、政治與身體是對立的，後者往往構成對前者的嘲弄與解構，而在閻連科的《堅硬如水》中，「革命」與性卻是一而二、二而一的東西，整個作品既是主人公的革命史，又是他們的情欲史。

《堅硬如水》從敘事視角上看類似於《黑山堡綱鑒》，也是一個鄉村造反派奪權發跡的故事，但作品的意蘊有很大不同。作品以鄉村造反派起家的高愛軍在被槍決前的回憶形式講述了一對「革命狂人」的發跡和毀滅的過程：在革命話語鋪天蓋地、奪權風潮席捲全國的政治背景下，北國山區的程崗鎮上兩個革命造反派人物高愛軍和夏紅梅也應運而生了。「革命」在這對青年男女身上催生了狂魔般的神奇力量，既激發出極度膨脹的權力和野心，也喚起了他們狂放不羈、驚天動地的情愛。他們乘「文革」狂飆而上，一路奪權害命，升官發跡，從無名之輩坐到大隊、鎮、縣級權力交椅，還被省裏樹立為「農民革命的急先鋒」，他們也陶醉在偉大的革命家、軍事家、政治家的幻覺中，視程崗鎮為中國北方農村的革命明珠和燈塔，視自己為天才的、罕見的鄉

村革命家，處處以革命領袖的著作、語錄、詩詞來賦予自己不擇手段的權力追逐以革命的光環。

　　奇特的是，「革命」在這對青年男女身上不僅不是禁欲的枷鎖，反而是催情的「春藥」：一心革命奪權的高愛軍對夏紅梅的狂熱情欲不僅因為她的美貌，更因為她也同樣患有「革命狂魔症」；夏紅梅則因崇拜革命而崇拜程崗鎮「革命者」高愛軍。所以高愛軍說：「革命讓我著魔了，夏紅梅讓我著魔了。我患的是革命和愛情的雙魔症。」夏紅梅的愛情表白則是：「這輩子我夏紅梅從頭到腳，一根頭髮，一根汗毛都給了你這個革命者，都是你高愛軍的了。」這就是這對「革命狂人」的愛情心理和誓言。更為奇特的是，「革命」不僅是他們滿足權力和情欲的手段，更融化在靈魂和血液裏，如同性本能一樣自然噴發，因而二人的革命熱情和情欲本能是如此的同步而共生：熱烈奔放的革命歌曲是他們的情愛興奮劑、催化劑和伴奏曲，革命文字遊戲是他們情愛花樣翻新的獨特形式，每一次革命的成功都會燃起肉體的火焰，革命與情欲同起同落，相伴相生。和革命的瘋狂一樣，他們的情愛也是變態的高漲，用高愛軍的自白來說：「我們的革命光輝像日光樣灑遍了程崗大隊的田頭地腦，我們卑鄙的精液也流遍了程崗鎮的角角落落。」

　　在這樣的「革命」言說中，革命的嚴肅、聖潔被剝離得赤裸無遺，成了與情欲同質的東西，都不過是人的原始本能的非正常宣洩和釋放，是一切理性、道德、人性的毀滅（高夏二人在革命的名義下幹下了許多滅絕人性的事情：害死高的妻子、夏的丈夫，逼瘋高的岳父、炸死夏的公公等等），從而瓦解和粉碎了「文革」的一切正當、神聖、崇高的意識形態修辭。作品與其說

是「用性欲的狂歡撕碎荒誕化的歷史情境——用更為荒誕、瘋狂的生命力量，對抗非理性的社會革命」[22]，不如說是以荒誕、瘋狂的性欲來隱喻同樣瘋狂、荒誕的「革命」，二者的合謀與同構才是這部作品的獨特意蘊。這也是同樣解構「革命」，閻連科與王小波卻大異其趣的地方。

在文體形式上，《堅硬如水》以造反派人物的自我表白，顯示出人物的一切外在語言與內在思維過程中無處不在的鋪天蓋地的「文革」政治話語，對領袖著作、語錄、詩詞、樣板戲片斷等等大量革命話語的嫁接、戲仿、重複、遊戲，形成革命意識形態話語的一個空前的大展覽、大堆砌和大爆炸，「革命」在這樣的話語極端氾濫和行為極端瘋狂的狀態中化為垃圾與灰燼。

不過，作品在解構革命的主導意圖下顯示了內在邏輯的複雜與矛盾。一方面，在作品的敘事邏輯中，這對「革命狂人」最後也成為「革命」的犧牲品。他們的一切行為都是革命意識形態的產物，每一步行動無不以革命領袖的著作語錄為指南，每一次失敗與挫折都會以領袖的革命論述為支撐，連身體交歡也是由革命的誓言來提供合法性依據。他們不僅因奪權被省裏樹立為先進典型，還因為揭發部分農村幹部搞分田到戶而被提拔到縣級領導。但他們最後的覆滅卻並非因為在「革命」過程中的不擇手段、殺人害命，而是因為他們無意中看到了地委書記的私密照片（江青年輕時的照片）而被囚禁審訊，也就是被更大的野心家殺人滅口了。富有暗示意味的是那個關閉他們的特殊監獄的特殊佈置：兩人站在有鐵釘尖刺的木凳上（他們或站或蹲就是不能坐），四周

---

[22] 陳曉明：《表意的焦慮》第 462 頁，北京：中央編譯出版社，2002 年。

牆壁是偉人們的語錄、論斷，中間地面鋪著毛主席巨幅畫像，通往門口的地面擺滿毛主席石膏像，這個「革命」的「八卦陣」如同一個天羅地網，讓這兩個「革命者」無路可逃（一旦踏上地面的畫像，或碰倒了地上的石膏像，或踩住了語錄的哪個字，都是犯大罪）。「革命」孕育、成全了他們，也最終葬送了他們。

另一方面，高愛軍、夏紅梅這對特殊政治環境下孕育出的「革命狂人」的升官發跡、一路凱歌、從窮山溝爬上縣委書記的職位，以及他們在革命名義下的不擇手段、殺人滅口、人性淪喪，當然是對「文革」的「革命」邏輯的強烈諷刺和解構；但同時，兩個「愛情狂魔症」患者卻在「革命」的歷程中譜寫了一曲驚天地、泣鬼神的愛情頌歌：墓穴中的裸體舞蹈、愛情誓言，兩年時間挖通的 550 米「革命的愛情通道」（連通兩人住處的地道），甚至包括在夏紅梅公公面前的性愛報復，似乎具有了震撼人心的力量。而作品情節的安排也有利於對人物愛情合理性的渲染：高愛軍的醜陋而不懂情愛的妻子，夏紅梅患男人病的丈夫，以及他們婚姻的被迫無奈，等等，無不從人性的邏輯上支援了這對瘋狂男女的狂悖情愛。包括作品最後的情節設計也似乎不無對人物的同情乃至欣賞，在執行槍決前的最後一刻，兩個被綁住手腳的男女還狂熱親吻，死後也似梁祝般化蝶雙飛，兩小無猜的少男少女的親密畫面似是他們的還魂人世。這樣，在革命與愛情的雙重瘋狂中，愛情的渲染沖淡乃至消解了「革命」的荒謬與殘忍，最後成為更大「革命」者的犧牲品，雖然具有強烈的政治暗示意味，但顯得牽強生硬，匪夷所思。顯然，作品意在解構那場瘋狂革命的嚴肅性與神聖性，但內在邏輯卻有些偏離，造成了價值的曖昧性與人物的妖魔化。

三、「文革＋性」：一個文學公式的戲仿與解構

　　其實，把革命和性聯繫在一起，曾經是革命文學中長期流行的創作公式。那個公式原本是「革命＋戀愛」，革命是正義的、崇高的，愛情是浪漫的、純潔的，而且往往是革命戰勝愛情，愛情從屬於革命。20 世紀 30 年代的革命文學作品、50 年代的蘇聯文學範本《鋼鐵是怎樣煉成的》和國產名作《青春之歌》等等，莫不如此。80 年代的「文革」青春敘事中，「文革」則被講述成禁欲的年代、性壓抑也是性純潔的年代（梁曉聲、孔捷生、張承志等等）。然而，90 年代以來，「革命＋戀愛」變成了「文革＋性」的模式，成為對革命文學公式的形似而實異的又一普遍性創作形態，「文革」記憶往往被書寫為一段性愛經歷、性愛狂歡至少是性話語的狂歡。

　　在王小波的筆下，「通過性來暴露政治時代的尷尬，宣示個體生命與群體社會的對峙」[23]，赤裸率真的性話語成為解構專制和虛偽的「文革」邏輯的有力武器。在閻連科的作品中，性與「文革」又同出一轍，成為解開「文革」標榜的革命話語背後的原欲本相的密碼。這些「文革」敘事文本顯然並非還原歷史，它們更注重對歷史讀解的抽象化和符號化，「性」不是社會學和生理學意義上的，更多的是象徵意義上的。通過「文革」與性的對立與同構關係，以性場景、性話語的大肆鋪寫與渲染，對「文革」意識形態話語進行肆意戲謔與解構，成為世俗化語境和「告

---

[23] 祝勇：《禁欲時期的愛情》，《書屋》，2001 年第 9 期。

別革命」新意識形態背景下的帶有普遍性的表現形式，還原「文革」被代之以戲說「文革」。

把「革命」話語和性話語進行嫁接和對應，成為世紀之交一批「文革」敘事作品的特有修辭，中篇小說《玉米》（畢飛宇，《人民文學》2001 年第 4 期）中以「文革」中的主要革命話語「鬥爭」來描述村支書王連方與許多女人的性關係：「長期和複雜的鬥爭不只是讓王連方有了收穫，還讓王連方看到了意義。王連方到底不同於一般的人，是懂得意義和善於挖掘意義的。王連方不僅要做播種機，還要做宣傳隊，他要讓村裏的女人們知道，上床之後連自己都冒進，可見所有的新郎官都冒進了。他們不懂得鬥爭的深入性和持久性，不懂得所有的鬥爭都必須進行到底」，「上床不是請客吃飯，不是做文章，不是繪畫繡花，不能那樣雅致，那樣文質彬彬，那樣溫良恭儉讓。上床是暴動。是一個人推翻並壓倒另一個人的暴動」。「文革」時期最神聖、最嚴肅的革命話語成為一個鄉村支書的性侵佔、性霸權的淫詞穢語。此外，還有《狂歡的季節》（王蒙）用「發情的季節」來比喻「文革」；《黑山堡綱鑒》中，性是主人公劉廣龍「革命」的證明和收穫（有意思的是，其中劉廣龍和羅燕的性愛關係頗似高愛軍與夏紅梅）。王朔在 20 世紀末出版的自傳體小說《看上去很美》也對「文革」當中的「革命症狀」作出了性化描述：「如果你有那樣的堅定觀念：革命是暴力，是一個階級推翻一個階級的暴烈的行動。那麼這些場面就沒有一絲一毫的悲劇色彩和恐怖氣氛。相反你會覺得熱烈、振奮、長長透出一口氣，如同風箏斷了線，越飄越高，似乎將要上升到一個純粹的境界……我得說那是一種很良好的自我感覺，你會如大夢初覺，激靈一下以為自己明

白了人生，接著覺得自己力大無窮，目光如炬，再發展下去，十有八九就像女人達到性高潮，一剎那一剎那，如癡如醉。這時若有醫生切開你的大腦，一定可以發現有大片剛剛分泌的致幻物質。現代醫學也許能命名這種現象。我叫它：『天堂來潮』。」[24]

　　王蒙在《革命‧世俗與精英訴求》一文中指出：「毛澤東是反世俗化大師，……不斷革命也罷，在無產階級專政下繼續革命也罷，從生命體驗的角度來看，就是要革命化，不要世俗化。革命成功，俗眾們很容易產生船到碼頭車到站，解甲歸田，共用太平，過好日子，「老婆孩子熱炕頭」的思想。毛主席最最警惕此種事態的發生，因為它很可能通向修正主義。對付的辦法就是政治運動，特別是『文化大革命』這樣的運動，一傢伙全民『不愛紅裝愛武裝』，看你還怎麼世俗下去！」[25]從這個意義上來說，「文革」與性的嫁接正是對世俗化的張揚和肯定，性在這些「文革」敘事文本中的鋪張揚厲、理直氣壯、絢爛多姿，猶如薄伽丘的《十日談》對中世紀宗教禁錮的嘲弄一樣，構成對「文革」標榜的道德純粹、高尚趣味等神聖與宗教性話語的戲謔與嘲笑，而在革命名義下的性活動和性話語的赤裸裸、無遮攔、無節制等等，又是對革命嚴肅和神聖的自我褻瀆與解構，性話語狂歡因而成為解構「文革」的「革命」意識形態的有力武器。正如劉小楓所說：「在基督臨世之前，世界上的種種宗教已經星羅棋佈，迄今仍在不斷衍生；無論哪一種宗教，理性的還是非理性的，寂靜的還是迷狂的，目的不外乎要把個體的有限偶在身體挪到無限中

---

[24] 王朔：《看上去很美》第 257 頁，北京：華藝出版社，1999 年。
[25] 王蒙：《革命‧世俗與精英訴求》，《讀書》，1999 年第 4 期。

去，儘管這無限的蘊含千差萬別。有神明，有大全，有梵天，有天堂，有淨土，有人民。但革命的無限恒在使魂縈偶在的個體愛欲喪失了自在的理由；革命就意味著個體偶在的『我』不在了。」[26]王小波的「文革」敘事就是在革命與個體、政治與人性的對立中，顛覆前者，伸張「個體偶在的『我』」，閻連科、柯雲路等則通過揭示「文革」與性的同構關係，來瓦解「文革」意識形態話語的宗教性修辭，從根本上引爆和消解「文革」言說所可能具有的一切正當性和合理性。

另一方面，「文革＋性」的模式化也顯示了對「文革」重述的當下文化意識和當下審美趣味的蛛絲馬跡。市場意識形態和消費文化心理的中心詞是欲望：權欲、物欲、情欲，它們不僅是現實生活中價值倫理的新座標，也調度和牽引著文化和文學領域的晴雨陰陽。按照精神分析學的說法，性作為一種生物性標誌連接著人與動物，而對性的禁忌、約束和壓抑則是人類文明的起源，並深深烙印著不同文化的共有特徵。當這些「文革」敘事作品以性來隱喻「文革」，以性迷狂的極致狀態來喻示一場混亂的「革命」時，不僅凸現了「文革」的非理性和生物性因素，也打上了90 年代以來的世俗化和遊戲化烙印。「文革＋性」的創作模式在某種程度上是以戲說「文革」而達到對人們的欲望心理的迎合，讀者在閱讀中也可以略過歷史本身的沉重而獲得欲望的想像性滿足，這樣的「文革」敘事也因此可以獲得很好的市場效果。性當然是「文革」歷史中的不可忽視的人性因素，而且「性」也顯然

---

[26] 劉小楓：《記戀冬妮婭》，《這一代人的怕和愛》第 55 頁，北京：三聯書店，1966 年。

超越了其作為人性自身構成的所指，成為一個具有象徵性的「能指」，對「文革」歷史的任何意識形態辯解都在這一「能指」照射下變得蒼白無力。但片面強調「文革」歷史中的非理性因素，尤其是對性心理、性行為的誇張、鋪排、想像、渲染，顯然遮蔽了「喧囂的泡沫下面真正有力量有深度的漩渦和暗礁、險灘和惡浪」[27]，在迎合當下文學的氣候、趣味中使歷史時尚化、遊戲化，「把歷史強拉進一個狂歡的場所」[28]，回避了面對歷史的殘酷而走向滑稽。

第三節 「躲避崇高」與知識份子精英形象解構

王蒙在 90 年代回顧「五四」以後特別是建國以後的文學創作時指出：「儘管對於什麼是真善美什麼是假惡醜我們的作家意見未必一致，甚至可以為之爭得頭破血流直至你死我活，但都自以為是，努力做到一種先行者、殉道者的悲壯與執著，教師的循循善誘，思想家的深沉與睿智，藝術家的敏銳與特立獨行，匠人的精益求精與嚴格要求。在讀者當中，他們實際上選擇了先知先覺的『精英』（無近年來的政治附加含義）形象，高出讀者一頭的形象。當然也有許多人努了半天力做不到這一點，那麼他們牽強

---

[27] 張志忠：《從狂歡到救贖：世紀之交的文革敘事》，《當代作家評論》，2001 年第 4 期。

[28] 陳曉明：《表意的焦慮》第 469 頁，北京：中央編譯出版社，2002 年。

地、裝模做樣地、乃至作偽地也擺出了這樣的架式。」[29]王蒙在這裏不無嘲諷地加以描述的崇高意識和精英姿態，正是建國以後直至 80 年代末包括他自己在內的知識份子的社會定位和自我追求，這其中既有傳統中國社會士大夫文化和近代啟蒙主義文化的延續，也是建國後高度政治化和大一統社會結構中依附於政治的知識份子主導價值觀使然。儘管 50 年代中期以後和「文革」時期知識份子普遍遭到貶抑與壓制，但他們的核心價值觀和政治功能並未改變，新時期文學通過對「文革」歷史的批判與反思更是迅速恢復和重新建構了這種崇高和精英主體形象。這種狀況到 80 年代末遭到了極大的政治挫折，但真正帶來知識份子社會形象改變的還是 90 年代以後的市場化進程。在 90 年代初，對這種歷史信息和趨勢的敏銳捕捉和表達又是通過對「文革」歷史的重新講述而實現的，其中的標誌性作品是王安憶的《叔叔的故事》。

一、「靈與肉」的新版本——《叔叔的故事》

　　新時期，張賢亮的成名作《靈與肉》中，主人公是以「靈」戰勝「肉」而獲得崇高形象的確立的——許靈均雖然經歷了二十多年的右派流放生涯，但終於因對祖國、土地、人民的熱愛之情而放棄了出國作資本家繼承人的道路。90 年代初王安憶的同類題材作品《叔叔的故事》則在同樣的價值層面上呈現出完全相反的過程與結論。

---

[29]　王蒙：《躲避崇高》，《讀書》，1993 年第 1 期。

　　「叔叔」的經歷與許靈均非常相似：年輕時被打成右派，遣送到蘇北農村勞動改造，當地百姓（「人民」）收留、接納了他，而且作為文化人他還受到更多的尊重，他在那裏娶妻生子、教書讀書。雖不能說是理想的生活狀態，倒也滿足平靜。可以說，從「叔叔」的前半段右派經歷來看，幾乎是張賢亮筆下人物命運的翻版。但是，作品並未因此而通向對傷痕、反思文學所傳達的意義的重複，而恰恰是對前輩作家意義訴求的消解。

　　首先，是對知識份子受難但並不崇高的歷史講述。從「叔叔」經歷的苦難事件來看，除了因小說而獲罪之外，可以說他的所謂受難與痛苦幾乎與崇高風馬牛不相及，也與政治信念無關。被「叔叔」反覆控訴的「文革」在其個人經歷中，雖然也構成了極大的痛苦經驗，但那完全是另一回事。他在「文革」中的苦難起因不是政治的而是「流氓」事件：此前，他因為對一個女學生的穢褻行為被發現而受到學生親屬的打罵圍攻，雖然他的妻子（前任學生）以女人特有的機智和潑辣維護了他、解脫了他，但「文革」到來後，造反派又以這個事件向「叔叔」發難，結果「叔叔」和妻子一起作為流氓事件的主角和陰謀設計者被批鬥、羞辱。這樣，「叔叔」的苦難形象因道德瑕疵而大打折扣。

　　因而，從敘事者「我」的理解來看，「叔叔」的一切榮耀與高貴都來自受難而終於擺脫了的過去，來自於對過去一廂情願的想像性美化和歷史重塑：「叔叔的形象和聲音有一種受難的表情，這是他的真正魅力所在，所有的白面小生在此魅力之光的照耀下都顯得輕佻，淺薄，好像一塊一口一個的甜點心。」這樣一來，與其說平淡而不無猥瑣的右派歷史是「叔叔」的不幸，不如說是他的幸運，是帶給他後來一切榮譽與享受的源源不竭的資

本，也是後人想像和美化的依據。所以，當屈辱與卑微成為過去，苦難成為榮耀與崇高的年代來臨，他要斬斷與過去的一切聯繫，如離開小鎮、與妻子離婚、設法擺脫兒子大寶等等。這與許靈均懷著摯愛從繁華喧囂的北京王府井重返黃土高原、回到鄉下妻兒身邊的行為和心理，形成一種強烈的對比，知識份子苦難而崇高的雕像轟然倒塌。

其次，是「靈」的放棄和「肉」的沉淪。與張賢亮等前輩作家筆下人物在苦難中的執著信念、自我改造、精神超越不同，「叔叔」在蹇促的生活歷程中選擇的是靈魂的放棄和肉欲的沉淪。當「文革」初期的屈辱過去之後，「叔叔」的靈魂反倒解脫了，他變成了一個肉欲主義者：「他學會了喝劣質的白酒，用報紙邊緣捲粗劣的煙絲吸，到了夜裏就力大無窮，花樣百出，使得妻子徹夜無法安眠。他甚至學會了打老婆。開始，他在自己屋子裏打，關了門，不許老婆哭叫出聲。後來，越演越烈，他們開始打到院子裏來了。再後來，就打上了街。當人們看見叔叔手裏握著一根撥火棍，滿街攆著哭嗷嗷的女人，就好像攆著一頭不肯回窩的母豬，這時候，人們便從心底裏認同了叔叔，把叔叔看作是小鎮上正式的居民。」他被徹底同化了，所以獲得了小鎮居民的認同，而他作為知識份子的精神與靈魂的掙扎也在這樣的講述中變成了空洞。這又形成了對 80 年代初的知識份子精英歷史敘事的解構（如張賢亮筆下人物的靈魂掙扎與超越，叢維熙筆下人物的始終如一的情操信念以及王蒙作品中的人物從民間、從政治信仰中獲取精神力量等等）。

不僅如此，似乎是為了補償和強化這一判斷，作品的敘述表明，「叔叔」獲得平反並因為文學創作而成為文化英雄和青年導

師之後，那種靈魂的脆弱懈怠與肉欲的放縱沉淪並未真正改變。他與象徵「靈」的追求的「大姐」的最終分手，與小米的肉體歡娛以及對眾多女孩的獵取性歡，正暗示了「叔叔」成為文化英雄後精神自我的放棄和對肉體自我的沉溺，這與其說是他面對衰老的一種恐懼和補償，不如說是他生存態度的一貫取向。作品無論是對「叔叔」小鎮生活中的喝酒、打老婆還是如今的「搶女孩」、離棄妻兒的情節講述，都旨在瓦解他的高貴、魁偉、富於魅力的表像，而露出其自私、粗鄙、卑瑣的靈魂。所以，當他試圖向德國女孩獵取性色遭遇失敗時罵出的髒話、露出的醜態也就不足為怪了。

再次，從作品的敘事方式上看，與上一代右派作家的自我書寫和自我表白不同，在這裏，受難的知識份子主人公「叔叔」被置於敘事者（一個更年輕的作家）的審視和講述對象的位置上，以「我」的打量、見聞和想像、猜測、推理，串連起一個文化英雄的表像及其背後的時代的和心理的構成機制。這樣，作為歷史主體的右派知識份子自述與自戀在敘述文體上也被打破，那種建構在歷史的想像與現實的幻覺之上的苦難而崇高的幻像被擊碎，而露出其平庸、灰暗甚至粗鄙的生命原色。

同時，敘事者「我」對小說的虛構性強調和可靠性懷疑，又在文化根基上拆毀了「叔叔」賴以建構崇高歷史的基礎。作品在敘事過程中反覆強調小說的虛構性與敘述的幾次自我拆解：「叔叔」流放青海的浪漫傳奇色彩與蘇北小鎮的平淡無奇乃至猥瑣醜陋的真相，傳聞、想像、推理與事實的拼湊，與「大姐」分手原委的兩個版本等等。這些雖然是作者對所謂「元小說」的觀念理解而有意為之，但也是對「叔叔」用小說（虛構）世界建構起的

崇高歷史的戳穿：小說「為叔叔開闢了一個新的世界，時間和空間都可聽憑人的意志重塑，一切經驗都可以修正，可將美麗的崇高的保存下來，而將醜陋的卑瑣的統統消滅，可使毀滅了的得到新生。……小說給予我們和叔叔的迷惑是一樣的，它騙取了我們的信任，以為自己生活在自己編造的故事裏。這個虛擬的世界矇騙了我們兩代人，還將矇騙更多代的人們。」因此，建立在以小說（虛構）世界基礎上的崇高的「叔叔」形象也就被抽空了。

可以看出，包括「文革」階段在內的政治歷史並非《叔叔的故事》的主要關注點，作品更著意于知識份子在歷史滄桑中灰色形象的展示，並以此構成了與 80 年代反思文學的對話與反撥，達到了對知識份子崇高精神和精英形象的解構。它也象徵性地為知識份子作為社會精英和崇高形象的時代劃上了句號，預告了一個知識份子邊緣化、世俗化時代的全面到來。

二、重返「文革」和知識份子靈魂自剖

如果說《叔叔的故事》是把「文革」作為一面歷史的鏡子映照出知識份子的平庸卑瑣的形象，而「文革」作為政治現象則並未被作家著意思考，那麼作為新時期反思「文革」最有力度的作家之一的王蒙，在經過了十幾年的擱置「文革」之後，沿著「季節系列」的創作軌跡[30]，在世紀之交，重新回到「文革」，回到對「文革」政治的正面表達。新時期，王蒙表現了以政治信仰為

---

[30] 指王蒙四部反映當代知識份子命運史和心靈史的連續性長篇小說：《戀愛的季節》、《失態的季節》、《躊躇的季節》和《狂歡的季節》。

精神生命的一代知識份子的精神軌跡，並以知識份子在「反右」和「文革」中的滄桑磨難、精神變異而又最終無怨無悔、信念不改的主題與當時的撥亂反正的意識形態相呼應。那麼脫離了這種政治語境、經過 20 年充滿複雜變化的社會歷程後，王蒙又是在怎樣的意義上返回呢？對歷史的重新講述是否產生了新的思考結晶與新的表現形態？

從顯在的形態上看，《狂歡的季節》實現了對作者過去社會生活經驗和文學表現才能的的總結與豐富：從「文革」斷面到「文革」全史，從人物命運到政治風雲，從被整的單向歷史到整人者被整的「革命，革革命，革革革命……」式的循環往復的怪誕歷史，從單個主人公的獨語自白到形形色色人物的眾聲喧嘩。從內容和意義的角度來看，王蒙最為重要的變化和創新表現為以下兩方面：

第一，對上層政治的反思與批判。由於時代政治語境的限定以及作家信仰、情感因素的制約，70、80 年代的「文革」敘事只能局限于知識份子自身苦難的傾訴和對極左政治的抽象總體的批判，並且總是嚴格地把批判的矛頭對準「文革」投機者：林彪、「四人幫」以及他們的追隨者，對上層政治人物的懷疑與批判並公開見諸文字是不可想像的。然而，在遠離了「文革」歷史的世紀之交，有著深厚的政治情結的王蒙顯然對以往的知識份子自我寫照和抽象的「文革」批判意猶未盡，在經歷了相當長一段時間的沉澱和醞釀後，終於在文學作品中直接面對「文革」政治而表達心中的塊壘。

與這樣的創作意圖相適應，作品在敘事方式和文體上也發生了巨大變化。和王蒙以往的作品不同，《狂歡的季節》並不以主

人公——錢文作為右派知識份子的坎坷命運為線索，或者說，人
物在「文革」中的命運起落並未構成對那場政治的直接批判。相
反，錢文是處在「文革」政治風浪之外的。「文革」前，他自願
舉家搬遷新疆，並懷著浪漫遠征與大有作為的豪情，而且從他在
邊疆的境遇來看，雖然理想的新生活沒能實現，但也因此躲過了
「文革」的災難。所以，從人物的經歷來看，錢文不是嚴格意義
上的「文革」受害者。作品對「文革」政治的正面表達與批判性
思考是通過錢文對「文革」政治動向的關注，對北京的同事、朋
友的「文革」遭遇的瞭解，對新疆地方上的「文革」事件的觀
察，以及「文革」結束後回到北京聽到的轉述、回憶、議論等來
實現的。所以，作品在敘事中，不是通過人物命運而是通過對人
物思想意識和內心活動的深入詳盡的展示，從右派知識份子角度
最大程度地記錄和反思了「文革」政治風雲的全過程，而且把批
判的鋒芒對準了上層政治人物，並對「文革」的政治理念和社會
土壤都作出了深入的解剖，其中借人物之口來發表大量的政治議
論（敘述者和人物經常是合二為一的）成為文體的一大特色，被
評論家雷達稱之為「巨型的思想隨筆，一種反小說的小說，一種
作家主體精神大爆炸後的遺物」。[31]

　　如作品對所謂領袖情結給予了以往所沒有也不可能有的強烈
的嘲弄和批判：「那就夾緊你的尾巴閉緊你的鳥嘴，睜大你的眼
睛張大你的嘴巴，看偉大的領袖偉大的導師偉大的統帥偉大的舵
手導演的大戲磅礴好戲連台險戲驚魂悲戲斷腸吧！今生何幸，小

---

[31] 雷達：《長篇小說筆記之五——王蒙〈狂歡的季節〉》，《小說評論》，
　　2000 年第 5 期。

子何德，躬逢其盛，與知其歡，高山仰止，景行行止，雖不能至，心嚮往之，心戰慄之，心破碎之，滅我方知革命偉，挖（換）心更道人民奇！」對於「文革」中的權力爭奪，作品也用了大量的隱喻、反諷：

> 所有的瘋狂所有的無奈，所有的快樂所有的吵吵嚷嚷與熱熱鬧鬧後邊，難道不是有一個基本的事實——利害在起作用？權權權，命相連，已經深入人心。有心煽動，有意迎合，山羊在前，群羊隨後，鞭勁哨急，勢如海潮，雪崩地震泥石流，誰能阻擋？誰不拼命？說是歷史就是這麼拼出來的。
>
> 「權力與財富的再分配」，毛主席最近講的這個話是再明白也沒有了……卻原來那麼多旗幟那麼多主義，那麼多原則，那麼多思想和熱情，那麼多歌曲和詩和夢，那麼多文學和藝術，那麼多流血和氣壯山河……最後都得落實到權力和財富上。

作者借人物之口發表的大量議論，既是作為知識份子的主人公面對變化多端的政治風雲的內心思考，更是表達自己心中的情緒塊壘，大量的戲擬、反諷、隱喻的語言對「文革」的非理性和荒謬性進行了尖銳的嘲弄，而其中對「文革」政治中的權力爭鬥、利益爭奪的揭示與同時期的《芙蓉國》、《黑山堡綱鑒》等相呼應，以「發情」的季節、狂歡的季節來比喻那段狂悖的歷史也非常精彩：「這是英雄主義與理想主義的狂歡，超前思維的狂歡，這是意志的狂歡，概念和語言的狂歡，創造歷史即追求歷史的一點新意社會的一點新意的狂歡（用後來時髦起來的話來說，

這是追求「創意」的狂歡），群眾運動的狂歡，天才、智慧和勇氣的狂歡，獻身精神和悲劇精神的狂歡，是機會和手腕的狂歡，力必多和激情、欲望和野心的狂歡。」但過於龐雜、喧鬧的話語爆炸使得調侃多於沉重，直接議論大於形象塑造，在狂歡的雜語中沖淡了思考的集中和深化。

第二，作為文學作品，《狂歡的季節》更突出的超越是對知識份子卑微虔誠幼稚奴性等靈魂百態的解剖，勾畫出了「文革」歷史動盪中的「儒林秘史」。其實，展示知識份子的跌宕浮沉，解剖政治高壓對知識份子造成的人格異化，這是王蒙在新時期就充分表現出的文學優勢。不過，與以往不同的是，《狂歡的季節》不再只是忠誠型知識份子的心靈自白，而是形形色色靈魂百態的眾聲喧嘩，而更為可貴的是，作者對知識份子的革命情結、精神奴性、臣子心態等等靈魂弱點作出了犀利尖銳的暴露和不無痛楚的反省。

他們當中有祝鴻才那樣的在「文革」政治恐怖下以揭發、出賣自己的恩師與領導而自保、升官卻又良心不安、自解自辯：「問題是我並沒有要揭發你，我不是責任者更不是主動者，是毛主席黨中央發動了『文化大革命』，是領導要我揭發，是毛主席親自批示指出了彭真劉仁舊市委的問題，為舊市委定了性，叫做針插不進水潑不入的獨立王國。如果不是毛主席黨中央，憑我姓祝的打死我我也不敢說市委半個不字。我有那個水平嗎？我有那個膽量嗎？我有那個政治覺悟政治敏感性嗎？沒有的，沒有的，完完全全沒有的，說來說去，我不過是聽毛主席的罷了，不聽毛主席的聽誰的？」有趙青山那樣的投身權勢、喪失人格、奴性十足：在受到「首長」（江青）賞識召見前的心花怒放又心驚膽

戰，被委任時尿濕內褲、暈倒在地；還有陸浩生那樣的經歷過「一二九」運動、延安洗禮的老革命知識份子，雖然在「文革」中飽受蹂躪，但毫不懷疑，五年中每天用蠅頭小楷恭錄毛主席語錄來支撐自己的精神世界，而當他的下級懺悔自己「文革」中對他的揭發、表達良心的不安時，他卻由衷地感到失望和反感：「文化大革命的案是絕對不能翻的，你對我的批判是正義的……」，這種被「革命」洗盡了自我、喪失了分辨能力的知識份子正是王蒙在別處所說的「文革」不僅在於體制、政策和當權者，而在於全民、全國在革命的名義下的意識形態狂熱，是「自己控制自己」的偏執和愚昧[32]。包括主人公錢文也一方面在亂世中苟安活命，另一方面在「文革」後期還曾經打算給「首長」（江青）寫信，希望得到重用與賞識，最終因勇氣不足而放棄。

　　值得一提的是，《狂歡的季節》不是從某種中心的價值立場出發去塑造形形色色的知識份子形象，而是讓他們在各自的人生道路、心理軌跡、人格座標上自我表演、自我表白、自我辯解，形成人物自說自話和眾聲喧嘩的話語場。這種「散點」式表現手法其實在王蒙 70、80 年代的一些作品中已經出現，但這裏則運用地更加充分和成熟，具有「複調多聲部」的立體效果。在那個政治高壓、精神奴化的動盪變幻時期，這群身份、經歷各不相同的知識份子都在自己的命運和靈魂軌道上，發生著這樣那樣的傾斜和扭曲，呈現出千奇百怪的人格病態，這些都在作者透視靈魂的顯微鏡下纖毫畢現。

---

[32] 轉引自陶東風：《社會轉型與當代知識份子》第 4 頁，上海三聯書店，2001 年。

　　作品在解構神聖的總體狂歡話語中，顯示出一代知識份子對寄託著自身理想的政治追求走向歧途的歷史的清醒反思，同時也彌漫著解剖靈魂傷口的鮮血淋漓和自我解剖的深沉凝重，在直面知識份子自身昏昧愚妄的精神病態中顯示了深刻的自省與自剖，從而實現了對歷史對自身的超越與昇華。對於主人公錢文，作品不再以受難者的執著與堅毅來表達崇高信念和忠誠情感，不再賦予他普羅米修士式的歷史形象來獲得價值歸屬和社會定位。錢文在「文革」時期的生活狀況完全是一個平庸凡俗之輩。「文革」風雲突起時，錢文作為摘帽右派從自治區首府被遣送到更遠的邊區小鎮，滿腔的自我改造和重新開始的生活和政治熱情化為泡影，來自北京的各種政治變動的信息和親友受難的消息，更使他成為政治恐怖時代的驚弓之鳥，最終在孤寂與落魄中醒悟到政治的欺騙與理想的虛妄，以養貓餵雞吸煙喝酒等方式消磨時光，逍遙苟安，打發生命，甚至打撲克搓麻將等以往鄙夷痛恨的庸俗不堪、窮極無聊的生活方式也都一一去做了。在政治動盪、民族劫難的時代，錢文雖然經歷了恐懼、疑惑、頹唐，但也體驗了別一種逍遙與狂歡，經驗了一回從未有過的「自由的解放的平靜的恬適的季節」，成為他日後懷念的刻骨銘心的記憶。執著、崇高的精英形象被平凡、苟安的逍遙派、隱士形象所代替。在這裏，80年代文學作品中的知識份子崇高道德姿態不見了，不論是範漢儒式的民族脊樑形象，鍾亦誠那充滿了精神依附的愚頑的忠誠，以及章永璘的自戕自虐式的道德追求等等都被反省和「躲避」了。

　　當然，王蒙的講述姿態與《叔叔的故事》還是有所不同的。錢文與「叔叔」的徹底放棄與環境認同不同，他即使在沉淪頹廢的最低谷也沒有忘卻和放棄自己知識份子的身份、修養、責任，

只是以「舉世皆醉我獨醒」式的心態蟄伏隱居，遠離政治的自由恬適依然包裹在對國家、天下、理想的憂慮與關注中，雖然表面不得不服從擁護但內心清明如鏡，雖然自我安慰「混吧，混一天算一天」，但「內心仍然會很痛苦，理想仍然會是很遙遠……我只是難過，中華人民共和國才成立了多少年？怎麼這樣一副模樣了？」國家、民族的宏大意識依然是人物無奈頹唐之中的深層情結。他始終是清醒地認識到自己不過是「手掌上的舞蹈」，總是掙扎在希望與絕望的陰陽兩界，也就是說，以政治為生命線、以理想為精神支柱的錢文從沒有真正地沉淪與放棄，苟活是被認識到和反省著的。所以，當一切荒謬滑稽混亂動盪過去之後，錢文由衷地哭了，「為中國共產黨，為中華人民共和國，為社會主義共產主義的思想，為蘇聯十月革命，為 1847 年出版的馬克思與恩格斯合著的《共產黨宣言》，為毛澤東和周恩來，……」他熱淚長流如注，但這是喜悅、感動、辛酸、幸福的哭，他又恢復了對革命的理想、對政治的關切、對黨的信念、對國家的責任。這就是九曲回腸而癡心不改的一代知識份子精神歷程，從而回歸了 80年代的「文革」敘事總取向。作品在解剖知識份子靈魂的同時還是給予了較多的認同、理解與原諒，這是王蒙這一代作家的特有歷史身份決定的，和《叔叔的故事》為代表的晚一輩作家的徹底解構形成反差。在對歷史的清醒認識和自我的冷靜自剖方面，王蒙顯示了老一輩作家難得的開放與理性心態。但來自「內部」的視角決定了那些自欺、醒悟、嘲諷、逍遙最終跳不出歷史與自身的局囿，異質性、超越性因素較為稀薄，王蒙最終還是沒能跳出他既往的價值選擇和敘事框架。

　　從 90 年代初的《叔叔的故事》到新世紀初的《狂歡的季節》，知識份子作為歷史主體和社會精英的形象被平庸灰色乃至人格扭曲、精神奴化的形象所代替。這也充分體現了當代中國 20 年多間政治文化和價值標準的變化。人文價值和終極關懷連同國家、民族、未來成為 20 世紀 80 年代中國知識份子自身精神承擔的核心，這種在思想解放背景下出現的、帶有回歸「五四」傳統意味的時代氛圍，本身也是傳統社會結構中知識份子高度政治化的產物。相應地，知識份子文學形象和創作者主體心態大都體現為一種神聖、崇高和準宗教性的精神氣質[33]。70、80 年代之交的反思文學中，通過把知識份子這一群體塑造成歷史主體的形象來表達受難而忠誠的主題，正是展示了這一時代精神風貌。然而，80 年代末的政治風波對知識份子的精神挫傷與自我反省，特別是 90 年代以後，隨著市場化、商品化社會的到來，是世俗化浪潮的到來和社會精神結構的分化。這是一個消解神聖、理想主義式微的時代，人文精神、宏大敘事、道德理想等傳統價值普遍受到質疑與冷落。正是在這樣的時代，啟蒙與崇高作為 80 年代的知識份子價值選擇遭到強大的衝擊，知識份子的人文價值在以交換價值和市場價格為主要尺規的時代，顯得蒼白和虛弱。他們的既往價值座標與歷史主體形象也受到重新估價，崇高已成為全面政治化時代的美學風格被普遍拋棄。雖然，這其中有後一輩人的輕鬆解構與老一輩知識份子的自我解剖但不無理解與同情的差異，但解構知識份子崇高形象與精英價值的總體取向是一致的。伴隨著對

---

[33] 陶東風：《社會轉型與當代知識份子》導論第 11 頁，上海三聯書店，2001 年。

「文革」政治的重新回眸，知識份子自身的平庸卑瑣、虛偽投機、出賣靈魂等精神醜態也被真實而無情地曝光。知識份子精英歷史被解構，預示和對應了知識份子現實價值的被貶抑，苦難而崇高的價值定位和那段政治時期一起被歷史地消解了。

也正是在這個時代，才可能出現《叔叔的故事》對文化英雄的無情解構，才可能出現《狂歡的季節》把作為政治受害者的知識份子自身的靈魂醜陋和精神膿瘡暴露無遺。這種消解首先是一種覺醒與生長，標誌著知識份子從那種「母與子」式的依附心態中掙脫出來，呈現出走向理性、獨立的文化心態的趨向。儘管消解神聖與崇高可能會導致文化虛無和價值空缺，但在那種崇高與神聖的背後包含的道德專制主義、單一意識形態更是「文革」政治得以孳生的文化土壤，而這是中國文化傳統和現代歷史發展中更應被時時警惕的。在這個意義上，90 年代以來的知識份子視角的「文革」敘事較以往更深入地切中了歷史，也切中了知識份子自身。

第四節　民間視野下的「文革」形態

漢娜·阿倫特在評論本雅明時說過：「一個時代往往會把自己的烙印最清晰地打在那些受其影響最小的、最遠離它、因而受苦最多的人身上。」[34]然而，由於「文革」的災難首當其衝地落

---

[34]　劉北成：《本雅明思想肖像》第 237 頁，上海人民出版社，1998 年。

在黨的高層領導以及知識份子身上，所以新時期以來的「文革」
歷史研究以及有關「文革」的文學作品，大多數是講述幹部或者
知識份子的受難事件的，而對「文革」中既是積極擁護者也是受
害者的普通群眾所扮演的歷史角色缺乏興趣。當然，作為文學題
材和講述對象，以農民為主體的底層社會形態在「文革」敘事作
品中並不少見，如 80 年代初《芙蓉鎮》、《許茂和他的女兒們》
等一批農民視角反思「文革」的作品，80 年代中後期以《透明的
紅蘿蔔》、《樹王》為代表的一批文化尋根背景下的「文革」敘
事作品，但是，這些作品中的農民顯然要麼更像是舞臺主角的襯
托物（《芙蓉鎮》等），是意識形態想像模式下極左政治受害者
的符號化形象；要麼其中的主要人物並非嚴格意義上的原生態的
農民（如《透明的紅蘿蔔》等作品），因而不具有真正的認知意
義。可以說，真正把農民作為社會底層和民間主體，把在政治權
力控制和意識形態滲透下的民間生存圖景作為觀照「文革」歷史
的出發點的，則是 90 年代以後的「文革」敘事現象。

一、「民間」與「人民」

　　思想史學者劉青峰女士曾經指出：「從近現代思想變遷的大
脈絡來看，文革研究不能離開兩個基點，第一，不要忘記和忽略
至今還沒有說話的沉默的大多數；第二，它必須是中華民族歷史
反思的一部分。」[35]王小波也把自己包含回顧「文革」期間經歷

---

[35] 轉引自洪子誠：《問題與方法──中國當代文學史研究講稿》第 26 頁，
北京：三聯書店出版社，2002 年。

的隨筆結集命名為《沉默的大多數》。應該說，「沉默的大多數」是個非常寬泛而模糊的概念，而且，這個「大多數」也多半不可能發出自己的聲音，依然需要代言人的傳遞與轉述。但把以普通農民為主體的民間社會理解為這個「沉默的大多數」的主要部分，大體上是不會錯的，也就是費孝通所稱的「鄉土中國」[36]。這個「鄉土中國」在各種政治權力和意識形態話語的多重覆蓋下，沉積著太多的苦難，也生長出自己化解苦難的生存哲學和倫理意義。那麼，在「文革」政治時期，這個「鄉土」或民間的日常生存形態是怎樣的呢？或者說，「文革」給民間的日常生存帶來了什麼樣的影響？

韓少功的「詞典體」小說《馬橋詞典》由「貴生」一詞的馬橋釋義引出「文革」時期南方民間的生存苦難和價值觀：一群孩子在山上玩耍，想挖出冬眠的蛇燒了吃，結果引爆了一顆日本飛機 1942 年丟下的炸彈，名叫雄獅的孩子被炸死了。馬橋人如此安慰痛不欲生的母親：「你要往寬處想……你雄獅走得早一點也好，不是活了個貴生麼？」在馬橋人的詞語中，「貴生」是指男子十八歲以前或者女子十六歲以前的生活。相應地，「滿生」是指男子三十六歲和女子三十二歲以前的生活。過了這一段就是「賤生」了。從這個道理上看，死得早一點好，一個還未成年的孩子在無知無覺中死了，人們就以「貴生」來安慰別人或自我安慰，所以，婦人們繼續勸慰：「伏天裏打禾，你不是沒見過，上面日頭烤，下面熱水蒸，一天兩頭走黑路，一早上下到田裏，是禾是草還要摸。臘月裏修水利，你也不是沒看見過，肩上磨得皮

---

[36] 費孝通：《鄉土中國》，上海：觀察社，1948 年 6 月。

翻肉，打起赤腳往冰渣子上踩，凍得尿都屙在褲襠裏。有什麼好呢？」自解自慰的生死觀，既是民間對人生苦難的順乎天命和坦然接受，更是對這種生存處境的悲涼無奈，從中我們也可以感受到農民在內心深處對「文革」時期那種「戰天鬥地」生活的厭倦情緒。

李銳的《無風之樹》、《萬里無雲》呈現了「文革」時期北方農村的生存景觀。《無風之樹》的中心事件是餵牲口的拐叔在「清理階級隊伍」的政治運動中上吊而死（因受託照看過哥嫂的十五畝地而成為富農，其實土地早已在集體化時期充公），由此輻射出整個矮人坪的生存狀況。這是一個「瘤拐」村'（因水土、營養的某種缺乏而長不高的侏儒，顯然具有象徵意味），生活在水平線下，他們的全部生存內容和意義就是種地、娶媳婦、養娃娃。然而，更加悲慘的是，全村有一大半男人都是光棍兒，極少的女人不是傻子就是瘋子，唯一的健全女人暖玉是逃荒要飯而留下的外地女子，成為大家供養的公共的女人，又被公社革委會劉主任霸佔。這種極度匱乏的生活狀態又因「文革」政治運動而平添了更多的災難與悲哀。因為肩負「革命理想」和「階級鬥爭」使命的回鄉知青苦根兒執意要在清理階級隊伍中弄出點成績，從兩性關係中尋找階級鬥爭，逼迫富農拐叔交代和貧農暖玉睡過幾次覺，拐叔恥于出賣全村公共的女人而上吊，隊長天柱為此強烈自責，暖玉悲傷之餘發現自己懷上了孩子，卻不知父親是誰。貧困，勞苦，死亡，組成了矮人坪無法逃避的苦難處境，人被擠壓到最低點，被生存的處境幾乎還原為動物。當然，小說的故事可能是虛構的甚至誇張的，但其中所呈現的「文革」政治運動給艱難生存的人們雪上加霜，則切中了那個歷史時期的要害。

如果說《無風之樹》主要著眼于「文革」政治背景下民間的物質生存的苦難，那麼《萬里無雲》更多的是展示底層民眾精神世界的愚盲。「文革」初期，五人坪的陳三老漢依據祖傳的「天無二日，朝無二主」的聖言，預感天下要大亂，於是在老楊樹上張貼蝌蚪文，帶領眾人跪祈神樹顯靈、避災消難，結果作為破壞「文化大革命」的政治事件，知青張仲銀頂替老漢坐了八年監獄；「文革」結束後，五人坪面對兩年無雨的大旱，又依照祖傳的習俗請假道士做道場，用領袖畫像作符咒來驅除旱魃，祈求龍王興雲布雨，結果雨沒求來，卻帶來一場大火燒毀了山林、燒死了兩個獻給龍王的「童男童女」。渴望擺脫生存苦難的五人坪卻一次又一次陷入了更多的苦難中。生存的苦難與精神的愚盲構成了一個難以逃脫的循環怪圈。作品把用領袖像來祈雨作為現在事件，穿插以「文革」時期陳三老漢祈求神樹顯靈的過去事件，把兩個不同時期的類似事件進行交錯敘事，構成了雙重表現效果，一是揭示出「激進的、專制主義的意識形態與停滯在生物水準上的生存處境的吻合與錯位」[37]，從中昭示出「文革」政治神話和裝神弄鬼的原始迷信的精神契合。二是把革命意識形態製造出的作為歷史動力的「人民」形象被還原成只求能夠天下太平、種地養娃娃的被統治者，不管是過去的神靈和皇帝，還是現在的鬼怪和領袖，在農民恒常的生存意義中並沒有根本的不同。正如魯迅當年看到的是愚弱國民的沉默的靈魂，感慨「仿佛從沒有所謂民國」，在革命話語滿天飛的「文革」時代，矮人坪和五人坪的民眾幾乎與魯迅筆下的華老栓們一樣，依然是皇帝和神鬼統治下的

---

[37] 耿占春：《對「文革」的再敘事》，《上海文學》，1998 年第 1 期。

苦難而愚盲的國民。所以李銳指出，「這個悠久的『民間』又正是中國幾千年極權專制最深厚的根基和土壤。這就使得像魯迅這樣的啟蒙者陷入了幾乎無解的『悖反』的死角之中。而『民間』的這種性質，至今並未得到根本性的轉變。」[38]

自中國社會主義制度確立以來，「人民」一直是作為歷史動力、社會主人等話語而獲得意識形態號召力的。20 世紀 80 年代的「擬農民」視角的作品在反思「文革」時，是以「人民」作為歷史的主體來衡量政治的正當與失當，把「文革」作為一個正當歷史的中斷和偏離，人民話語與政治話語互相印證，從而構成對新時期撥亂反正意識形態的呼應，而真正的農民卻不在場。在 90 年代的「文革」敘事作品中，如韓少功、李銳的筆下，「人民」被落實為「農民」，歷史的虛擬主體被還原為無法把握自己命運的客體。這些一個個具體的農民重新尋找主體位置的努力，就是以他們來自民間的意識，以某些同樣是扭曲的方式，來解釋他們自身的生存處境。革命意識形態話語造就的「人民」神話於是被苦難而蒙昧的「民間」形態所代替，「民間」與「人民」也就構成了對同一對象的兩種價值立場和話語體系。這不僅是對以往「人民」敘事話語下的民間世界的揭蔽，也是對進步、理想、革命等宏大歷史建構的懷疑，更是從民間心理上使得「文革」所包含的封建因素得到進一步印證。正是對「文革」政治下底層社會苦難而藏污納垢的正視，對整個二十世紀歷史曲折和民間災難的整體反思，所以李銳說：「只要我們還稍稍記得一點文化大革

---

[38] 李銳：《後記：我們的可能》，《萬里無雲》第 234 頁，濟南：山東文藝出版社，2002 年。

命，對苦難還稍稍有一點承擔精神，我們就該明白，我們中國的
文化和價值重建，離一九一一年的辛亥革命實在沒有多遠。」[39]

二、民間倫理與政治邏輯

其實，在李銳、韓少功的「文革」題材作品中，民間並非只
是作為啟蒙與批判對象，而是有著其自身生存方式和生存倫理的
相對獨立的空間，它以其恒常的生存意識和民間正義，在屈從國
家權力和吸納政治意識形態的同時，也抗拒和消解著「文革」政
治邏輯和權力的神話。

在李銳的《舊址》中，真正打動人心的既不是竭力維持李氏
家族利益在解放初被處決的「反革命」李乃敬，也不是背叛家
族、投身革命最終又被「文革」革掉命的李乃之，而是那個為了
弟弟讀書而自毀芳容、為了弟弟革命又成為女地下黨、最後在李
家男人被殺盡時毅然撫養反革命後代的六姐，在這個人物身上，
體現的是對親情、血緣、生命的執著守護，是在一切無常的政治
變動中恒常而頑強的民間生存正義。所以，當六姐收養的孩子之
生（所謂反革命的狗崽子）被紅衛兵們從橋上扔進銀溪，白髮老
頭冬哥撲向河裏把之生救上岸後又被人群一次又一次地打倒在
地，最終一老一少還是被拋向河裏淹死，作品展示的是六姐、冬
哥們的民間生存倫理和「革命」邏輯的對立以及後者毀滅前者的
殘忍。

---

[39] 李銳：《曠日持久的煎熬》，《讀書》，1997 年第 5 期。

　　這種民間倫理在矮人坪體現為拐叔、暖玉還有隊長天柱們與
苦根兒的精神隔絕和對立。在「文革」意識形態化身的苦根兒那
裏，一個富農（拐叔）和一個貧農（暖玉）有不正當男女關係，
就是攪亂了階級陣線，而在拐叔那裏則是：「有啥不正當的？她
住她的窯洞，我住我的馬號，咋就不正當啦？再說你們那陣線在
哪兒，也沒跟我說過，我從來沒見過，咋就給我攪亂啦？」拐叔
堅守的是不同於革命邏輯的民間倫理：「反正從寬、從嚴我都不
能說，我不能和你們一塊兒欺負暖玉」，一根栓牲口的繩子結束
自己的生命是他對民間倫理的堅守和對革命邏輯的抗拒。拐叔們
的日常話語是種地、養娃娃、男人、女人，而苦根兒代表的政治
話語則是階級、政治、理想、革命，矮人坪原始的生存意識與革
命政治話語顯得格格不入。從作品的敘事語言來看，對矮人坪土
著人物，作品以他們鮮活的日常口語獨白來展示他們各自的生活
內容和喜怒哀樂，而對苦根兒則是用第三人稱書面化外部敘事語
言，從而在語言方式上把苦根兒代表的革命話語「他者化」，宣
告了革命意識形態在自足自為的民間生存意義上的蒼白與無效。

　　更加突出地表現民間倫理消解「文革」政治話語的是《馬橋
詞典》。馬橋人對現代神話與權力話語的破壞性運用是民間在艱
辛苦難中的生存智慧，構成了對那個神化時代的反諷與嘲弄。比
如，在全國上下「表忠心」的熱潮中，一方面，馬橋村民每天晚
上對著牆上領袖的畫像站好了，幹部一聲令下，勞動力們突然發
出震耳欲聾的聲音，一口氣背下五六條語錄（不過他們每次背誦
的都一樣）。吼過之後，一般由幹部或資格老的農民向牆上的畫
像簡要彙報當天的農事，然後恭敬地告退：「你老人家好生睡覺
呵」或者「今天下雪了，你老人家多燒盆炭火呵？」另一方面，

奉領袖為神明的馬橋人也自有其實用主義的改造和利用，所以，他們還會經常說出一些找不到出處的毛主席語錄，比如：「毛主席說，今年的油茶長得很好」；「毛主席說要節約糧食但也不能天天吃漿（稀粥）」；「毛主席說，哪個往豬糞裏摻水，查出來就扣他的口糧穀」等等。在人人學哲學的政治任務攤派下，善於言辭的羅伯被推選為農民學哲學代表，因為隊裏為了突出效果讓他瞞報年齡，他出口「反動」：「我早曉得哲學不是什麼正經事，呀哇嘴巴，捏古造今，共產黨就喜歡滿妹子胯裏夾蘿蔔——搞假傢伙。」但面對公社幹部，他馬上隨機應變：「哲學麼。學！不學還行？我昨天學到晚上三更，越學越有勁。偽政府時候你想學進不得學堂門，如今共產黨請你學，還不是關心貧下中農？這哲學是明白學、道理學、勁勢學，學得及時，學得好……修正主義確實壞，不但要謀害毛主席，還害得我們現在來開會，耽誤工。」這些不無幽默的生活故事和農民話語充分展示出民間的迷信與實用、蒙昧與智慧，對政治強制的順從與消解、愚頑與油滑等等的複雜糾結，也顯示出民間生存對荒唐政治的奇妙周旋和抗拒。

在詞條「你老人家」的解釋中，則凸現出民間的愚盲反而構成了對「文革」政治話語的嘲弄與解構：老村長羅伯死了，現任村長本義在追悼大會上代表黨支部沉痛地說：「金猴奮起千鈞棒，玉宇澄清萬里埃。四海翻騰雲水怒，五洲震盪風雷激。在全縣人民大學毛澤東哲學思想的熱潮中，在全國革命生產一片大好形勢下，在上級黨組織的英明領導和親切關懷下，在我們大隊全面落實公社黨代會一系列部署的熱潮中，我們的羅玉興同志被瘋狗咬了……」莊重豪邁的領袖詩句和社論套語用在鄉村小人物的

追悼辭上，顯出強烈的滑稽與荒誕感。其實，加在「瘋狗」前面的那些政治套話，「長期以來可以套用在修水利、積肥、倒木、鬥地主、學校開會一類任何事情上，用得太多，被人們充耳不聞，已經完全隱形」，這種荒謬的話語套式表明，「文革」政治話語在民間的無數次被動接受和套用中，已經成為空話、廢話，失去了其存在的真實性和有效性。

可以看出，無論是政治權力的高壓，還是政治話語的滲透，矮人坪、五人坪、馬橋等民間社會用自己原始而恒常的生存方式，自成邏輯地吸納和化解了各種政治的話語泡沫，以原生態的生存倫理構成了對「文革」巨型政治神話的嘲弄和解構。這些作品又不約而同地採用了以民間口語為主體的敘述方式，民間立場和民間口語的結合，用農民自己的聲音、自己的語言，讓卑微者正面發言，「被描寫的」轉變成「去描寫的」[40]，又在文體意義上強化了民間的主體性和恒常性，講述了真正屬於民間視角和民間立場的「文革」。

三、「無性化」知青形象與革命話語的再思考

在以上提到的作品中，大都有一個知青身份的敘述人或隱或顯地在講述和整理著他們眼裏的民間社會景觀。在《馬橋詞典》裏，知青敘事人是顯在的，整個「詞典」就是通過知青身份的「我」70 年代初在馬橋的經歷和見聞來完成的，而知青作為社會

---

[40] 王堯：《「本土寫作」與當代漢語寫作──李銳論》，《文學評論》，2004 年第 1 期。

角色也完全是用馬橋人的眼光進行「他者化」呈現，「我」則完全退出作品的關注視線，只是作為一個鄉土生活「詞典」的解釋者和傳達者，馬橋人的語言含義、生存狀態、風俗民情、歷史傳統等成為完整獨立的意義世界。知青作為一種特殊的社會群體，作為 70、80 年代「文革」敘事的歷史主體形象，在這種民間視角的「文革」歷史印象中被邊緣化而「淡出」了。

　　不僅如此，在李銳的筆下，知青苦根兒（趙衛國）、張仲銀在當地人的眼裏還成為與人們的日常生存格格不入的異類而呈現出某種蒼白乃至缺陷。在苦根兒的內心，抗美援朝戰爭中犧牲的父親成為他的驕傲之源，「我爸死了，我現在就是黨的兒子，我當然聽黨的話，黨就是我爸」。他還在想像中把電影《上甘嶺》中的英雄場面和父親形象融合為一體，進而在現實生活中把自己想像成父親英雄生涯的延續。所以，他中學畢業後響應領袖的號召，懷著一種崇高的革命理想來到離縣城最遠的矮人坪，立志在這裏改天換地。他把愚公移山精神化為自己的行動，每年冬天，都要帶領勞力冒著嚴寒壘築石壩，到了夏天幾乎都被洪水沖毀殆盡，可下一個冬天一到，苦根兒照樣再把自己的隊伍帶到山溝來，這已經成了一個人的鋼鐵意志和無動於衷的大山的較量。他要寫一部志願軍英雄回國後的改天換地故事的長篇小說《山鄉巨變》，並在想像中把領袖當年的風采、革命烈士的父親和自己融合在一起，因而，在無數個獨對群山的寂寞的夜晚，他就在這種虛構和想像中體驗著俯視塵寰的孤獨與自豪。

　　然而，儘管在苦根兒的心目中，農民是有待啟蒙和教育的落後群體，「重要的是教育農民」，但在矮人坪的日常生存倫理中，他卻成了個「沒有爹，沒有媽，又不娶媳婦，又不過日子」

的怪物，他的愚公移山、改天換地的行為在矮人們看來，「這人和老天爺作對、較勁，能有好果子吃嗎？咱們除了多吃了些乾糧，白費了些力氣，還得著啥啦？」知青與矮人坪土著的這種隔絕與反差無處不在。苦根兒懷著革命理想要使鄉村改天換地，而在矮人們看來，正是這個傳達中央文件、搞階級鬥爭的苦根兒給矮人坪帶來麻煩與災難；拐叔的死使得天柱隊長強烈自責、暖玉極為悲傷，而在苦根兒那裏首先的反應是想到領袖著作中關於死的輕重之分：「人總有一死，或重於泰山，或輕於鴻毛」，拐叔之死無疑是輕於鴻毛，其次是感歎「沒想到，矮人坪的階級鬥爭這麼複雜」，他實在想不出拐老五為什麼上吊，一切都是按照黨的政策進行的，「自己心裏設想好了的階級鬥爭的成果，還沒有開花，就被首尾倒置地掛到了那間滿是馬臊味的屋子裏，也被空蕩蕩地掛到了那根骯髒的房梁上。」

　　同樣，《萬里無雲》中的張仲銀，作為方圓幾十裏唯一一個識字的，以紮根農村的邢燕子、蘇聯電影裏的山村女教師瓦爾瓦拉·瓦西裏耶芙娜為榜樣，師範學校畢業後來到深山裏的五人坪，做一名人民教師，懷著「天將降大任於斯人」的悲壯和使命感，身在山村而胸懷天下，立志要把文化知識的種子傳播給這裏的貧苦人，帶領五人坪走出黃土，走出歷史。然而，和苦根兒一樣，張仲銀是驕傲而孤獨的，沒有人理解他，教給學生的知識多半被忘卻，他也絲毫沒能改變這裏的生存面貌，熬到了白髮滿頭時，唯一的願望──讓作隊長的學生蓋一所學校（原小學一直在破廟裏）也依然遙遙無期。在無數個孤獨和冷寂的長夜中，吹響的口琴《北京有個金太陽》是他精神和靈魂的唯一寄託。然而，作為革命意識形態的虔誠信奉者和底層實踐者，「文革」政治風

潮自然成為他驕傲而孤獨的生活中的一星火花和精神動力，和
「非要弄出個成績不可」的苦根兒一樣，張仲銀則在帶紅袖章、
念中央文件、指揮孩子們唱革命歌曲的生活中煥發出熱情與活
力，在農民們崇敬羨慕的眼光中找到了自我。

　　另一方面，自視高於民眾的鄉村知識份子張仲銀以自己悲壯
的犧牲去拯救民眾（陳三老漢貼黃裱紙事件成為破壞文化大革命
的反革命煽動案，仲銀主動承擔，蹲了八年監獄），然而，這個
有著英雄舉動的讀書人內心裏卻是一個蒼白而空洞的靈魂。他的
感受、思維、語言乃至孤獨、痛苦統統是被政治宣傳話語塑造出
來的：當他感到內心寂寞、無人理解，馬上出現「已是黃昏獨自
愁，更著風和雨」；被縣公安局帶走、村民們圍觀時，他體驗的
是領導人民群眾的幸福，腦子中出現「雄關漫道真如鐵，而今邁
步從頭越」的自豪。在監獄裏，他反覆做著同一個夢：夢見自己
被毛主席和周總理接見，讓他坐下卻找不著椅子。這個以啟蒙和
拯救大眾為己任的自豪而孤獨的知識份子又何嘗不是革命意識形
態塑造下的精神奴隸和愚盲。個人話語充斥著語錄、報紙文章和
領袖詩詞的摘引，表明了「當個人的內心話語消失時，那種通行
的意識形態話語實質上就完成了對人的閹割。」[41]作為民眾啟蒙
者和代言人的鄉村知識份子實際上完全成為意識形態蒼白的複製
品。他們的革命化日常語言和內心語言，與原始而充滿生存活力
的民間語言相比，顯得單調、乾癟，了無生氣。

　　富於象徵意味的是，苦根兒和張仲銀作為山村裏的知識份
子，他們都與農民們的飲食男女的生活內容格格不入。苦根兒面

---

[41] 耿占春：《敘事美學》第175頁，鄭州大學出版社，2002年。

對暖玉女性身體的惶恐與逃避，張仲銀對荷花姑娘的情感拒絕，
以及他們的無性化生活內容以及消瘦、蒼白的面孔，無不暗示出
革命邏輯和意識形態對正常人性的扼殺與扭曲。這是一種雙重悲
哀，知識青年被意識形態閹割靈魂的悲哀，以及與渴望為之獻身
的民眾的隔絕的悲哀。所以，李銳在《舊址》後記中感慨到：
「每一代人每一個人都在明確無比地奮鬥掙扎，為了這奮鬥和掙
扎他們或她們聚集了終生的理性和激情，到頭來誰也不知道這理
性和激情為什麼變成了滔天的洪水。面對著歷史，人到底是什
麼？面對著時間，生命又到底是什麼？」[42]這飽含沉痛的話語既
是對懷著真誠理想和革命信念的一代人所走過的曲折道路的思
考，更是對百年以來整個民族的現代化追求中的挫折、災難、掙
扎、無奈的喟歎，是對啟蒙、進步、理想、革命等宏大歷史話語
的痛苦的質疑，因而，對「文革」的思考被納入到整個二十世紀
廣大的歷史背景中。

　　我們知道，知識份子和人民的關係歷來都是知識份子自身和
國家意識形態關心的理論和實踐問題。從五四新文化運動開始，
中國知識份子就把自身的價值和底層民眾聯繫在一起，開啟了一
個偉大的人道主義和啟蒙主義傳統，民間作為有待啟蒙和教育的
巨大空間，成為知識份子強烈責任感的出發點和歸宿。經過 30 年
代以後特別是建國後的歷史話語體系改造，被啟蒙的民間成為推
動歷史進步和創造歷史的「人民」，知識份子則是人民之子，聽
從「人民」的召喚，接受「人民」的改造。到了 90 年代的「文
革」敘事作品如韓少功、李銳的筆下，革命意識形態話語造就的

---

[42] 李銳：《舊址》後記第 309 頁，上海文藝出版社，1993 年。

「人民」神話被還原為苦難而蒙昧的「民間」。可以說，這個民間既是政治迷信的受害者，苦難深重而愚盲昏昧，又是有著自己的生存倫理、自在自為的生活主體。這個社會空間在政治權力控制和意識形態滲透下，有順從、吸納，也有消解、抗拒。這樣的民間，既不是民粹主義和革命話語中道德純粹高尚的人民，也不完全是魯迅筆下阿Q、華老栓式的愚弱國民，他們體現了世紀末知識份子新的民間價值觀。這種民間價值觀是五四新文學時期的「國民」、革命文學中的「人民」的理性整合。而這個民間視野下的「文革」敘事，也相應地呈現了一個新的形態。以既藏污納垢又不乏正義和人性的民間視角來反思「文革」歷史具有雙重意義：民間苦難與民間倫理是對「文革」意識形態高調的戳穿與消解，民間的藏污納垢、愚盲昏昧又使之成為文革專制和迷信的基礎和土壤。這樣的「文革」敘事走出了80年代道德主義和啟蒙主義的局限，揭示了「文革」歷史的複雜性、多樣性。相比之下，李銳更多地揭示民間的苦難與愚昧，而韓少功則更多地表現民間的正面價值和生存智慧。

　　另一方面，隨著政治一體化社會結構的轉型和分化，知識份子作為歷史主體和啟蒙者的傳統受到了極大的懷疑和動搖，以《叔叔的故事》為象徵性文化符號，宣告了知識份子作為崇高和精英形象的歷史虛構的徹底坍塌。隨著這種不可阻擋的邊緣化趨勢，回到理性、獨立的文化立場，尋求知識份子「解負」以後的合理的文化位置，成為這個時代文化建設的新課題。1993年開始的「人文精神」大討論是這種文化焦慮的一次釋放和掙扎。與此同時，放棄自戀式的自我書寫和啟蒙式的批判立場，真誠而理性

地還原底層社會的生存形態，傳達民間的意義和聲音，成為這個
時代一部分知識份子尋找和建立精神歸宿的有效路徑。

可以看出，以李銳、韓少功為代表的有著知青經歷的作家，
跳出了 80 年代以梁曉聲、張承志為典型代表的自白自戀式的知青
敘事，自覺地轉向民間的立場與視角，他們作為民間的觀察者和
解釋者，在對「文革」歷史的重新講述和對民間意義的重新發現
中，建立了各自的獨創性文學敘事方式，也使得「文革」敘事獲
得了更加廣闊的歷史和社會空間。

第五節　「無神時代」的靈魂自審與救贖

前文所述大都顯示了 90 年代以來的價值轉型帶來的「文革」
敘事變化，特別是市場化時代特有的「告別革命」與「躲避崇
高」，用戲謔與嘲弄來「戲說」作為歷史的「文革」，它們在戳
穿「文革」政治和意識形態話語當中所存在的荒謬、愚妄、偽飾
等方面，具有痛快淋漓的解構效果。但在這種戲謔和解構中，顯
然也有把歷史的複雜與豐富性壓縮成怪誕、無解的扭曲形態的傾
向，在消解那種所謂神聖與崇高的同時，也有拒絕一切意義和價
值的嫌疑，暴露出市場時代特有的不良時尚和趣味。也許，這正
是另一批「文革」題材作品新世紀初出現的價值和必然所在。在
這個消解神聖的「無神時代」，另一些作家懷著探索人性之迷的
執著，回到那個詭異而真切的「文革」歷史情境中，避開外在於
歷史的純粹批判立場，也回避這種喜劇性的解構態度，以歷史現

場中的自我審視與靈魂呻吟來解開那場災難的人性因素，展開了
對靈魂迷失軌跡的探秘與人性救贖的尋求之路。

一、政治恐怖中的人性蛻變

　　2002 年，江蘇文藝出版社推出了作家沈喬生的長篇小說《狗
在 1966 年咬誰》，從題目即可看出這部作品的背景是那個不同尋
常的標誌性歷史時期——「文革」。作品的情節似乎也不外是
「傷痕文學」的「老套」：1966 年夏天的上海，十五歲的中學生
淩泉申因出身資產階級家庭而受到空前的身心打擊：在學校裏受
到老師和同學的批判，家裏房屋財產被沒收，母親被造反派毆
打、剃陰陽頭、失去工作。淩泉申遂成為無家可歸的流浪兒，進
「學習班」（被監禁），然後下放北大荒等等。但老套的故事並
非來自敘述，而是來自歷史，作者顯然也無意為那個時代再增添
一部控訴性的文字。正如小說封面文字所示：「人擺脫恐怖的方
法是什麼？是把他人也拖入恐怖中去嗎？」這是作者在事隔三十
多年後回首那個年代時的新的切入點。在一個成長的故事外殼
裏，作品通過一個少年的視角透視那個風雲突起時代城市市民的
生活和心理狀態，披露了作為一個時時可能被政治風浪衝擊和吞
沒的弱小個體是如何作出心理反應和靈魂掙扎的。

　　主人公淩泉申是個處於身體和心理成長發育期的青春少年，
因為家境富裕，學習成績優異，因而具有敏感而自尊、自傲的心
理特徵。雖然他引以為榮的馬頭牌風衣和奶油蛋糕等在那個普遍
貧窮的環境中遭到同學的嫉妒和仇視，但他還是沐浴在對榮譽、
友情、異性的美好憧憬中，特別是年輕的女實習老師林怡對他的

愛護與欣賞，更帶給他男孩子特有的心理滿足。然而，政治風暴來臨了，在人人尋找階級鬥爭新動向的政治氣候下，淩泉申的正常生活被打亂了。他的「資本家小老婆」兒子的身世使他成為老師執行階級路線的批判對象、成為被同學唾罵的資本家「狗崽子」，往日引以為榮的東西都成為他蒙羞受辱的根源。敏感而驕傲的翩翩少年面對空前的打擊，他的心理反應是怎樣的呢？

對人生和社會處於混沌初開而又蒙昧無知的少年尚無能力理解這一切的是非與因果，他只是在本能的驅使下，盲目地轉嫁和擺脫那種心理恐懼與壓抑，他無力反抗社會，只有把煩躁和怨恨轉向家人：在兩個同樣愛他的母親之間加劇矛盾，向父親抖露生母的隱情，拿著戶口本去改名表示與家庭決裂，還發起了對燒香拜佛的外婆的進攻——在家裏貼起了大字報，以「革命」的名義命令外婆停止迷信活動、搶奪外婆的玉菩薩，導致外婆把積年的怨恨借機發洩出來：主動請造反派來革淩家的命，引起了家庭成員之間一系列連鎖的傷害與爭鬥，使整個家庭拖入災難之中：養母在混亂和絕望中服毒自殺，舅舅企圖借「革命」之機佔有淩家財產而喪命，母親被造反派頭頭淩辱毒打，房屋財產被沒收，淩泉申也曾在無家可歸的生活中被女阿飛勾引，在誣陷他心目中最美好的林怡老師的材料上簽上了字等等，這個原本嚮往美好的少年在生理與心理雙重意義上迷失在軟弱與邪惡的蛻變中。

其實，發生在少年淩泉申身上的這種蛻變並非是他獨有的，而是一種時代病。書中班主任老師呂爭青、造反派頭頭湯阿山、受窮而攀富的外婆、貪婪而無賴的舅舅、阿牛一家、五加皮夫婦等等，或因盲目轉嫁心理恐懼而傷害他人，或因現實利益的算計而乘機報復、滿足私欲，他們無不在盲目的反抗命運中變成一隻

只不斷咬人與被咬的「狗」，在「吃」與「被吃」、受虐與施虐的轉換中形成一個惡性循環的生存怪圈。所以，當敘述人成年以後反省當年的情形時，他感歎到：「有人要搞呂爭青，他就要對我執行階級路線，而我，不也對外婆虎視眈眈麼？很多年後，我想起了一個連環套，那是印在一副遊戲紙牌上的，上海的孩子大部分都玩過。有六張牌，依次是：癩痢、洋槍、老虎、小孩、公雞、蜜蜂。他們之間的關係是：癩痢背洋槍，洋槍打老虎，老虎吃小孩，小孩捉公雞，公雞啄蜜蜂，蜜蜂叮癩痢。他們之間是一物降一物的連環套。誰也不是最後的贏家。」這就是那場政治劫難到來時普通人的生存景觀，人性的軟弱和恐懼使得面臨危機的人們不是相互扶助，而是相互製造出更多的災難，它昭示了在喪失秩序的「革命」恐怖中，人的良知與尊嚴是怎樣迷失在本能的掙扎中，脆弱的人性輕易地蛻變成了瘋狗式的盲目攻擊與破壞。

二、「革命」意識形態下的童心迷失

另一部兒童視角的「文革」敘事作品《蒙昧》（柯雲路，花城出版社，2000）在故事情節上屬於典型的政治受害者的苦難記憶：年輕女教師白蘭在上課時因一時口誤說錯了話遭批鬥、剃陰陽頭、貶黜、進「學習班」（臨時監獄），受盡摧殘最終淒涼地死去；小學生茅弟在「文革」政治運動初期失去親人，像流浪的狗崽一樣過著三毛式小乞丐生活，唯一關心和愛護她的白蘭老師不久也離他而去。但作品的敘事策略則是竭力避免渲染苦難和控訴性語調，刻意打斷作品的悲情氛圍，用那個男孩成人以後的尋訪和追憶為敘事線索，盡可能還原男孩子成長過程中種種微妙隱

秘的心靈過程，以童年的蒙昧施惡來折射那個「革命」年代的精神畸變。

　　主人公茅弟原本是江南小鎮上一個家境小康、好學上進的小男孩，因為年輕的女教師白蘭被安排在他的家裏居住，並與男孩同居一室，他感受著比同學更多的優越和自豪，而且由爺爺奶奶撫養長大的男孩子對女性的好奇心使白蘭老師的一切在他的眼裏具有了更多的神秘色彩，簡直是光明潔淨的化身。另一方面，作為那個時代特有的童年生活，茅弟的日常遊戲是「革命化」的：和小夥伴們組成「反特小分隊」，每天放學後從周圍人群中尋找反革命特務，一心渴望成為少年英雄登上報紙，戴上光榮的大紅花。正是在這種精神氛圍中，白蘭老師的命運發生了突如其來的變化：在小學課堂上，她一時疏忽把「誰反文化大革命，我們就打倒誰」說漏了一個「反」字，結果成為「現行反革命分子」。接踵而至的是剃陰陽頭、名字打上大紅×、掛牌遊街、當眾被批鬥、被吐唾沫、住牛棚、掃廁所等等。這些「革命」手段的醜化作用和象徵力量，瓦解了小男孩憑著兩年的朝夕相處而生出的對白蘭老師美好印象與情感，使尚未具備分辨能力的茅弟在最初的驚愕和迷惘後，很快認定他原本喜歡、崇拜的白蘭老師就是「反革命」、就是「壞人」。發生在小男孩茅弟身上「正義」的「惡」也許用齊澤克的話來解釋可以了然：當我們的日常經驗與意識形態偏見不一致時，日常經驗無法改變意識形態，相反意識形態「糾正」了我們的切身體驗。[43]對於茅弟這樣年幼的孩子，

---

[43]　（斯洛文尼亞）斯拉沃熱・齊澤克：《意識形態的崇高客體》譯者前言第10頁，季光茂譯，中央編譯出版社，2002年。

這一點就更加明顯。茅弟們此前因為「反特小分隊」的活動而掉進河裏，受到白蘭老師的批評一事，此時也成為他認定白蘭為「反革命」的「罪證」，於是和小夥伴們一起向她扔石頭、把糞便濺到她身上、砸傷白蘭的腳、截獲白蘭向上申訴的信等等，以表現自己的勇敢和英雄氣概。蒙昧的小男孩就這樣輕易地改變了自己的心理和情感，把愛和善化為仇視和攻擊，由人變成了狗和狼。

　　然而，「革命」的災難很快也降臨在茅弟身上，年邁的爺爺作為漏劃地主不堪折騰和奶奶相繼去世，房子財產被沒收，父親原本就是右派在外地被整，茅弟一下子成了無家可歸的流浪者。即使在這樣的處境中，他依然多次拒絕白蘭老師善良、真誠的愛護和幫助：當被監督勞動中的白蘭老師在雪地裏給衣不蔽體的茅弟抹凍瘡膏，餓著肚子把自己的一份飯留給茅弟，還拿出自己的一點積蓄讓他買棉鞋時，他卻狠狠地打掉老師手中的錢，猛啐一口說：「反革命！」敘事者正是在展示童年的無知與蒙昧心理過程中，揭開「革命」意識形態下的童年心靈黑洞，從一個孩子的惡來折射那個年代政治的強大殺傷力。同時，作品又以成年以後的詩人茅弟在回憶童年經歷中的痛苦自剖和真誠懺悔，從而尋求內在的自我審判和救贖之路，並避開單純的受害者角度而進入對人性和童心的嚴峻審問：「當一個歷史潮流挾帶著蠱惑成年人的聲音滾滾而來時，兒童的天真就能保持本色嗎？」[44]

---

[44] 柯雲路：《蒙昧》第 48 頁，花城出版社，2000 年。

三、心靈懺悔與宗教隱喻模式

洪子誠先生在一次訪談中在解釋為什麼放棄「懺悔意識」一詞時說：「『懺悔』這個詞可能用得不太好，借用了宗教的一個詞語，可以等同於『反省』。80年代初有過『反思文學』……現在看起來的確是有很大限度，作家缺乏把『自我反省』和『歷史反省』結合起來的這種意識，把責任推到客觀環境上。我為什麼認為沒有真正的反思，是從這個角度來談的。」他還指出：「對客觀事物或歷史的認識和反思要做得深入和有效的話，應該包括自我的反思在內，這是一個互動的關係。對歷史的深入解剖離不開對自我的反省……」[45]正是在這個意義上，以上提到的作品顯示了重要的變化，這種包含著自我反省的歷史反省在世紀之交開始集中出現，顯示了這個時代的「文革」記憶和敘事的新因素和新取向。

除了上述兩部與「文革」歷史直接相關的作品外，鐵凝的《大浴女》（春風文藝出版社，2000年）也以「文革」歷史為背景，表達了一種為「童年過失」而自我審判的主題。主人公（也是作品敘述人）尹小跳「文革」初期只有七八歲，在父母下放農村期間，帶著妹妹尹小帆獨自生活。後來母親為了照顧兩個年幼的孩子，也因為適應不了農村的艱辛勞動，回城向醫生開了病假條，並在與醫生的交往中發生戀情。尹小跳對此懷恨在心，並認定後來出生的小妹妹尹小荃是母親與醫生所生，因而在兩歲的妹妹失足掉進馬路邊的下水管道口，尹小跳在本能的遲疑下沒能挽

---

[45] 洪子誠：《文學「轉向」和精神「潰敗」》，《中華讀書報》，1995年5月3日。

救尹小荃的生命（尹小跳以為自己能拉住妹妹而沒能拉住，而她當時也只是一個小孩子）。這個誰也無法指責尹小跳的事件卻帶給她深深的負罪感，以致她成年以後在戀愛、工作、親人關係中始終以一顆懺悔和贖罪的心去面對一切，以寬容、善意和忍耐去面對挫折和痛苦，並從中體悟到人生的真諦：「無緣無故的善良和寬容是不存在的，是天方夜談，只有懷著贖罪的心理才能對人類和自己產生超常的忍耐。」作者顯然以一種宗教懺悔般的感受，表達了類似于基督教的原罪與救贖的母題。這種「自我反省」雖然沒有與「歷史反省」直接相疊合，但聯繫到鐵凝80年代末的《玫瑰門》對人性惡之于「文革」歷史的書寫，這種「自我反省」的視野顯然也可以為「歷史反省」所分享。

　　從弱者對更弱者的傷害中汲取深摯的道義感和責任感，在歷史和生活過程中引入對個人有限性和人性缺陷的警醒，同時努力走向某種靈魂懺悔和自我審判，這是當代知識者在經歷了自己的悲劇性現代歷史並將之置於世界性文化氛圍中時竭力發展出的一種意識。而在世紀之交的有關「文革」的文學敘事中，對「文革」中的童年經歷的回溯，以童年（少年）成長心理過程來映照「文革」政治和意識形態對兒童心靈和正常人性的扭曲與侵害，是一個帶有普遍性的視角和主題。它們往往以第一人稱的敘事方式回憶與尋訪兒時生活歷程，具有擬自傳色彩。成年以後的時空巨變而依然對童年迷失的深銘不忘，不僅表達了作者心靈的真誠和人性的自覺，也是對「文革」歷史反省的深化。回憶的滄桑與苦澀，成長心理的微妙和靈魂隱秘的污穢，使得這些作品帶上了宗教般的自我懺悔情緒。這種「類宗教」的傾向也表現在作品的

情節結構上，主人公的成長過程往往體現為「聖母與羔羊」的宗教隱喻模式中。

　　如《狗在 1966 年咬誰》中，當淩泉申處在「人性」蛻變為「狗性」的環境中，親人、同學、鄰居都以攻擊他人，來自我保護和轉嫁心理恐懼時，年輕漂亮的林怡老師則超拔其中，把「狗崽子」淩泉申當作一個「孩子」來關懷和愛護，成為那個醜陋時代的美好的化身，而淩泉申對她的情感和心理皈依，則成為淩泉申日後調整失重的自己的尺度，與獲得救贖力量的源泉。同樣，在《蒙昧》裏，白蘭老師在茅弟的流浪和乞丐生活中，更充當著一個冷酷世界中受難的聖母角色。她雖然自己處在監禁勞動的處境中，但仍小心翼翼地幫助那個向她吐唾沫、砸石頭的孩子。當茅弟因打架而被學校開除，剛剛走出「牛棚」的白蘭卻替他申辯，並再度陷入監禁，被流放到更遠的地方。因無知而傷害白蘭老師的茅弟則在這個不是母親勝似母親的慈愛和保護下，逐漸恢復人性的愛與善，追隨著被流放的白蘭老師，在她受到一個個依仗權勢獵取女色的「革命者」董主任、丘隊長、馬二等人的糾纏時，以一個男孩子所能有的力量，保護著孤弱而潔身自好的白蘭老師。如果說，淩泉申是在成人之後回憶當年的少年蒙昧而表現出懺悔的真誠，那麼茅弟的心理懺悔和人性復甦在與白蘭老師的相處中已經完成，因而作品更多的是一種童年心靈和人生蹤跡的尋訪。

　　自 20 世紀 70 年代末至今的 20 多年裏，在大量反思「文革」的作品中，我們看到了太多太多的對外在歷史罪惡與污穢的批判和控訴（當然，它們是一定歷史時期的需要和必然），而嚴厲、真誠地揭開政治災難中個人隱秘的人性惡，從每一個個體自身的

反省和追問來切入歷史的作品則顯得少而又少，正是在這個意義上，洪子誠先生曾指出 80 年代以來的文學狀況的兩大弊端之一就是「在對歷史所作的『反思』中，採取一種將『個人』加以『懸擱』的處理方式」，「開脫了自己，逃避了反省，也就開脫了自己對於歷史、對於人類生活的責任。」[46]劉小楓在《苦難記憶》一文中談到過一部國外電影《索非的抉擇》，影片中一位母親面對納粹強令自己在兩個孩子當中選擇一個送往死亡營時的痛苦抉擇和因此帶來的終生負疚，作者由此而聯想到國人對「文革」的反思限度，並不無憤激地指出：「在漢語語境中，生存品質已被破壞，以人類解放者自居，以歷史推動者自居，以世界的製造者自居，連罪責應負的負疚都沒有，談何無辜的負疚！」[47]而世紀之交出現的這幾部以「文革」題材或背景的小說，雖然在其反思深度上未必能令人滿意，在方向上卻是我們願意看到，也值得欣喜的。尤其是，它們講述的皆系「成長的故事」，是「真實」可以不被全然揭示的故事。它所能延伸的意義是，如果童年心靈因無知蒙昧而染上污垢、造成傷害尚且不能逃避道德自審的嚴厲，那麼許許多多懷著各種欲望、參與歷史作惡的成人以各種理由進行自辯和歷史之外的批判不啻是一種道德良知的虛無和逃避，是一種生存品質的敗壞。

　　50、60 年代，中華民族從「站起來了」的精神喜悅中逐步走向全民「造神」的精神畸變，而 90 年代以來的市場化進程，則是

---

[46] 洪子誠：《文學「轉向」和精神「潰敗」》，《中華讀書報》，1995 年 5 月 3 日。

[47] 劉小楓：《苦難記憶——為奧斯維辛集中營解放四十五周年而作》，《這一代人的怕和愛》第 32 頁，北京：三聯書店，1966 年。

以物質欲望的膨脹和精神道德領域的萎縮為代價，是一個去神聖
的世俗化時代。在這樣的時代中，對一個民族在歷史中的靈魂迷
失的正視和在現實中精神救贖的表達，顯示了一部分知識份子對
心靈潔淨的堅守和重新呼喚另一種神聖的信息，也是抗拒歷史健
忘的可貴努力。這是作家個人的記憶，也是一個民族精神歷程的
記憶。巴爾扎克說過：「懺悔是一種貞操」、「一種道德」，盧
梭說得更充分：「懺悔意識是一種澄澈的歷史理性，一種勇於承
擔歷史責任的人格自覺。」[48]我們看到，以知青經歷者為主體的
一批作家（柯雲路、沈喬生、鐵凝大體都是有著知青經歷和年齡
相近的作家），普遍從自戀式的青春無悔（以梁曉聲、張承志為
代表）轉向對更早的童年和少年成長記憶的開掘，一代人的「革
命」化童年成為他們深化歷史反思的新視角。在這裏，對「文
革」歷史的回憶和對個人童年的記憶疊印在一起，情感和思考的
焦點不再是「文革」大歷史和意識形態層面，更多的是對成長心
理和人性負面的正視，交織著苦澀的情感懷舊與嚴厲的靈魂自
剖，這是「文革」意識形態塑造下的一代人的靈魂自我清洗，相
對於 80 年代審判政治的人道主義文學主題，更具有個體精神自覺
和宗教般的懺悔色彩。如果說前者標誌著政治的覺醒，那麼，後
者則是真正的人的覺醒，是靈魂境界的提升。不論是為了擺脫心
理恐怖而轉嫁和傷害他人的「我也曾咬過人，像狗一樣」，還是
在尋找敵人、製造敵人的意識形態化童年中對母親般的老師投石
頭、吐唾沫，抑或出於某種狹隘心理而放棄挽救無辜的生命等

---

[48] 張韌：《懺悔：人性的承諾》，轉引自餘開偉（主編）：《懺悔還是不懺
悔》，北京：中國工人出版社，2004 年。

等，心靈的蒙昧和污垢不因無知犯罪而豁免。聖母式的受難與愛
心和童心的迷失與複歸，更在象徵性意義上通向了宗教結構，形
成了這個世俗化時代一道亮麗的精神風景。如果說魯迅的深刻之
處在於他把中國封建文化的實質精闢而形象地概括為「吃人」二
字，從而成為五四時代文化反思的最強音，那麼他的偉大之處則
在於借「狂人」之口痛苦地發出「我也是吃過人的人」，把自己
也內化於歷史的罪惡之中，從而發出了一個民族的懺悔的真誠和
新生的渴望，成為現代民族精神重建的起點。那麼，這些世紀之
交出現的「文革」敘事作品所表達的內在於歷史罪惡的自我懺悔
和對精神救贖的尋求也昭示了「文革」之後我們民族精神療傷與
重建的可能。同時，類宗教式的懺悔與救贖主題也透露出這個時
代知識份子尋求精神家園的新動向和新信息。

小　結

　　把 90 年代以來的「文革」敘事現象作為一個整體加以論述，
不能不說有其忽略歷時發展變化的弊端，但若把它們作為「告別
20 世紀」的文化語境下，並和 70、80 年代作縱向比較，也還是
有著基本可靠的歷史依據的。最重要的是，這些敘事作品普遍表
現出世紀之交的歷史思考和市場意識形態的共同語境特徵。在這
種語境下，革命、理想、崇高、神聖等都被作為 20 世紀 50 年代
後期尤其是「文革」政治災難的相關產物受到嘲弄和解構，從權
力、性、個人意志等非理性角度來想像和解讀「文革」乃至整個

現代歷史的原因和後果，顯示了知識份子對宏大歷史敘事的懷疑與放棄。正如作家格非所生動描述的：「今天的小說家的處境已不再具有偉大的知識功能和神聖的教諭功能等美麗意識的支援，甚至已不再具有某種價值判斷的參考作用。一方面，社會逼迫他交出自己的權力——正如宗教的權力被剝奪一樣，給他留下了只是孤獨和焦慮——一朵枯萎的玫瑰，一條亂糟糟的街巷，重複著祖先古老的名字。另一方面，作家自身也放棄了對歷史的自信，因為，在這樣一種社會現實中，作家們似乎感覺到，這種對歷史的自信與執著恰好構成了對其自身境遇的反諷。」[49]90 年代以來的「文革」敘事所呈現的正是這種情形。

　　從敘事角度和人物選擇上看，以造反派視角、民間視角、童年視角來講述「文革」歷史成為這一時期新的普遍性的選擇；知識份子精英形象被消解，理想主義的知青形象也「淡出」歷史場景，民間的生存形態和生存意識受到關注。同時，「宏大的歷史敘事及其歷史主體的自我意識趨於衰退，必然導致文學那種深重的苦難意識和救贖意識趨於退化，崇高而令人敬畏的悲劇讓位于平凡的隨遇而安的喜劇，文學寫作更多地是在製造快慰。」[50]因而，以喜劇式歸謬和解構革命意識形態，以「文革＋性」的模式把苦難戲謔化、政治欲望化。相應地，在文體上，普遍放棄全知敘事而代之以單個人物的自敘與獨白，在形式的「個人化」方面也體現了對宏大歷史和真理話語的放棄。

---

[49]　格非：《小說藝術面面觀》第 184-185 頁，江蘇文藝出版社，1995 年。
[50]　陳曉明：《表意的焦慮》第 408 頁，北京：中央編譯出版社，2002 年。

　　與此同時，在這個喜劇狂歡的世俗化時代，在「深重的苦難意識和救贖意識趨於退化」的時代，另一些作家在重新記憶和講述「文革」時，不是外在於歷史的批判和反諷，而是正視構成歷史的普通乃至弱小個體的人性缺陷和心靈陰暗，以真誠的自我解剖表達進行精神清潔和靈魂贖罪的類宗教情結，在「文革」的血和火被時間的水流所稀釋的必然中，交出自己的心靈懺悔錄，這些既是民族精神自覺的可能，也體現了世紀之交「告別」與「展望」中的知識份子另一種精神動向。解構與懺悔構成這個時代兩種不同而互補的「文革」敘事景觀。

結　語

　　新歷史主義理論認為，人們只能通過語言形式接觸歷史而無法回到真正實有的經驗，強調歷史的敘事乃至虛構的性質，從而打破歷史的科學和客觀的神話，揭示其意識形態乃至政治的功用。那麼，以歷史事件為背景或直接描述歷史的小說則更是如此。從 70 年代末到世紀之交，對「文革」歷史的敘事變化充分顯示了這一點。新時期初，知識份子的歷史感與國家意識形態相一致，普遍把「文革」定位為一個正當連續的社會歷史的中斷與偏離，以黑白、善惡的二元對立思維來解釋「文革」政治，把一切罪責歸於「四人幫」，並使之漫畫化、小醜化，後來的反思由「文革」延伸到 50 年代，追溯極左政治路線的起源和極端化過程，以受害者、抗爭者的主體形象來維護政權、體制在意識形態層面上的完整與延續，從而一方面徹底否定「文革」，另一方面為新的社會轉型和進步發展所需的意識形態提供歷史合法性，避免了反思「文革」所可能引起的問題。80 年代中後期，隨著對「文革」反思的推進和思想解放的深化，知識份子與傳統意識形態產生疏離，一方面在現代化的前景預設上與主流政治話語配合，另一方面，在政治文化層面逐漸脫離傳統的意識形態體系，人道主義等思潮興起，以文化反思來接續和轉移政治反思的受阻，從反思「文革」意識形態到反思一切政治烏托邦，對「文

革」進行文化淵源和歷史基因的探詢，從人性自身的陰暗與醜惡、人性和政治的互動等，觸及到現當代乃至整個 20 世紀歷史的某種延續性與同質性思想。90 年代以來，伴隨著世俗化時代的全面到來，一方面是傳統意識形態功能的弱化，另一方面則是人文知識份子政治主體形象的淡化。精英精神被解構，革命話語被嘲弄，代之以權力和情欲解釋和想像「文革」歷史，戲謔與反諷成為「文革」敘事的主調。知識份子形象「淡出」歷史中心而民間生存被推向前臺。世紀之交，伴隨著對整個 20 世紀的告別和總結，和對神聖崇高倒塌之後的精神歸宿的尋求需要，以對「文革」歷史的童年記憶和自我解剖表達出類宗教的懺悔與救贖主題，心靈的敞開不僅是對歷史的責任承擔，更是漂泊在無神時代的靈魂對精神家園的深層渴望。

　　過去，有人說過：「敦煌在中國，但敦煌學在國外。」關於中國的「文化大革命」研究，現在也有人說：「『文革』發生在中國，但『文革學』卻在國外。」[1]這雖然不無片面，卻也在一定程度上說明了問題。「文革」作為離我們最近的災難性事件，正在或已經被大多數國人「遺忘」。對「文革」的歷史研究因為種種原因，也遠未深入充分。幾十年來，告別過去、面向未來、加快發展的主流意識形態，實用主義、積極入世、缺乏反思與懺悔的中國文化傳統，物質主義、消費主義文化觀念的逐漸彌散，以及「文革」當事人文本至今還是空白等等，這些因素使得「文革」作為一個民族的恥辱記憶在未經深入反思之後就被「告別」了。同時，90 年代以後，隨著市場經濟帶來的社會分配不公、貧

---

[1]　徐友漁：《直面歷史》第 239 頁，北京：中國文聯出版社，2000 年。

富差距懸殊、精神信仰危機等社會文化問題，在民間文化心理中又升騰起一種懷舊情緒，紅衛兵精神、知青情結、老三屆文化、「紅太陽」歌曲等大量與「文革」歷史相關的心理文化現象，又把苦難與恥辱記憶過濾成「陽光燦爛的日子」。從理論界來看，西方思想界的批判性知識份子從 20 世紀 60 年代開始，就對中國的「文革」投注了極大的熱情和想像，他們把「文革」作為紅色烏托邦的積極實驗大加推崇，以此作為反思西方現代性問題的資源。而 90 年代以來，國內有一些知識份子也借助于「文革」的意識形態話語資源來反思批判現實問題。「文革」歷史在各種政治、思想言說中變得撲朔迷離。

日本政治思想史學家丸山真男說過：在現代人文、社會科學諸學科裏，最能夠有效地處理思想史所難以企及的材料的，正是文學研究領域。[2]小說中的「文革」是對這段歷史進行記憶和敘述的極為豐富的資源，它以幾代人的生活經歷、情感體驗、心理掙扎和理性反思，葆有了歷史的豐富性、多樣性、悖論性、複雜性。小說對「文革」的敘事是對「存在的被遺忘」的對抗與證明，梳理和分析這些「文革」敘事不僅是文學研究的工程，也是研究當代思想史變遷的極好標本。

俄羅斯有諺語雲：「提舊事者失一目，忘舊事者失雙目！」[3]同時，記憶「並不僅僅通過對某一種特定經驗的如實報導來體現，而毋寧說它是一種責任，這種責任產生於對過去曾經降臨又離開的每一件事情延續性的意識，是對於如果我們不想在真空中

<hr>

[2]　孫歌：《文學的位置——丸山真男的兩難之境》，《學術思想評論》第 3 輯，遼寧人民出版社，1998 年。

[3]　索爾仁尼琴：《古拉格群島》第 677 頁，北京：群眾出版社，1996 年。

消失便不能遺忘的那種東西的責任。」[4]烙印在我們民族肌體上的創傷和諸多親歷者心靈深處的隱痛並沒有真正癒合和消失，而由這場荒誕而複雜的歷史所引發的政治、民族、人性的思索也遠遠沒有充分深入，這是中國知識份子難以回避而遠未完成的精神負債。對「文革」的不斷審視和反覆敘事，不斷地把歷史的演進過程（當然也包括歷史性的錯誤）轉變為思想營養，並把這份營養以思想的形態留給後人，這是當代知識份子仍需努力的精神債務。打撈記憶，不只是再次揭開「文革」血淋淋的創口，也不僅是以懺悔來減輕心靈的舊債，重要的是讓歷史照亮未來的路，不僅是文學之路，也是民族之路。

---

[4]　（捷克）克裏瑪：《布拉格精神》第 41 頁，崔衛平譯，作家出版社，1998 年。

參考文獻

● 著作：

許子東：《為了忘卻的集體記憶》，三聯書店，2000年。

陳曉明：《表意的焦慮：歷史祛魅與當代文學變革》，中央編譯出版社，2002年。

易暉：《「我」是誰——新時期小說中知識份子的身份意識研究》，百花洲文藝出版者，2004年。

姚新勇：《主體的塑造與變遷——中國知青文學新論（1977-1995）》，暨南大學出版社，2000年。

高皋、嚴家其：《文化大革命十年史：1966-1976》，天津人民出版社，1986年。

宋永毅、孫大進：《文化大革命和它的異端思潮》，香港：田園書屋，1997年。

（英）麥克法誇爾,羅德里克：《文化大革命的起源》，河北人民出版社，1989年。

（美）莫里斯・邁斯納：《馬克思主義、毛澤東主義與烏托邦主義》，張甯、陳銘康等譯，中國人民大學出版社，2005年。

朱學勤：《道德理想國的覆滅：從盧梭到羅伯斯庇爾》，上海三聯書店，1994年。

張志楊：《創傷記憶——中國現代哲學的門檻》，上海三聯書店，1999年。

劉小楓：《現代性社會理論緒論》，上海三聯書店，1998年。

劉小楓：《這一代人的怕和愛》，三聯書店，1966年。

史景遷：《天安門：知識份子與中國革命》，中央編譯出版社，1998年。

盧之超、王正泉：《史達林與社會主義》，社會科學文獻出版社，2002年。

江沛：《紅衛兵狂飆》，河南人民出版社，1994年。

（英）卡爾・波普爾：《開放社會及其敵人》，中國社會科學出版社，1999年。

（英）哈耶克：《通往奴役之路》，中國社會科學出版社，1997年。

（美）蘇珊・鄧嗯：《姊妹革命：美國革命與法國革命啟示錄》，楊小剛譯，上海文藝出版社，2003年。

（英）伯克：《法國革命論》，商務印書館，1999年。

（美）弗・詹姆遜：《政治無意識》，王逢振、陳永國譯，中國社會科學出版社，1999年。

張京媛（主編）：《新歷史主義與文學批評》，北京大學出版社，1993年。

盛寧：《新歷史主義》，臺北：揚智文化事業公司，1996年。

《文藝學和新歷史主義》，社會科學文獻出版社，1993年。

（法）羅蘭・巴特：《符號學原理》，三聯書店，1988年。

羅鋼：《敘事學導論》，雲南人民出版社，1994年。

王陽：《小說藝術形式分析：敘事學研究》，華夏出版社2002年。

趙毅衡：《當說者被說的時候》，中國人民大學出版社，1998 年。

（美）戴衛・赫爾曼：《新敘事學》，馬海良譯，北京大學出版社，2002

（美）海頓・懷特：《後現代歷史敘事學》，陳永國、張萬娟譯，中國社會科學出版社，2003 年。

徐賁：《走向後現代與後殖民》，中國社會科學出版社，1996 年。

耿占春：《敘事美學》，鄭州大學出版社，2002 年。

陶東風：《社會轉型與當代知識份子》，上海三聯書店，2001 年。

（斯洛文尼亞）斯拉沃熱・齊澤克：《意識形態的崇高客體》，季光茂譯，中央編譯出版社，2002 年。

李澤厚、劉再複：《告別革命──回望二十世紀中國》，香港：天地圖書有限公司，1997 年。

埃裏亞斯・卡內提：《群眾與權力》，香港：牛津大學出版社，1993 年。

雷達：《思潮與文體：20 世紀末小說觀察》，人民文學出版社，2002 年。

王德威：《閱讀當代小說》，臺北：遠流出版有限公司，1991 年。

（法）埃斯卡皮：《文學社會學》，上海譯文出版社，1988 年。

洪子誠：《問題與方法──中國當代文學史研究講稿》，三聯書店，2002 年。

洪子誠（主編）：《中國當代文學史・史料選》（1945-1999），長江文藝出版社，2002 年。

白燁（編）：《文學論爭 20 年》，華中師範大學出版社，1998 年。

陳思和：《中國當代文學史教程》，復旦大學出版社，1999 年。

金漢：《中國當代小說史》，杭州大學出版社，1990 年。

吳炫：《中國當代文學批判》，學林出版社，2001 年。

楊健：《中國知青文學史》，中國工人出版社，2002 年。

程光煒：《文化的轉軌——「魯郭茅巴老曹」在中國》，光明日報出版社，2004 年。

（英）邁克爾‧歐克消特：《政治中的理性主義》，張汝倫譯，上海譯文出版社，2003 年。

曼海姆：《意識形態與烏托邦》，商務印書館，2000 年。

羅鋼、劉象愚（編）：《文化研究讀本》，中國社會科學出版社，2000 年。

（法）賽奇‧莫斯科維奇：《群氓的時代》，許列民等譯，江蘇人民出版社，2003 年。

陳家琪：《話語的真相》，上海人民出版社，1998 年。

王紹光：《理性與瘋狂：文化大革命中的群眾》，香港：牛津大學出版社，1993 年。

孟繁華、林大中（主編）：《九十年代文存》，中國社會科學出版社，2001 年。

南帆：《文學的維度》，上海三聯書店，1998 年。

南帆：《文本生產與意識形態》，暨南大學出版社，2002 年。

崔衛平：《積極生活》，中國人民大學出版社，2003 年。

趙毅衡：《當說者被說的時候》，中國人民大學出版社，1998 年。

徐有漁：《形形色色的造反——紅衛兵精神素質的形成及演變》，香港中文大學出版社，1999 年。

汪暉、陳燕谷（主編）：《文化與公共性》，三聯書店，1998 年。

（俄）弗蘭克：《俄國知識人與精神偶像》，徐鳳林譯，學林出版社，1999 年。

（俄）別爾嘉耶夫：《論人的奴役與自由》，中國城市出版社，
　　2001 年。

（美）安敏成：《現實主義的限制》，薑濤譯，江蘇人民出版
　　社，2001 年。

（奧地利）威爾海姆‧賴特：《法西斯主義群眾心理學》，張峰
　　譯，重慶出版社，1990 年。

王一川：《中國形象詩學》，上海三聯書店，1998 年。

戴錦華：《隱形書寫》，江蘇人民出版社，1999 年。

（美）詹姆斯‧麥格雷戈‧伯恩斯：《領袖論》，劉李勝等譯，
　　中國社會科學出版社，1996 年。

（美）鄧尼斯‧朗：《權力論》，陸震綸等譯，中國社會科學出
　　版社，2001。

（法）古斯塔夫‧勒龐：《烏合之眾：大眾心理研究》，馮克利
　　譯，中央編譯出版社，2000 年。

余開偉（主編）：《懺悔還是不懺悔》，中國工人出版社，
　　2004 年。

（美）保羅‧康納頓：《社會如何記憶》，納日碧力戈譯，上海
　　人民出版社，2002 年。

（美）恩斯特‧貝克爾：《拒斥死亡》，林和生譯，北京：華夏
　　出版社，2000 年。

（捷克）克裏瑪：《布拉格精神》，崔衛平譯，作家出版社，
　　1998 年。

● 論文：

王堯：《「本土寫作」與當代漢語寫作──李銳論》，《文學評
　　論》2004 年第 1 期

姚莫詡：《「文革」小說的另一種敘事》，《小說評論》2003 年
　　第 3 期

李遇春：《走出「文革」敘事的迷惘──從閻連科和劉醒龍的二
　　部長篇新作說起》，《小說評論》2003 年 2 期

《知青小說、王小波與福柯──評〈黃金時代〉的新視角》，
　　《江西社會科學》2003 年第 1 期

何言宏：《「文革」後知識份子身份認同的歷史性源起研究》，
　　《文藝爭鳴》2002 年第 1 期

陳思和：《論閻連科的〈堅硬如水〉中的惡魔性因素》，《當代
　　作家評論》2002 年第 4 期

王坤：《反思文革悲劇根源的力作──長篇小說〈桃源夢〉的寓
　　意解讀》，《北京科技大學學報》2001 年第 1 期

閻嘉：《中國「文革」小說與卡夫卡》，《四川大學學報》2001
　　年第 4 期

何言宏：《「文革」後文學現代性話語的歷史起源研究》，《西
　　北師大學報》(社會科學版)2001 年第 5 期

李亞萍：《一道殘酷的風景──解讀李碧華小說中的「文革」描
　　述》，《當代文壇》2001 年第 1 期

張志忠：《從狂歡到救贖：世紀之交的文革敘事》，《當代作家
　　評論》2001 年第 4 期

何言宏：《突圍與限禁——「文革」後文學現代性話語的歷史起源研究之一》，《文藝爭鳴》2001 年第 4 期

張志忠：《歷史之迷與青春之誤》，《社會科學論壇》2000 年第 1 期

賀照田：《時勢抑或人事：簡論當下文學困境的歷史與觀念成因》，《開放時代》2000 年第 3 期

雷達：「長篇小說筆記之五——王蒙《狂歡的季節》」，《小說評論》2000 年第 5 期

毛志成：《「文革」之迷》，《文學自由談》1999 年第 2 期

曹多勝：《在「文革」和市場話語之下的新時期小說》，《文藝評論》1999 年第 1 期

張雅球：《都市時代的鄉村記憶——從王安憶近作看知青文學》，《小說評論》1999 年第 6 期

賀仲明：《「歸去來」的困惑與彷徨：論 80 年代知青作家的情感與文化困境》，《文學評論》1999 年第 6 期

徐友漁：《西方學者視野中的中國紅衛兵》，《社會科學論壇》1999 年第 3 期

王蒙：《革命‧世俗與精英訴求》，《讀書》1999 年第 4 期

戴錦華：《智者戲謔——閱讀王小波》，《當代作家評論》1998 年第 2 期

蔡申：《「文革」與國民性——讀〈渦漩〉與〈一朝縣令〉》，《寧夏社會科學》1998 年第 4 期

耿占春等：《對「文革」的再敘事》，《上海文學》1998 年第 1 期

張法：《傷痕文學：興起、演進、解構及其意義》，《江漢論壇》1998 年第 9 期

曲春景：《對文革成因的文化批判──讀李銳的〈無風之樹〉與〈萬里無雲〉》，《中州大學學報》1998 年 02 期

摩羅：《論余華的〈一九八六年〉》，《文藝理論研究》1997 年第 5 期

劉成友、徐清：《新歷史小說的哲學困境》，《理論與創作》1996 年第 1 期

樊星：《「文革記憶」──「當代思想史」片斷》，《文藝評論》1996 年第 1 期

鄒忠民：《歷史的失語症──「文革」題材創作論》，《小說評論》1995 年第 5 期

劉江：《論「文革」題材小說的嬗變》，《廣西社會科學》1994 年 1 期

王蒙：《躲避崇高》，《讀書》1993 年第 1 期

何新：《當代中國文學中的存在主義影響》，《文學自由談》1986 年第 3 期

蔡翔：《對確實性的尋求》，《當代作家評論》1985 年第 6 期

基亮：《孩子王》，《當代文壇》1985 第 5 期

附錄一：主要涉及作品

劉心武：《班主任》，《人民文學》1977 年第 11 期

盧新華：《傷痕》，《文匯報》1978 年 8 月 11 期

王亞平：《神聖的使命》，《人民文學》1978 年第 9 期

茹志鵑：《剪輯錯了的故事》，《人民文學》1979 年第 2 期

從維熙：《大牆下的紅玉蘭》，《收穫》1979 年第 2 期

鄭義：《楓》，《文匯報》1979 年 2 月 11 日

方之：《內奸》，《北京文藝》1979 年第 3 期

張弦：《記憶》，《人民文學》1979 年第 3 期

劉克：《飛天》，《十月》1979 年第 3 期

金河：《重逢》，《上海文學》1979 年第 4 期

馮驥才：《啊！》，《收穫》1979 年第 6 期

高曉聲：《李順大造屋》，《雨花》1979 年第 7 期

靳凡：《公開的情書》，《十月》1980 年第 1 期

張弦：《被愛情遺忘的角落》，《上海文學》1980 年第 1 期

張一弓：《犯人李銅鍾的故事》，《收穫》1980 年第 1 期

高曉聲：《陳奐生上城》，《人民文學》1980 年第 2 期

王蒙：《蝴蝶》，《十月》1980 年第 4 期

張賢亮：《靈與肉》，《朔方》1980 年第 9 期

周克芹：《許茂和他的女兒們》，百花文藝出版社 1980 年

戴厚英：《人啊！人》，廣東人民出版社，1980 年

古華：《芙蓉鎮》，人民文學出版社，1981 年

禮平：《晚霞消失的時候》，《十月》1981 年第 1 期

趙振開：《波動》，《長江》1981 年第 1 期

王安憶：《本次列車終點》，《上海文學》1981 年第 10 期

葉蔚林：《在沒有航標的河流上》，《小說月報》1981 年第 5 期

韋君宜：《洗禮》，《當代》1982 年第 1 期

梁曉聲：《這是一片神奇的土地》，《北方文學》1982 年第 8 期

史鐵生：《我的遙遠的清平灣》，《青年文學》1983 年第 1 期

梁曉聲：《今夜有暴風雪》，《青春增刊》1983 年第 1 期

叢維熙：《雪落黃河靜無聲》，《人民文學》1984 年第 1 期

張賢亮：《綠化樹》，《十月》1984 年第 2 期

孔捷生：《大林莽》，《十月》1984 年第 6 期

阿城：《棋王》，《上海文學》1984 年第 7 期

阿城：《樹王》，《中國作家》1985 年第 1 期

阿城：《孩子王》，《人民文學》1985 年第 2 期

莫言：《透明的紅蘿蔔》，《中國作家》1985 年第 2 期

史鐵生：《插隊的故事》，《鍾山》1986 年第 1 期

殘雪：《黃泥街》，《中國》1986 年第 11 期

胡月偉：《瘋狂的上海》，四川人民出版社，1986 年

張煒：《古船》，人民文學出版社，1987 年

余華：《一九八六年》，《收穫》1987 年第 6 期

莫應豐：《桃源夢》，人民文學出版社，1987

張承志《金牧場》，作家出版社，1987 年

梁曉聲：《一個紅衛兵的自白》，四川人民出版社，1988 年

王安憶：《69屆初中生》，北嶽文藝出版社，1988年

老鬼：《血色黃昏》，工人出版社，1989年

鐵凝：《玫瑰門》，作家出版社，1989年

安文江：《我不懺悔──一個紅衛兵司令的自白》，《東方紀
　　事》1989年第5期

王安憶：《叔叔的故事》，《收穫》1990年第6期

王朔：《動物兇猛》，《收穫》1991年第6期

李銳：《北京有個金太陽》，《收穫》第2期

王小波：《黃金時代》，華夏出版社，1994年

閻連科：《最後一名女知青》，百花文藝出版社，1995年

李銳：《無風之樹》，《收穫》1995年第1期

李銳：《萬里無雲》，《鍾山》1997年第1期

韓少功：《馬橋辭典》，作家出版社，1997年

南台：《一朝縣令》，北嶽文藝出版社，1996年

王朔：《看上去很美》，華藝出版社，1999年

閻連科：《堅硬如水》，長江文藝出版社，2001年

鐵凝：《大浴女》，春風文藝出版社，2000年

王蒙：《狂歡的季節》，人民文學出版社，2000年

柯雲路：《芙蓉國》，中國電影出版社，2000年

柯雲路：《蒙昧》，花城出版社，2000年

柯雲路：《黑山堡綱鑒》，花城出版社，2000年

畢飛宇：《玉米》，《人民文學》，2001年第4期

潘婧：《抒情年代》，作家出版社，2002年

沈喬生：《狗在1966年咬誰》，江蘇文藝出版社，2002年

附錄二：「文革」題材小說研究學術綜述

　　對「文革」題材小說的單篇評論開始於 70 年代末，與新時期創作同步，但對「文革」題材小說進行總體性專門研究，以「文革」敘事文本為材料，來進行思想史、政治史包括文學史研究的還是 90 年代以後的事。其中最為重要的專著是許子東的《為了忘卻的集體記憶──解讀 50 篇文革小說》，該著作借鑒普洛普分析俄國民間故事的結構主義小說研究方法，以 70 年代末到 90 年代初有代表性的 50 篇（部）「文革」題材小說為對象，從它們對「文革」敘述的災難起因、災難降臨方式、拯救主題、反思一懺悔、敘事模式等五個方面進行了分類、歸納和闡釋，總結出這些作品的「文革敘述」的基本單位和不同組合方式及其背後的文化心理狀態。其中最有價值的是通過對這批作品的總體性考察，總結歸納出四種不同敘事視角和敘事模式及其相應的意義：第一種是契合大眾審美趣味與宣洩需求的「災難故事」，這種敘事主人公大多是純粹的受害者，具有「因禍得福」的意義結構、善惡分明的角色功能等，是出現最早、讀者最多、影響最廣泛的一種「文革」敘述。第二種是體現「知識份子－幹部」憂國憂民情懷的「歷史反省」，往往表現出「壞事變成好事」的意義結構，顯示了當代知識份子的政治訴求中把憂國憂民使命總是和自身的政治身份社會位置相聯繫的潛在心理。第三種是先鋒文學對文革的

「荒誕敘述」，表現出反叛士大夫傳統、百姓趣味，顛覆「因禍得福」或「壞事變成好事」的敘事模式，也付出了挑戰大眾閱讀期待而減少了可讀性進而也減少讀者的代價。第四類是紅衛兵－知青視角的「文革記憶」，基本主題是「我或許錯了，但決不懺悔！」。許子東先生的文革敘事研究在方法、角度和文化心理闡釋方面都有著開拓性的成就，但由於採用的是敘事學研究方法，缺乏對「文革」敘事變化的縱向研究，特別是對 90 年代以後的「文革」敘事現象，這四種視角的歸納已不能涵蓋和解釋了。同時，由於方法和角度的限制，對單個作家作品的差異性、獨特性也未能顧及。

　　在涉及「文革」小說研究的著作中，姚新勇的《主體的塑造與變遷──中國知青文學新論（1977-1995）》（廣州：暨南大學出版社，2000）詳細描述了知青文學的發生、發展、變異軌跡，把知青文學發展史劃分為傷痕型、理想主義英雄型、文化型、世俗型等幾個階段和類型，並細緻地疏理出知青作為特殊文學和文化群體的主體形象從最初的眾人意識形態軀殼（傷痕文學時期作品）到英雄主義主體形象的誕生（梁曉聲的代表作品）、轉型（阿城的「三王」）以及後來的離散並最終向世俗符號（「老三屆」文化現象）的蛻變，揭示知青主體的意識形態體系的生成流變史。同時運用阿爾都塞的意識形態國家機器再生產理論，分析闡釋了從傷痕期知青題材文學開始到 90 年代中期近 20 年的知青文學歷史中，對「知青」這個社會－文學集體主體的看似客觀的共識，「掩蓋了特定的『知青』群體意識與意識形態體系間的複雜關係，也很可能掩蓋了這種具有獨特性的群體性主體是意識形態體系無意識的塑造物；同時也掩蓋了這些對『知青』和『知青

文學』的認識，也正從屬並服務於主流意識形態話語體系的實質。」由於論題所限，該著主要從知青文學變異本身出發，對文革題材作品所達到的深度與廣度的闡釋所占比例較小。陳曉明的《表意的焦慮：歷史祛魅與當代文學變革》（北京：中央編譯出版社 2002）把「文革」後至 90 年代末期的中國文學看成隱含一系列階段性變異的歷史過程，認為這些過程既有共同的歷史總體性，又都有內在的階段性總體性，文學表達總是承受著這些總體性的壓力而在思想上和藝術形式上作出種種反應。其中對「文革」敘事作品的主要論點是：以傷痕文學為開端的新時期文學中，知識份子自覺地與黨站在一起，批判「文革」不只是清算「四人幫」的罪惡，而且顯示了在動亂年月黨的正確與偉大，老幹部和知識份子一起對「四人幫」進行了頑強的鬥爭，他們始終沒有喪失革命信念。「傷痕」折射的不只是痛楚和罪惡，更重要的是表達信心與忠誠。通過對主體的合法性的論證，傷痕文學同時修復了歷史。傷痕文學的敘事主體以「右派」作家為主，缺乏鮮明的自我意識。因而，在他們的敘事中，50、60 年代以來的革命史並沒有斷裂，只是出現暫時的錯位。相比較而言，在 80 年代中期，知青一代作家開始有了朦朧的自我意識，右派們的忠誠，變成了知青群體的理想主義激情和英雄主義情懷。在知青作家誇大其辭的激情敘事中，隱喻式地包含著這一代作家的自我意識，它是當時昂揚向上的時代精神的表達，同時也是這代人對自我重新審視的結果。由於該著以「文革」後至 90 年代末的當代文學為研究對象，所以，涉及到的「文革」敘事作品主要是傷痕、反思時期的作品，而且論述也較為粗略。易輝的《我是誰──新時期小說中知識份子的身份意識研究》（南昌：百花洲文藝出版者，

2004）從知識社會學的分析視角，通過新時期以後當代小說對知識份子的形象建構，梳理和闡述中國知識份子的身份意識及其文化人格。其中第一部分論述了新時期知識份子視角的「文革」題材小說，從尋找苦難的意義、反思與懺悔、「我」與民眾等三個方面闡釋了新時期知識份子身份意識和文化心理，指出「文革小說」並非為苦難而描寫苦難，更是在尋找苦難的意義，是一種苦難後的苦難意識。知識份子在「文革」後現實身份的上升，既帶來一種自我覺醒，也到來一種自我幻覺，仿佛他們的人格精神、文化身份也一同上升，仿佛他們所宣諭的社會和文化理想也會成為國人自覺追尋的目標。該著對知識份子在新時期由某種歷史表達契機而帶來的歷史和文化身份幻覺作出了切中要害的揭示，對「文革」題材小說的研究僅涉及傷痕、反思文學階段，而且僅限於知識份子視角的小說作品。

對「文革」題材小說進行綜合研究的單篇論文中，劉江的《論「文革」題材小說的嬗變》（《廣西社會科學》1994 年第 1 期）對 90 年代初的一些「文革」題材作品與 80 年代相對照，概括了其中的變化：從政治視角到文化視角，由反思極「左」路線到反思國民性弱點，表現形式由凸現到隱現、由激昂到冷靜等。鄒忠民的《歷史的失語症——「文革」題材創作論》（《小說評論》1995 年第 5 期）對 80 年代中後期的「文革」題材作品作了總體的概括：把「文革」作為背景來處理，對真正的「文革」生態與心態缺乏探究；寫特殊人物的「文革」遭遇，以面對災難申辯和抗議的姿態面世；紀實類「文革」題材作品又停留在披露史料階段，對「文革」缺乏更為深廣的反思。文章認為 90 年代以前的「文革」題材創作是對歷史的失語，與「文革」佔有的歷史地

位和巨大投影非常不相稱，認為「文革」題材創作需要從人類歷史、社會文化、政治、哲學、人性等多方面進行深入開掘。李遇春的《走出「文革」敘事的迷惘──從閻連科和劉醒龍的二部長篇新作說起》（《小說評論》2003 年第 2 期）對世紀初閻連科的《堅硬如水》和劉醒龍的《彌天》的「文革」敘述方式作了分析，指出它們共同的藝術視角和精神旨趣：從「性－政治」和「文化─國民性」的雙重視角老透視「文革」時期的集體病態和民族心理。張志忠的《從狂歡到救贖：世紀之交的「文革」敘事》（《當代作家評論》2001 年第 4 期）對世紀之交的重要「文革」敘事作品作了較為全面的分析與評價，以神聖化狂歡：邊緣與漩渦、歷史的智慧和鄉村的帝王之夢、追問：童心的和人性的、拷問良知：關於反省與懺悔等為題，闡述和概括了世紀之交王蒙、閻連科、柯雲路、鐵凝等「文革」題材作品的共同性、差異性和表現的得失優劣。

　　縱觀既往的「文革」敘事研究，存在著以下不足：對「文革」敘事作縱向的貫穿性研究較少，大多停留在對 70、80 年代的總體印象和單篇、多篇分析上；明確地梳理和揭示「文革」敘事形態與政治文化語境的內在關聯的研究尚未出現；對「文革」敘事作品的總體性評析和個別性差異相結合的研究較少。

後　記

　　到目前為止，對「文革」歷史的文學表達已經形成了相當可觀的文化景觀，但人們依然感到，這段歷史還沒能被充分地展示出來。和西方知識份子對「二戰」的反思、前蘇聯知識份子對俄國革命的反思相比，我們對「文革」的觸摸顯然還存在著隔膜與遮蔽，那段歷史依然在混沌與光環中難以辨清。但不管怎樣，「文革」題材小說作品的持續或斷續出現，本身已經構成了一個與當代政治文化密切相聯的現象，需要我們去梳理、辨析、厘清，選擇「文革」敘事研究這個課題正是作者把對歷史的探詢渴求與文學的認知價值相結合的一次嘗試。和一般的小說創作有所不同，「文革」題材小說是大批直接經驗者對那段歷史過程的傾訴與敘述，它們或多或少、或深或淺地觸及了這一歷史的經絡；另一方面，同一時期的普遍性、共同性的敘事指向和敘事模式又在講述歷史的同時表達著現實的訴求。本書作者試圖在對「文革」歷史的理解與文學表達的現實訴求上找到一個關節點，從社會學、文化學和政治學的角度梳理 20 餘年來對「文革」的文學書寫的歷程。在這樣的研究中，雖然儘量做到把具體文本研究和整體文學現象相結合，把單個作家研究和群體創作現象相結合，但依然可能存在重群體、輕個別，重內容、輕形式的弱點，特別是作者意在發現和闡發文本和文本群話語背後的意識形態信息和政

治無意識內涵，所以，在具體分析中有時難免遺漏作品細部的豐富與精彩，以及作家自身的複雜與完整，這是立意和角度所付出的代價。

　　本書是由博士論文修改而成的，在此，我首先要對導師楊文虎教授的悉心指導和百忙之中為我作序表達深深的謝意和敬意。先生的為人正直和學風嚴謹將是我今後道路上努力學習和繼承的。另外，我要特別感謝鄭州大學張甯先生、中國社科院賀照田先生，他們不耽勞煩地閱讀了我的冗長文稿，並給予了許多富有見地的啟發與指點。在論文寫作和答辯過程中還受到上海師大王紀人教授、復旦大學朱立元教授、華東師大方克強教授等專家前輩的指點，在此一併表示謝意。

　　本書雖然耗費了近三年的全部心血，但由於作者理論學識的局限，依然顯得粗糙膚淺，疏漏謬誤之處也在所難免，還請學界智者批評指正。

張景蘭

2005 年 9 月於江蘇連雲港

國家圖書館出版品預行編目

行走的歷史：新時期以來『文革』題材小說研
究 / 張景蘭作. -- 一版. -- 臺北市：秀威
資訊科技, 2008. 07
　　面；　公分. --（語言文學類；AG0091）
BOD 版
參考書目：面
ISBN 978-986-221-039-0（平裝）

1. 現代小說　2. 中國小說　3. 文學評論

820.9708　　　　　　　　　　　97011807

 語言文學類　AG0091

行走的歷史
──新時期以來「文革」題材小說研究

作　　者 / 張景蘭
發 行 人 / 宋政坤
執行編輯 / 林世玲
圖文排版 / 鄭維心
封面設計 / 蔣緒慧
數位轉譯 / 徐真玉　沈裕閔
圖書銷售 / 林怡君
法律顧問 / 毛國樑　律師
出版印製 / 秀威資訊科技股份有限公司
　　　　　台北市內湖區瑞光路 583 巷 25 號 1 樓
　　　　　電話：02-2657-9211　　傳真：02-2657-9106
　　　　　E-mail：service@showwe.com.tw
經 銷 商 / 紅螞蟻圖書有限公司
　　　　　台北市內湖區舊宗路二段 121 巷 28、32 號 4 樓
　　　　　電話：02-2795-3656　　傳真：02-2795-4100
　　　　　http://www.e-redant.com

2008 年 7 月 BOD 一版
定價：360 元

讀 者 回 函 卡

感謝您購買本書,為提升服務品質,煩請填寫以下問卷,收到您的寶貴意見後,我們會仔細收藏記錄並回贈紀念品,謝謝!

1. 您購買的書名:＿＿＿＿＿＿＿＿＿＿＿＿＿＿＿

2. 您從何得知本書的消息?

　　□網路書店　　□部落格　　□資料庫搜尋　　□書訊　　□電子報　　□書店

　　□平面媒體　　□ 朋友推薦　　□網站推薦　□其他＿＿＿＿＿＿

3. 您對本書的評價:(請填代號　1.非常滿意 2.滿意 3.尚可 4.再改進)

　　封面設計＿＿＿　版面編排＿＿＿　內容＿＿＿　文/譯筆＿＿＿　價格＿＿＿

4. 讀完書後您覺得:

　　□很有收獲　　□有收獲　　□收獲不多　　□沒收獲

5. 您會推薦本書給朋友嗎?

　　□會　□不會,為什麼?＿＿＿＿＿＿＿＿＿＿＿＿＿＿＿

6. 其他寶貴的意見:＿＿＿＿＿＿＿＿＿＿＿＿＿＿＿

＿＿＿＿＿＿＿＿＿＿＿＿＿＿＿＿＿＿＿＿＿＿

＿＿＿＿＿＿＿＿＿＿＿＿＿＿＿＿＿＿＿＿＿＿

＿＿＿＿＿＿＿＿＿＿＿＿＿＿＿＿＿＿＿＿＿＿

讀者基本資料

姓名:＿＿＿＿＿＿＿＿＿　年齡:＿＿＿＿　性別:□女 □男

聯絡電話:＿＿＿＿＿＿＿　E-mail:＿＿＿＿＿＿＿＿＿

地址:＿＿＿＿＿＿＿＿＿＿＿＿＿＿＿＿＿＿＿＿

學歷:□高中(含)以下　　□高中　□專科學校　□大學

　　　□研究所(含)以上 □其他＿＿＿＿＿＿＿

職業:□製造業 □金融業 □資訊業 □軍警 □傳播業 □自由業

　　　□服務業 □公務員 □教職　□學生 □其他＿＿＿＿＿＿

(請沿線對摺寄回,謝謝!)

秀威與 BOD

BOD（Books On Demand）是數位出版的大趨勢，秀威資訊率先運用 POD 數位印刷設備來生產書籍，並提供作者全程數位出版服務，致使書籍產銷零庫存，知識傳承不絕版，目前已開闢以下書系：

一、BOD 學術著作—專業論述的閱讀延伸
二、BOD 個人著作—分享生命的心路歷程
三、BOD 旅遊著作—個人深度旅遊文學創作
四、BOD 大陸學者—大陸專業學者學術出版
五、POD 獨家經銷—數位產製的代發行書籍

BOD 秀威網路書店：www.showwe.com.tw
政府出版品網路書店：www.govbooks.com.tw

永不絕版的故事・自己寫・永不休止的音符・自己唱